MEMORY HOUSE
记忆坊文化

他心之罪

CRIMES OF THE HEART

（全二册）下

寒烈 著

江苏凤凰文艺出版社

图书在版编目（CIP）数据

他心之罪：全二册 / 寒烈著. -- 南京：江苏凤凰文艺出版社，2025. 1. -- ISBN 978-7-5594-9073-5

Ⅰ．I247.5

中国国家版本馆CIP数据核字第20243EJ623号

他心之罪：全二册

寒烈 著

责任编辑	白　涵
策　　划	北京记忆坊文化
特约策划	莫桃桃
封面设计	小贾设计
版式设计	段文婷
出版发行	江苏凤凰文艺出版社
	南京市中央路165号，邮编：210009
网　　址	http://www.jswenyi.com
印　　刷	三河市国新印装有限公司
开　　本	880mm×1230mm 1/32
印　　张	14
字　　数	396千字
版　　次	2025年1月第1版
印　　次	2025年1月第1次印刷
书　　号	ISBN 978 - 7 - 5594 - 9073 - 5
定　　价	72.00元（全二册）

江苏凤凰文艺版图书凡印刷、装订错误，可向出版社调换，联系电话 025-83280257

目录

001 第三卷 枯荣

145 第四卷 浮沉

201 尾声 新生

第三卷

CRIMES OF THE
HEART

枯荣

十二月的第一个周末,司楠又交出一份亮眼的深度调查报告。

容见迟的形象在她的笔下鲜明立体且充满血肉。

司楠写他为青少年做心理团体辅导,以做游戏的方式令孩子们敞开心扉;写他到消防中队为火里来水里去的消防指战员们做心理疏导,教铁骨铮铮的汉子们袒露内心的柔软与困扰;写他为刑满释放人员提供心理援助,帮助他们重新面对生活,融入日新月异的社会。

从自卑与茫然中获得新生的阿强,在他和相同遭遇的伙伴一道开起来的网红粤菜馆中接受司楠的采访,剃着寸头化解了自卑心结的男人笑得全无芥蒂,坦言出狱后社区安排的心理咨询扶助令他破除心魔,直面人生。阿强端着刚出锅的龙趸鱼的照片,在《申江晨报》电子版的点击下载量突飞猛进,留言暴涨。

总编在例会上笑得合不拢嘴,对司楠《时间是最好的良药》一文赞不绝口。

司楠微笑:"多亏领导支持我的选题,愿意放手让我一写。"

胡总编笑眯眯地直点头:"很好,年轻人不骄不躁,甚好。"

只不过司楠这篇报道的热度很快被警方公众号"平安申城"一则蓝底白字关于"群众举报柳某辈诱骗年轻女性发生性关系并致使其自杀身亡,经警方调查,柳某辈涉嫌强奸罪,目前已被滨江公安分局依法刑事拘留,案件侦办工作正在进一步展开"的通报引起的媒体狂欢所取代。

娱乐圈凡与柳亦辈过从甚密的几乎人人自危,自证与柳亦辈纯属泛泛之交的有之,小心翼翼地说柳亦辈为人端直也许是被污蔑的有之,曾经试图蹭热度炒绯闻如今忙不迭撇清关系的有之,但绝大多数圈内人都保持沉默,谨慎旁观。

娱乐版的路然庭还好,毕竟见惯了娱乐圈的起起落落,米聆就气不打一处来,把手头转来转去的圆珠笔往电脑桌上一丢:"这教人怎么写?"

柳亦辈的事件一出,堪比娱乐圈地震,上蹿下跳的自媒体如同过年,冲去采访溺亡女练习生姚瑶家属的、揭秘君禾演艺训练班造星套路的、细数与柳亦辈合作过的女明星的……

而他们做传统纸媒的,却只能眼睁睁地看着。

路然庭觑一眼办公室另一头的法制版办公区,笑一笑,劝她:"淡定淡定,你看看人家。"

米聆顺着他的视线望过去,随即转回头来,嗤了一声。

"柳亦辈栽了,她可谓是洗清污名,大仇得报,你看人家多淡定?"路然庭不是不佩服的,"伊连一个字都不提,那才是本事。"

这种时候,多少人光割席尚且不够,还要上前去落井下石,恨不能多踩两脚,将人彻底踩进尘埃里,踩得死死的。

偏偏司楠并不。

要么她觉得此事成不了,多说无益。

要么她知道柳亦辈翻身无望,不屑再提。

路然庭觉得她偏向于后者。
"你以后少对她阴阳怪气。"路然庭提点搭档。
忍人所不能忍，最后绝地翻盘，是个狠人。
米聆悻悻然哼了哼，到底没有反驳。

司楠并不晓得自己被同事划为"狠人"，她此时只觉得社交圈叮叮作响的消息提示音扰人。
多少同学、熟人，纷纷向她发来私信，询问她是否知道柳亦鏖被刑事拘留的消息，小心翼翼地打听她此时此刻是否有大仇得报之感。
司楠此刻绝谈不上高兴。
即使有容见迟开解，她也总不免自责，要是当初她没有痛苦于自身遭遇到的网络暴力，而是勇敢地揭露柳亦鏖的为人，那么也许姚瑶就不必为以柳亦鏖为首的这些人渣所侵犯，乃至付出年轻的生命。
司楠的心情在下班后于报社门口被自媒体网红直播堵个正着时坏到极点。
一男一女两个网红在各路神魔广挖深掘柳亦鏖过往蛛丝马迹的狂潮中另辟蹊径，带团队将司楠围在当中，两人一左一右凑到司楠跟前，镜头几乎要杵到司楠的脸上。
一个问："司小姐两年前未被准予发表的人物专访，是否曾披露柳亦鏖的污点，才遭到柳亦鏖的封杀？"
另一个问："时隔两年柳亦鏖走下'神坛'，司小姐有什么感想？"
有什么感想？我只敢想为什么这几天要将车送厂年检加保养！司楠在内心长叹，几乎要抡圆了膀子挥舞手中的工作包拍飞两个咄咄逼人的网红。
可也仅仅是想想，司楠到底不愿意在报社门口引起太大的动静，只能拿手推开杵到跟前的镜头："我不是公众人物，不接受采访。"
两个网红不依不饶，在下班时分申城报业集团大厦楼下格外引人侧目。
大厦内的保安已注意到门外的动静，手搭在门把上准备推门出来一看究竟。

这时候,两名黑衣保镖样的人物如从天降,从纠缠不休的两个网红身后探出手来,一施巧力,两人便被一左一右分花拂柳般地拨开,无法近身。

保镖随后伸长手臂,将司楠护在当中,迅速走向停在大厦正门前的劳斯莱斯银影,打开车门,将司楠塞进车里。

看见安坐在加长后座上的谢利轩的那一刻,司楠惊诧莫名的一颗心落到了实处。

待一名保镖坐上副驾驶,另一名保镖乘上后头一辆车,劳斯莱斯银影在前后两辆保镖车的护航下,驶离报业集团大厦。

司楠接过谢利轩递来的细颈玻璃瓶矿泉水,将沁凉的瓶身握在手心里,笑一笑:"有生之年能感受一回女明星的待遇,也算是非常别致的经历。"

谢利轩恍然不觉她话里的调侃,靠在真皮座椅里睨了司楠一眼:"司小姐完成工作就对我们容总不理不睬,这有事有人、无事无人的做派,有卸磨杀驴之嫌啊。"

司楠要忍一忍,才能教自己不挑眉反问:关你何事?

谢利轩却再正经不过地向前倾身,手肘支在膝盖上,双手合掌竖在口鼻前:"容——很难向人敞开心扉。"

他一眨不眨地凝视司楠:"他看起来亲切有礼,实则拒人于千里之外,因为他把人性看得明明白白。这些年,他身边的人来来去去,但从未有人像你一样,如此接近过他的内心世界。"

见司楠不吱声,谢利轩轻喟:"司小姐结束采访,回归自己的工作与生活,容虽然嘴上不说,但我能看得出来,他其实变得异常寂寞。虽然他原本就不抽烟、绝少应酬,活得像苦行僧一样。"

司楠垂睫注视手中的玻璃瓶,注满阿尔卑斯山矿泉水的玻璃瓶在车顶灯光下折射出炫目的光彩,朴实无华的玻璃瓶刹那间仿佛盛装了稀世珍宝。

"我请你——"谢利轩斟酌片刻,"请不要只视他为采访对象,结束采访后,便挥一挥衣袖,不带走一片云彩。这对他来说,过于残忍。"

如同给他荒冷的世界带去一束温暖的光，照亮心灵一隅，却又漠然离去，令世界显得越发黑暗荒凉。

"他知道你为他所做的这一切吗？"司楠不是不好奇的。

谢利轩微笑："与他为我做的相比，我所做的不值一提。"

"你要带我去哪儿？"司楠转头望向覆有深色贴膜的车窗外。

"楠楠，你现在才问，会不会太晚？"谢利轩笑叹。

谢利轩的劳斯莱斯银影驶进一幢滨江大厦的地下车库，谢利轩递出一张磁卡，指使同车保镖："送司小姐上去。"

被黑衣保镖请下车的司楠回身看一眼坐在车内镇定自若的谢利轩："你不上去？"

"前段时间心情不好，冷落了未婚妻，得去负荆请罪，哄她开心。"谢利轩微笑耸肩。

"未婚妻？"司楠颇感意外，坊间并没有谢大少订婚的小道消息。

"有机会一起吃饭。"谢利轩朝司楠挥手，赶小鸡似的。

"司小姐，请！"保镖冷着脸，引司楠走向入户电梯，刷卡，按下电梯顶楼键，目送司楠进入电梯。

电梯轿厢门左右缓缓合拢，将保镖面无表情的脸慢慢隔绝在视线之外。

司楠对自己被谢利轩"打包快递"到容见迟家的事颇感无奈，注视电梯顶端的显示屏不断向上跃升的数字，司楠朝镜面不锈钢轿厢里的自己做了个鬼脸。

深度追踪采访之前与采访之后，容见迟与她，都处于两个毫无交集的世界，司楠有自知之明，并不认为在他偶尔打破两个世界之间的壁垒，教她触及他的内心后，界线便从此消失。

恰恰相反，世界与世界之间那扇无形的门的钥匙，从来都掌握在容见迟手中，她只不过曾在他脆弱与寂寞的某个时刻，接近过两个世界交叠碰撞的奇点，得以从中一窥究竟。

仅此而已。

当连接两个世界的纽带中断，自然而然，她回归自己的生活，上班、下班，不再探究与挖掘，这是她作为记者的职业操守。

然则，是她太过天真。

在她听闻谢利轩与容见迟鲜为人知的遭遇后，还怎么可能安静地走开？

电梯在她散漫的胡思乱想中抵达顶楼，发出叮的一声脆响，光可鉴人的镜面不锈钢门向两旁无声地滑开，宽敞高挑的空间映入司楠的眼帘。

与谢利轩的滨江独栋别墅低调而奢华的简约风格不同，她面前整层拥有二百七十度豪华江景的公寓，将极简主义发挥到极致，冷淡空洞得不像有人居住。

若不是窗边一棵孤零零挺立的圣诞树旁站着一个同样孤单寂寞的背影，司楠几乎要以为这是谢利轩策划的一场恶作剧。

司楠向前一步，走出电梯，入户电梯门在她身后合拢，将电梯内外隔绝成明暗冷暖两个截然不同的世界。

那颀长挺拔背影的主人听见身后的响动，并不回头，低沉的声音略带无可奈何的纵容："不去约会？"

低沉的嗓音如同一把音色绝美的大提琴，在空旷的室内形成扣人心弦的低低回响。

"没有约会。"司楠将手负在身后，捏住自己的指尖，说。

站在落地窗边的人闻声叹息，转过身来："这个老谢……"

容见迟自窗边走向司楠，走到离她一步之遥处停了下来，双手插在裤袋中，对她微笑："好久不见。"

司楠注视数日不见的他。

大抵是在私人空间之故，他并没有穿一丝不苟的西装套装，只套一件松散的白衬衫，外头搭一件灰色薄毛衣，下头套一条烟灰色居家裤，赤脚踩在地板上，像一头在自己领地悠然傲视的猎豹，优雅，充满未知的危险。

司楠无法不去注意他脚踝处纵横交错的疤痕，那深入肌理凹凸不平的纠结伤疤，仿佛赤色蚯蚓，盘踞在苍白的皮肤上，教人触目惊心。

留意到她的视线所在，容见迟并没有流露出被冒犯的神色，只侧身做出"请"的姿势，邀司楠入内。

"吃过饭了吗？"他问。

"没。"司楠站在原地不动。

容见迟回过头，挑眉。

"要换鞋吗？"司楠扬一扬下颌，指指一尘不染的地板。

容见迟笑起来："我这里没那么多讲究。"

司楠想一想，脱下平底羊皮短靴，穿着姜黄色薄袜踩在浅色地板上。

脚底传来温热的触感，司楠旋即明白初冬季节容见迟何以赤脚在家中走动。

"请随意。"容见迟对司楠说，"晚饭马上就好。"

司楠跟在他身后，趁势参观城中的顶级平层公寓，并对窗外一览无遗的开阔江景报以无声的赞叹。

每天俯瞰这座钢铁水泥都市的天际线，将日升月落全然收入眼底的感受，是寻常人难以企及的体验，但对容见迟来说，这只不过是他的日常生活罢了。

司楠想，日夜交替时分，窗外有如此迷离瑰丽的景色，谁还需要将室内装点得美轮美奂？

四季轮转，白昼与黑夜更迭的风景，就是此间最奢侈的装饰。

容见迟走向以偌大中岛台为分割的开放式厨房，拉开巨大的冰箱，探身进去拿取食材。

自认厨艺平平的司楠识趣地背负双手，踱向看起来有日常活动痕迹的工作与健身区，以免在厨房影响容见迟的发挥，抑或是自己忍不住出声指手画脚。

健身区看起来非常专业，所有健身房配备的大小器械全都能在其中找到，甚至还有两条又粗又长的黑色格斗绳蜿蜒抛掷在地上。

司楠走过去，俯身试图拎起其中一条，可婴儿手臂粗的绳子的重量超乎司楠的想象，要花一点力气才得以拎动。

司楠尝试抖了抖，格斗绳在减震隔音地板上拍出啪一记闷响，并在空空如也的室内荡起一阵回声，惊得司楠赶紧放下绳子。

健身区所有器械都有使用痕迹，地板上甚至已被格斗绳反复拍打形成淡色击打痕，司楠能想象容见迟在这里挥汗如雨的情景。

挥散脑海中的画面，司楠步向另一边的工作区，摆放整齐的书籍和分门别类规整的各色纸笔工具，显示出容见迟精确有序的日常。

直到，她抬头转目看见竖立在工作台旁的展示板。

偌大一块白色展示板上以磁力图钉密密麻麻贴满简报、照片、地图和数据，乍眼望去，像一片由图片与数字组成的迷宫。

而展示板的主人，对于如何走出迷宫，毫无头绪。

因为在乱麻一样错综复杂的线索间，用记号笔打着一个又一个鲜红色的巨大问号。

司楠不由自主地凑近去看其上的照片。

脏乱的垃圾填埋场、洞开的汽车后备厢、沾满血迹的铁蒺藜刺绳、脏污的抹布团……

仅仅看见，已令司楠觉得窒息。

身后，传来容见迟的声音："可以吃饭了。"

司楠转身望去，容见迟的身形融在窗外华灯初上的夜色与室内柔和的灯光中，平静淡然，手里端着两只餐盘，朝她走来。

对上司楠眼底尚未散去的震惊之色，他甚至从容微笑："吃完饭再来看。"

司楠露出一线歉意，有种窥见他优雅精致表相之下充满破碎孔洞的内里的窘迫感。

容见迟倒不以为意："没想到你会上来，一点准备也无，只好请你吃汉堡包。"

他将手中的一只餐盘递向司楠，司楠垂睫一看，果然。

金边骨瓷餐盘上放着一个夹有牛肉饼、番茄片、洋葱条、生菜叶和酸黄瓜的汉堡包，里头浓浓的芥末芝士酱被牛肉饼的热力催逼，缓缓流淌出来，释放出浓郁的香气。

"来吧。"

他朝司楠甩甩头,引着她到中岛台洗手,随后走到窗边,两人席地而坐,腿上搁着各自的餐盘,一人身边一瓶苏打水,就着外头夜晚的江景毫无形象可言地大口啃汉堡。

司楠被热辣多汁的牛肉饼和清脆蔬菜、酸爽黄瓜、浓郁芥末芝士酱形成的美妙滋味惊艳,巨大一只双层芝士辣牛肉汉堡被她吃得一干二净,最后她意犹未尽地舔干净指尖上的芥末芝士酱,喝一口沁凉苏打水缓解口腔中微微灼痛的热辣感,而后发出满足的叹息。

"罪过!需吃素三天才能抵消这一顿摄入的热量。"她有些苦恼地按住胃部。

容见迟起身,收走餐盘,然后返回窗边,伸手拉起司楠:"稍微走动走动,消消食。"

司楠花五分钟时间,从隐在墙后如迷宫般的走廊,自房间一端慢慢走到另一端,身边的风景亦从秋江如练的开阔,一点点变作华光灿灿的流丽。

容见迟在她身后,气息浅浅拂在她的颈背上:"抬头看,司楠。"

司楠不由自主地抬起头来,他不知触动什么机关,天花板缓慢无声地左右打开。

一切言语在看见头顶巨大的蓝宝石般的空中无边泳池时化为乌有,只剩全然赞美的感叹。

屋顶的透明泳池如同一片悬浮天际的海,清澈、湛蓝,水波微微荡漾,光线透过池水折射到地面上,光影摇曳,美得教人屏息。

"晚餐一小时以后可以上去游泳。"容见迟在司楠耳边低声道。

司楠没作声,她怕沉溺享受,不愿醒来。

容见迟也不催她,只笑一笑:"先去看我的剪贴板,我需要旁观者视角帮我理顺思路。"

司楠被他牵着,一步三回头地注视那片天空泳池一点点消失在视野中,心中暗暗叹息,难怪那么多女孩子立志嫁入豪门,有钱人的享乐果然是普通人无法想象的。

"这算不算延迟满足？"司楠忽而问。

容见迟抚额失笑："饭后立刻游泳于健康无益，乖。"

司楠也觉得自己过于孩子气。

返回工作区，容见迟拖过两张靠背椅，与司楠并排坐在展示板前。

"能看出什么来？"他伸展双腿，双手交叠垫在脑后，靠坐在椅子上。

司楠微微凑近细看每一份剪报、每一张照片："当年……不是一人单独作案，起码是两人甚至两人以上的团伙作案。"

她的目光掠过展示板上血迹斑斑的铁蒺藜刺绳照片，下意识瞥向容见迟的双脚。

"还会疼吗？"她轻声问。

"会。"他淡淡答。

时不时痛痒入骨，夜不能寐。

"现代医学技术手段先进，为什么不祛除疤痕组织？"司楠好奇。

以容见迟的身份，想寻求国内外最好的整形医生为他祛除这些经年累月带给他痛苦的疤痕，再容易不过。

但他并没有这样做。

"留着它们，不过是提醒我自己，凶手还未落网，死者还未获得真正的安息。"容见迟轻轻转动脚踝，感受肌肤皮肉微微紧绷刺痛的感觉。

司楠心下奇怪。

儿童自愈能力原本就比成年人强，伤口结痂脱落后半年内是疤痕修复的最佳窗口期，越早修复，预后效果越佳。以容家的经济条件，没道理令他留下如此显眼且持续带来痛苦的伤疤。

除非——

她的直觉告诉她，容见迟也好，谢利轩也罢，他们都被困在这桩凶手至今逍遥法外的绑架案里，如置身泥沼，越陷越深，无法挣脱。

长达二十年的等待与年复一年的失望压抑在他们心底，无人诉说，无可排解，终至成为一颗溃烂流脓的毒瘤，埋在内心深处，不断腐蚀他们的灵魂。

容见迟说，谢利轩试过各种方法发泄，酗酒、极限运动、纵情声色……

那么他自己呢？

他怎样宣泄内心的苦楚？

通过工作、运动？

抑或是夜半无人时自虐般一遍又一遍地回顾绑架案的每一处细节，试图从中寻找到被遗漏的线索？

他是否需要一双耳朵，听他倾诉那些充满痛苦绝望的黑暗过往？

司楠如是想，也如是问："你还记得事情的经过吗？"

容见迟倏忽挑眼，直直望向司楠。

他的脸一半沐在灯光下，一半隐在夜色中，深潭似的眼里有异彩掠过，仿佛一场惊心动魄的闪爆，却又迅速归于平静。

他垂睫凝视自己的脚踝："记得，无时或忘。"

绑架发生在十九年前国庆假期后的第一个周五。

学校门前林荫道上停满等待接学生放学的豪车。

是的，豪车。

作为申城当时富家子弟云集的十二年一贯制私立学校，每到放学，门口豪车云集，既是家长比拼炫耀财富身份地位的时刻，也是学校招徕优质生源的免费广告。

容家与谢家接送他们的保姆车于一众进口豪车当中，并不格外显眼，但若有心，也很容易找到。

虽然两家家世背景有些差异，但同住在谢氏开发兴建的别墅楼盘，兼之容见迟与谢利轩又同校同级同班，天长日久，接送他们的司机与保姆便相熟起来。

等待敲钟放学的工夫，两个司机下车站在人行道上抽烟闲聊，两个保姆则凑在一起，东家长、西家短地八卦业主的隐私，几乎成为一天当中最放松的时光。

所以当那个周五，容见迟与谢利轩从校门口出来，并未如平日一样找到各家保姆车，而是沿着人行道往反方向走时，两家的司机与保姆没有第一时间发现情况异常。

"我有没有同你说过，当年被绑架的三个孩子中，唯一被撕票的受害人，是我孪生的兄弟？"容见迟轻轻转动脚踝，问司楠。

司楠已从"包打听"管知时处知晓这一节，她不想假装刚刚听说，只得沉默。

容见迟意味深长地瞥她一眼，并不十分意外。

"利同我说，学校旁边新开了一家宠物店。二十年前，宠物生产制造服务行业刚刚在国内兴起，橱窗里满是可爱猫狗的宠物店对孩子而言，是难以抗拒的诱惑。我们有心逃开放学回家弹钢琴、拉小提琴的枯燥时光，所以招呼都不打一声，想去宠物店——用而今时髦的说法——撸猫撸狗。"

他调转目光，遥遥望向窗外波涛粼粼的江面："我哥哥见鲲，不赞同利和我的做法。利和我与见鲲不同，他是父母眼中百依百顺乖巧可爱的小天使，我俩则是各自父母心目中上房揭瓦调皮捣蛋的小恶魔。他越反对，我们越觉得这件事好玩。他认为自己是哥哥，有责任照顾好我们，所以即使反对，他还是跟上我们，准备和我们一起去宠物店……"

容见迟面无表情，像在讲述不相干的人与事。

可司楠能在他平静的外表之下，看见暗潮涌动的愧疚与自责。

"绑架就发生在那一瞬间。"

容见迟转回头来，定定地凝视司楠。

往事潮水般涌上心头，每一个细节都如同进行过褪色处理的电影胶片，既清晰，又陈旧。

悬铃木绿荫如盖的人行道，逐渐被抛在身后的成排豪车，两个肩并肩有说有笑走在前方的调皮鬼，一个百般无奈却还是跟在他们身后的乖孩子，一辆看起来异常普通的面包车缓缓驶近，戛然停在他们面前。

车门横向滑开，司机与车厢内的人猛扑出来，一人一手夹住他

013

与谢利轩，捂了嘴扔到黑洞洞的车厢里，小小的容见鲲吓得呆立在原处，司机又蹿下车，将他也掳进车厢，迅速关门开车逃窜。

看守他们的歹徒恫吓："不想挨揍就不许出声不准动！"

容见迟和谢利轩从来不是听话的小孩。

最初的惊吓过后，他们拼命挣扎，撕咬踢打，试图脱困。

但九岁的孩子，哪里是身强力壮魁梧的成年人的对手？

歹徒一巴掌挥到谢利轩脸上，他整个人被打飞，撞到厢壁，当场昏迷，他正要如法炮制地对待容见迟，呆呆缩在车厢一角的容见鲲出声阻止。

"我不会呼救，请你别打我弟弟……"

他声音颤抖，但仍鼓起勇气，想要保护自己的捣蛋鬼弟弟。

歹徒怎么会信？他拿绳子捆紧容见迟与谢利轩，继续用抹布堵着他们的嘴，接着转头威胁容见鲲："你要是敢叫一声，我就宰了他们。"

容见迟轻叹："他那么乖，坏人说什么他信什么。"

要电话号码，给电话号码；要贴身物品，给贴身物品，没有一点反抗，只希望能教两个弟弟少吃些苦头。

随之而来的就是辗转的囚禁与格外漫长的讨价还价。

三个孩子耳闻目睹绑匪在电话里向容、谢两家开出每个人质三百万元的巨额赎金，一个子儿都不能少；被歹徒逼迫着手捧当天出版的报纸拍摄照片向家人证明他们还安全无虞地活着。

强自镇定，全程不吵不闹配合绑匪的容见鲲一直被作为一重保险措施带在歹徒身边，而挣扎吵闹不休的谢利轩与看起来强壮调皮的容见迟则被他们捆住手脚堵住嘴巴扔在暗无天日的囚禁地点，尤其曾两度在转移过程当中试图踢踹歹徒并逃跑的容见迟，格外被重点"照顾"——用布满尖刺的铁蒺藜绳一圈又一圈缠绕脚踝，并狠狠勒紧。

铁蒺藜上的尖刺深深扎进他幼嫩的肌肤，使他稍微动弹一下，便血流如注，完全无法行走。

司楠难以想象那种锥心的痛。

"可为什么是……"司楠无法理解,何以努力配合绑匪以保护弟弟的容见鲲会成为被撕票的人质?

"因为绑匪自始至终,就没想过让我们活着回去。"容见迟眉眼含霜,声音既冷且涩。

两名绑匪从头到尾未曾遮盖面容五官,无论索要赎金还是讨论以什么方式支付赎金抑或如何交接人质,都没有试图避忌三个孩子。他们当时年纪小,还未意识到绑匪这样做意味着什么,但歹徒的所作所为证实了这一推断。

"他们要求将总共九百万元赎金分成四份,两份不连号现钞,两份金条,分别放在四个蛇皮袋中,最初要求在游人密集的滨江公园当面交付赎金,后又改至附近客流量庞大的置地广场,在最后一刻又改变主意,要求将蛇皮袋丢入指定的垃圾箱,并警告我们的父母,如果胆敢报警让他们发现现场有警察跟踪,他们会立即撕票。"

司楠诧异地望向容见迟,有些意外绑匪计划的交付赎金方式如此简单粗暴。

容见迟苦笑:"听起来简单粗暴到匪夷所思,是不是?"

司楠默然。

"不,其实每一步都经过他们的周密计划,并且全都完美地按照计划实施,将警方拖得在数个地点之间来回往返疲于奔命,无法在最终交付赎金的地点安排布置足够的警力。"容见迟微微歪着头,问司楠,"你可知道申城磁悬浮列车是哪年开工建造,哪年建成通车?"

司楠被他天外飞来的一问考得一愣:"磁悬浮?"

在脑海里拼命搜寻并回忆片刻,司楠不十分确定地说:"我记得应是新千年,申城当时的市长与德国磁悬浮公司签订项目协议,次年动工,两年后通车试运营。"

容见迟给司楠一个嘉许的眼神:"那你想必也知道为迎接世博会进行的滨江改造工程起止时间?"

司楠点点头,很难不晓得,当时她作为一名优秀中学生,还参加了开幕式的表演。

"那你知道在此之前,申城滨江还曾经进行过一次垃圾不落地的卫生大整治活动,并且引进过一条北欧地下垃圾管线传输系统吗?"

饶是作为新闻人对申城的重大城市规划建设多少有些了解的司楠,都忍不住露出茫然的神情:"什么系统?"

容见迟起身,从展示板上层层叠叠的剪报、照片中取下一张来,递给司楠。

"北欧专利发明的一套垃圾收集清运系统,垃圾桶连通地下运输管线,将垃圾直接清运到垃圾回收站,避免地面垃圾堆积异味,美化城市,节省人力资源。"

他指着系统图纸,向司楠解释运作原理。

"垃圾被投入垃圾桶后,落入地下三米深的管道里,并以真空负压方式被吸至中央集运站,经压缩后装车送往垃圾填埋场。"

司楠的心跳不由自主地加速。

"这套系统并不完全成熟,管道存在异物堵塞风险,在运行数年后被叫停,但当时,系统已完成调试,处于正常运行状态。"

司楠倾身靠近容见迟,注视他手指轻触图纸,从地面垃圾桶沿着运输管线缓缓移动,最终停在"人工维修通道"几个字上。

"为防止可能出现的堵塞情况,沿管线还修建了一条人工维修通道,以便工人排查堵点进行维修。整条垃圾运输管线与人工维修通道全长十公里,每公里都有一个隐蔽的进出口。"

司楠觉得自己的心跳在耳边化为轰然的巨响。

"这是我们可以获知的案件信息吗?"她喃喃问。

容见迟对司楠的职业警觉性报以微笑:"我们三个,都投有人身意外伤害险,赔付金额巨大,为此保险公司从总公司调派资深保险理赔调查员进行全面而详细的调查。这里有半数资料出自保险理赔调查员的理赔报告。"

司楠将视线落在那张停在垃圾填埋场的垃圾车的照片上。

忽然之间,所有已知的线索汇在一处,她一点点转头看向坐在她身侧的容见迟。

一瞬间室内静得仿佛能听见空气中分子碰撞的声音。

"你说,你哥哥一直被作为一重保险措施带在歹徒身边……"司楠听见自己喑哑的声音艰涩地响起，"绑匪在交接赎金的过程当中，也一直带着他？"

容见迟点点头。

"绑匪拿到赎金后，将你哥哥杀害，并抛尸垃圾填埋场……是不是？"司楠觉得自己又一次揭开容见迟内心结痂的伤疤，露出其下鲜血淋漓的创口。

"是。"容见迟没有否认司楠的推测，"绑匪事先在垃圾运输管线内设网，等拦截到四袋赎金后，驾垃圾清运车驶离现场，在垃圾填埋场抛下作案用的垃圾清运车，带着赎金扬长而去，将被捆绑手足、堵住口鼻的见鲲留在垃圾清运车充满污物的密闭车厢内……"

留天使一样善良乖巧的容见鲲，无声无息地死去。

"你们呢，你和谢利轩呢？"司楠紧张地问。

容见迟轻轻摸一摸司楠的后脑勺，朝展示板上黑洞洞的汽车后备厢扬了扬下巴，"我们在那里——"

在一处当时开发商闲置的荒无人烟的建筑工地建筑垃圾场上。

堆成山一样的水泥渣土连拾荒者都不屑一顾，更加不会有人从几近倾颓的围墙外向内张望，便也无人注意里头停了一辆无主的汽车。

"利和我被绑住手脚堵住嘴关在汽车后备厢里，十月初白天太阳直射时后备厢里的温度热到人体无法承受，利本已因为长时间堵嘴引发哮喘无法呼吸，又因高温导致脱水……"容见迟将自己的头靠在司楠的肩膀上，抬起一只脚，"我拼着最后一点力气挣扎，希望自己制造出来的响动能引起什么人的注意。"

九岁的孩童，数日没有好好进食，被铁蒺藜绳紧紧捆住双脚，麻绳反绑双手，嘴里塞着抹布，一天没有水喝，意识已经模糊，但心里总有个声音说：不能放弃，不能放弃，不能放弃！

即使脚踝被铁蒺藜的尖刺扎得血流如注，他也努力蹬动双脚，拼命去踹、去踢、去顶。

当他迷迷糊糊听见一阵碎裂声，有细微的气流和光线涌进闷热黑暗的后备厢，他意识到，也许，只是也许，他们能逃出去。

他忍着脚踝的剧痛，向着那束些微的光挪动身体，掰下一片还未掉落的尾灯碎片，磨断反绑双手的麻绳，匍匐爬到气息奄奄的谢利轩身边，抽出他嘴里的抹布，解开他的双手双脚，最后才一点点解开缠绕在自己脚踝上的铁蒺藜绳。

他用抹布裹着铁蒺藜绳，拿上头锐利的尖刺反复刮擦后座尼龙材质的面料，在上头掏出一个洞来，勉强够他爬出后备厢，自内打开车门，跑到外头求救。

"我救得了利，却救不了见鲲。"容见迟的声音沉如暮霭，透着无限的伤心。

他曾经无忧无虑的世界在母亲疯狂扑打咒骂为什么死的不是他的那一刻，灰飞烟灭，化为一片废墟。

司楠无法想象九岁的他，拖着血肉模糊的双脚跑出建筑垃圾场去向人求救时的情形，只觉得心中钝痛。

她侧眼望向靠在她肩膀上的容见迟："为什么要告诉我？"

容见迟抬起头来，望进她眼眸深处："因为今晚，在我最需要人陪伴的时候，你走了进来……"

因为，我也会寂寞，他在心里说。

司楠读懂他未竟之语，心间一涩，几乎要落下泪来。

她犹豫一息，然后伸出双手，轻轻捧住面前这个男人的脸颊："别难过，法网恢恢，凶手终将落网。"

司楠最终也没能去屋顶的天空泳池游泳，她与容见迟挤在圣诞树下，一边为孤零零光秃秃的圣诞树挂上小小的装饰，一边讨论绑架案细节。

同时绑架三个孩子，是蓄谋已久，还是临时起意？哪个孩子才是绑匪的主要目标？抑或这本就是一场无差别绑架，彼时彼刻无论哪个孩子当时出现在那个地方，等待他的都是相同的命运？

"见鲲被害，利自始至终几乎都处于昏迷的状态，偶尔醒来也昏昏沉沉，记不得太多细节。"容见迟将一枚金色星星挂在圣诞树树枝上，"而我的记忆随着时间流逝也会越来越模糊，并受外界因素影响产生记忆偏差，所以……"

他笑一笑:"无法问出更多线索后,获得家父家母的首肯,警方请来一位久负盛名的心理学专家,为我进行催眠,以便我能够回忆起更多细节。那是我第一次接触心理学。"

如此神奇,可以从混沌杂乱中寻找到隐藏在大脑深处的记忆碎片,拼凑出近乎完整的真相。

司楠拿肩膀轻轻撞一撞他的肩膀:"你已经做得足够好,帮助了很多需要帮助的人。"

容见迟垂眼望着司楠脸上真挚的表情,心底那一角经年累月死寂荒凉一片的断壁残垣,仿佛有微风拂过。

真奇怪,明明经历过常人难以想象的网络暴力,被逼到绝望,数度崩溃,但这个女孩子看待世界的眼,仍然清澈,带着对美好的向往。

容见迟想,也许恰恰是这种经历过苦难依旧保有对世界的善意的特质,轻而易举地吸引了他。

他站起身来,伸手拉起坐在地板上的司楠:"时间不早了,我送你回家。"

司楠就着他的手顺势起身,仰脸看他,见他眼眸深处那寂寞如雪的颜色散去,遂点点头:"那我就不同你客气了。"

容见迟失笑:"不同我客气的话,留下来住一晚也无妨。"

"那还不到如此不客气的地步。"司楠大大方方地说。

容见迟摸一摸她已经长出不少黑色发根的头顶:"走吧。"

将司楠送回家,目送她上楼,确保她安全无虞,容见迟才将车驶离。

路上接到谢利轩的电话,他在那头贼兮兮地问:"容总,我够不够义气?"

"难为你同未婚妻约会,尚记得百忙之中关心老友。"容见迟对那头生死之交的关心表示感谢。

"不用谢,我总不能自己出双入对,教你形单影只。"谢利轩轻声对他说,"周末快乐,阿迟。"

他随即挂断电话。

容见迟怔忡片刻，终是一笑。

周末下班前，父亲的秘书打电话来，关照他周日家中有小小派对，庆贺父亲的侄孙满月，请他万勿回家，避免刺激夫人，致使她在热闹开心的氛围中做出影响大家心情的事来。

虽然早已心如死灰，但他在那一刹那仍觉得痛彻心扉。

因为哥哥见鲲的死，因为母亲十九年如一日的恨，因为父子之间疏离至此。

幸好，他有挚友谢利轩，还有堪堪一脚踏入他几近荒芜的世界的司楠。

十二月中，城市里的圣诞氛围越来越浓厚，商场橱窗里随处可见装饰得花花绿绿的圣诞树和树下大大小小堆叠起来的精致礼盒，各种圣诞优惠活动刺激年轻人入场消费。

司楠经过深思熟虑，在新一周选题会提出与生活版"知心大姐"栏目联动，征集经历过校园霸凌、职场霸凌的读者来信，并征得他们的同意后进行采访，做一期"被伤害的人生"的专题深度采访，以此呼吁人们重视校园与职场霸凌现象。

胡总编最近有种莫名的迷信，深觉司楠是晨报福将、销量救星，对司楠的选题抱有万分期待，当场拍板支持两版联动。

会后知心大姐陶姐勾了司楠的手臂，一边返回办公区，一边打趣："哦哟，小司现在不得了，越搞越大了嘛！两版联动这种点子都想出来了。"

"并不是我想出来的，最近正好读到两篇大热网文，两个作者在连载中与对方的作品进行联动，引得大批读者到对方的作品下面留言，强势围观，起到一加一大于二的宣传效果。"受大前辈夸奖与认可，司楠略略害羞，"我认为这种联动非常有趣，也能为受众单一的作品带来全新的读者，觉得也许可以将这个办法运用在报刊上。"

暗戳戳在后头听壁角的米聆到底忍不住，一撩长发："司楠，什么时候也同我们娱乐版联动联动呀！"

司楠回头看她一眼:"怎么联动?细数这些年来娱乐圈里的'法制咖'?"

米聆被她一噎,恨恨顿足,被一旁的路然庭拖走。

陶姐拍拍司楠的手臂,教她不必在意米聆的酸言酸语:"你怎会选择校园与职场霸凌的选题?"

司楠想一想:"郑元堂杀人案最近开庭,三名受害者与郑家在新媒体上展开厮杀,都想将自己置于道德与舆论的高地,而将对方踩在脚下,也引发一场关于'受害人有罪论'的大讨论。"

郑元堂是黄、季、田三者罪行的受害人,而他最后反过来将黄、季、田变为他复仇行为的受害人。

"我想探讨'霸凌'这一行为,在未使用暴力手段时,是否也是一种犯罪。"司楠轻声道。

"放心,我们两版联动,肯定卖爆!"陶姐信心满满。

陶姐的信心其来有自。

作为报业集团旗下拥有二十多年历史的老牌报纸,《申江晨报》拥有一批忠实的读者,而生活版"知心大姐"更是自创刊以来从未缺席过的栏目,拥趸年龄层跨越老中青三代。

即便传统纸媒式微,但"知心大姐"栏目组为紧跟潮流,不落后于时代,在各大社交网络平台都注册了官方账号,通过平台私信、电子邮件等更方便快捷的方式听取读者的烦恼,成为一档在新媒体与传统媒体相结合的明星栏目,是都市中多少男女老少倾吐心声的"树洞"。

当年写信来倾诉喜欢的女生不喜欢他的少年如今已长大成人,仍会向知心大姐抱怨喜欢的女同事不喜欢他;家有沉迷电子游戏的儿子,打两份工供他读书的单身母亲发来绝望的求助信息;中年丧妻的老父亲在七十岁时重新陷入爱河,要同照顾他起居的小保姆领证结婚,儿女坚决反对,老父亲向知心大姐诉说自己左右为难的苦恼⋯⋯

这是一档能看尽人间百态的节目。

果不其然,当"知心大姐"发出关于"校园与职场霸凌"的讨论话题，在社交平台后台、电子邮箱和信箱，收到来自四面八方涌来的海量私信与邮件。

陶姐叫上司楠，连同栏目组诸人，占据小会议室，人手一台电脑，会议桌上还摊着一桌面信件，大家分工读信。

这一期信件阅读绝对是"知心大姐"有史以来最"致郁"的一次工作。

一向将"莫生气，气出病来无人替"作为座右铭挂在工位格板上的陶姐几度扔下电脑，站起身来深呼吸，平复心情后才坐回去继续看读者私信。

栏目组策划是一名毕业未久的小年轻，社交圈公众号由她运营，看着看着私信，她猛然砰地一拳砸在桌面上，义愤填膺地将笔记本电脑转向众人。

"气死我也！"她胸膛起伏，"你们听听！因为从小待在农村，由老人养育，初中时才被在城里打工站住脚的父母接到身边，所以讲话带浓重的乡音，穿着打扮也十分土气，但由于带有一半少数民族血统，生得格外美丽，引得不少男同学表白，导致女同学明嘲暗讽她是乡下人抱团孤立她，男同学将成功骗得她的初吻视为一种挑战，老师阴阳怪气地说她不懂得自爱……世界上怎会有如此恶毒的人？！一口乡音和过分美丽是她的错吗？！"

责编把气哼哼的策划按回去："你是没读到我这条。大专毕业通过成人夜校继续教育获得本科学历，凭借自身过硬的综合实力应聘进国有企业，吃苦耐劳勤奋肯干，终于有机会竞争业务部经理一职，但名校毕业有背景会逢迎的空降截断他的晋升通道，将所有重活累活交给他处理之余，伙同其他同事从心理上打压迫害他……所有职场上能见的霸凌手段，都在他身上施展一遍……"

每一条私信，每一封邮件，都是只属于某个人的人间地狱。

那些或明或暗，或轻或重的排挤孤立、冷嘲热讽、控制打压，那些在当事人内心留下难以磨灭却又无迹可寻的伤害，那些被周遭人无视的铺天盖地灭顶般的痛苦……司楠都经历过。

她轻轻叹息："我们分头联系，看看是否有人愿意接受我的采访。"

匿名向"树洞"吐露自己的遭遇,与面对面接受采访,讲述自己遭受霸凌的经过,是完全不同的两种方式。

很多人都对被霸凌的这一段人生充满难以启齿的回避与痛恨,绝口不提,只想与过去彻底割席。

司楠不知道在数量如此之巨的私信、邮件当中,能有多少当事人愿意坐下来,同她细说不堪回首的经历。

"被伤害的人生"专题采访进行过半的时候,司楠接到管知时的电话。

"包打听"在电话那头有些无奈地向司楠讨人情:"大记者,可记得你还欠我一次?"

司楠不是不意外的。

她总以为管知时会在某一个十分为难的节点向她讨还人情。

但是现在?

"需要我做什么?"司楠问。

"将你正在做的选题压一压,起码等郑元堂一案一审宣判后再发。"管知时回道。

司楠在这边微微眯了眯眼。

管知时在彼端叹气:"这是我的工作,时刻注意媒体和舆论动向,毕竟拿人钱财,就得替人消灾。"

司楠忍不住轻嗤一声。

她虽然答应师兄王砝不会跟进报道,但从未停止关注此案的后续进展。

开庭以来,郑家与黄、季、田三家在新媒体上展开一轮又一轮口水战,双方都恨不能压倒对方,取得舆论支持,进而影响陪审员的态度。

黄家直指郑元堂变态、心理扭曲、杀人如麻,郑家的反应则是以"知情人"的口吻深挖十年前阿尔卑斯山滑雪胜地度假酒店发生的一桩骇人听闻的侵害案件,打码出具当地警方接警、出警记录和当地医院接诊记录，暗指案件中的三名死者实为施暴者，十年后意图再度侵犯郑元堂，三人死有余辜。

双方你来我往，搅动所有看客的神经。

司楠手头的选题，那些受访者在校园里、职场上遭受霸凌的经历一旦见报，所能引发的热议，可谓在案件审理最胶着的时刻火上浇油。

"我若是不答应呢？"司楠问。

管知时苦笑："那我只好用其他手段达成目的。"

他没有明说，但司楠与他彼此心知肚明绝不会是什么光明磊落的手段。

司楠轻哂："我只保证不在一审宣判前发。"

"成交！"管知时痛快地挂断电话。

放下手机，司楠的心情绝谈不上美妙，她到底还是学会了向现实低头。

她大可以不答应管知时的请求，但这篇选题也很可能就此无法过稿，积在电脑硬盘的某个角落里，永远不见天日。

晚几天就晚几天吧，司楠想。

临下班时，司楠的手机不断传来社交圈的消息提示音，频促得教人焦虑。

司楠一边搭电梯下楼，一边查看手机上超过九十九条的未读消息。

父亲司先生发来数张雪山雾凇美照，另附一张他与未婚妻手牵手在雪地上留下的身影合照。

司楠手指滑动，发一个大拇指作为对父亲的回应。

往下拉动页面，母亲叶女士发来数条超长语音，司楠面无表情地听了两条，叶女士再度对她的报道取得傲人的成绩而表示自豪，并转达了莫先生和莫北叫她一起共度圣诞的善意邀请。

司楠默默截取平安夜聚会群群聊截图发给母亲，表示谢谢莫叔与莫北的好意，但已与同学有约，提前祝他们圣诞快乐。

再往下是纪赟"我们见面一叙吧"的请求，以及同学圣诞聚会的时间、地点和参加人数的最新统计，班长在群里再三要求司楠一定要赏脸参加。

司楠在拒绝与赴会之间犹豫片刻，考虑到叶女士极可能上门突然袭击，司楠决定平安夜往圣诞聚会露个脸，给精心筹划聚会的班长一个面子，然后找家私享影院看一场应景的罗曼史电影。

计划很美好，变化也很突然。

平安夜下午司楠约好相熟的理发师，将已长出寸把长黑色发根的金发染回黑色，并自嘲以后再不折腾发色，还是老老实实地留黑发最方便。

理发师从镜子中朝她飞一个"你不懂"的眼神："黑发显厚重，会有头重脚轻的视觉效果，要不要试试奶茶色，或者米灰色？显轻盈，衬得皮肤更白皙。"

理发师劝说不成，大感遗憾，最后仍极力怂恿司楠尝试新颜色："要不然染个雾霾灰？非常高级大气的一款灰色，染出来一定惊艳！"

司楠十分心动，然后无情地拒绝了理发师的提议。

自美容院出来，司楠经过门口落地镜时，看一眼镜中人，那陪伴她近三个月的金发被鸦羽般乌黑油亮的黑发所取代，因那头不适合亚洲人的金发衬得暗沉发黄的皮肤一瞬间变得白皙清透起来，整个人仿佛焕然一新。

对自己精神饱满容光焕发的状态，司楠报以微笑，镜中人同样微笑。

圣诞同学会设在网红商场顶层拥有透明玻璃天顶的派对屋里，圣诞主题将现场布置得红火热闹，身穿圣诞主题比基尼的女服务生和红色圣诞主题短裤的男侍者手捧盛有甜点与香槟的托盘，在光影炫丽的派对现场穿梭走动，令人目不暇接。

司楠在门口签到完毕推门而入时，映入眼帘的是正对门口的高耸入顶的圣诞树以及旁边巨大的LED屏幕前捧着话筒对唱《相思风雨中》的两位老同学。

有那么一刻,司楠以为自己误入婚礼现场。

在她呆怔的瞬间,已有女同学发现她,上前来一把勾住她的手臂,扬声道:"大家快看,谁来了?"

三三两两,或坐或站的同学们被女同学这振聋发聩的一嗓子吸引,齐齐向门口行注目礼,随后招呼声此起彼伏地响起:

"司楠来了!"

"欢迎司楠!"

"哎呀,我们大记者到了,快快快,让个位子给大记者,我们要听第一手八卦!"

老同学们或者含蓄,或者热情地对司楠的到来表示欢迎,众人仿佛一起失忆,全然忘记过去两年任何同学会活动对她避之不及的无视。

女同学把司楠拖到组合沙发前,往空出来的中间位上一按:"今天可要同我们喝个不醉不归啊!"

司楠苦笑:"我开车来的,不便饮酒。"

女同学手一挥:"代驾是用来做什么的?喝!必须喝!"

"我还在服用抗抑郁药物,其间不能喝酒。"司楠轻轻向女同学解释。

周遭的同学高高低低发出叹息,有人出声替司楠解围:"不喝不喝!咱们以茶代酒!以茶代酒!"

长袖善舞的女同学丝毫不觉尴尬,一屁股挤开一个男同学,挨着司楠落座:"你早说嘛!服务员!拿最好的气泡水来。"

被她挤开的男同学低语:"克里斯蒂娜,大家AA制,你悠着点。"

几乎要以派对女主人自居的女同学白他一眼,亲热地挽着司楠的手臂不放:"快快快,同大家仔细说说,柳某人是如何倒掉的?"

众人即便有心听第一手八卦,也仍不免被她如此开门见山直奔主题的豪放做派所震慑。

有人骇笑:"克里斯蒂娜果然在国际频道与洋同事待得久了,讲话方式也向他们靠拢,够直白。"

女同学拧一拧腰肢:"人生苦短,何必在迂回曲折的话术上浪费时间?"

司楠为她这种绝不受任何眼光影响的强硬性格拊掌。

"就如警方通告所说,有群众举报,柳某自身不正,法网难逃。"

两个另辟蹊径的小网红的现场直播还是给司楠带来了不少麻烦,当年的事重回大众的视线,不少"事后诸葛"站在同情司楠的角度,讨伐手握资本掌握话语权的柳亦犟,表示当舆情一边倒的时候,媒体人要有自己的判断,万勿被舆论裹挟,成为资本的帮凶,应该让子弹多飞一会儿。

这批"事后诸葛"与当年口诛笔伐司楠的那一批,有很大程度的重叠,教司楠心下颇感好笑。

网络金句有云:迟来的深情比草贱。

司楠深以为然,迟来的道歉不值钱。

时过境迁,把往事挖出来鞭尸,可当事人已经不需要他们廉价的同情与自我审视。

女同学拍拍司楠的手背:"哎呀,事情都过去了!你现在不是好好的?读书时你一支笔就教人印象深刻,如今重返岗位,两篇深度调查报道一出,让人惊艳。我看年度金笔杆奖,肯定有你一个。"

司楠朝她举一举水杯:"借你吉言!"

女同学还欲与司楠深入交谈,纪赟推门而入,环视室内,目光落在司楠的身上,旁若无人地直冲司楠而来。

曾经还算帅气阳光的男人此时面现颓唐与疲态。

"楠楠,我们谈谈!"他声音里隐含痛悔。

周围的同学纷纷向他俩投以注目礼。

当年班上的一对金童玉女,人人当他们将来能成就一段佳话,结果爱情抵不过现实的重锤,纪赟一见势头不妙,毫不犹豫地同司楠分手——当然趋利避害是本能——但他做得实在难看,就很教人看不起。

司楠避无可避，也不想两人僵持，弄得派对现场气氛尴尬，遂自沙发上起身，随纪赟走到圣诞树下。

顶天立地的圣诞树装饰得华光灿灿，树下摆着大大小小包装精美的礼盒，上头贴有不同的数字号码，看起来派对最后应该准备了抽奖环节，班长确实是用了心的。

司楠垂睫观察那些零散摆放的礼盒，对纪赟的态度便显得有些漫不经心。

纪赟见状，只得苦笑。

"楠楠，司俭国司先生，同你是什么关系？"他低声问。

司楠听见父亲的名字，终于抬眼看向纪赟。

夫妻本是同林鸟，尚且大难来时各自飞，作为恋人，他面对事业与爱情的抉择时选择明哲保身，司楠可以理解。可当天纪赟明明也在现场，他不替她说话也就罢了，竟然还将成立的工作室挂在柳亦辈的公司名下，这是最教她无法接受的。

而今，柳亦辈触碰法律底线的行为事发，君禾演艺训练班被查封接受调查，挂在君禾旗下的纪赟摄影工作室同样被查封，所有摄影器材与电脑中存储的照片都将被一帧帧查看。

警方上门搜查，虽未大张旗鼓，但此事在文化创意园区里并非秘密，毕竟有人在现场围观，并立刻在业主群里传了个遍，八卦女王小麦在社交圈直播查封、搜查、取证全过程，司楠很难不看见。

此时纪赟问起司先生，司楠轻笑，为他解惑："司俭国先生，是我父亲。"

纪赟脸上掠过悲喜交加的表情："楠楠，你骗得我好苦！恋爱数年，你为什么从来不提令尊是大名鼎鼎的司俭国？！"

司俭国，著名纪录片导演、摄影师、摄影家协会副会长，曾获得过荷赛奖艺术类摄影第一名，在摄影行业拥有举足轻重的地位。

司楠费解："我同你恋爱，提他做什么？"

"如果我知道……"纪赟哑了嗓。

如果他知道，是否会在人生的岔路口，做出不同的选择？

司楠了然："如果你知道司先生是我父亲，当初柳亦辈和他的经纪人及团队空口白话诋毁我的时候，你也许就不会毫不犹豫地站在他那一方了，是吧？如果能乘上司先生这股东风，你在摄影师行业里，也许能少走十年弯路，是不是？"

纪赟想否认，张了张嘴，却又无话可说。

最终，他低下头："楠楠，看在我们曾有过感情的分上，能否麻烦你向叔叔求个情，不要将我自摄影家协会除名？"

"你跟着柳亦羣两年，做了什么缺德事？"司楠不是不诧异的。

纪赟闭一闭眼睛，艰难地为自己辩解："他做的那些事，不是喜欢那一口又极得他信任笼络的人，根本掺和不进。我虽然号称是他的御用摄影师，但并没有走进他的核心团队……"

司楠微微歪头观察他的表情："如果你没有参与，摄影家协会有什么理由除名你？"

"我……"纪赟心虚，"君禾免费借场地给我开摄影工作室，偶尔我不在时，柳亦羣会带人去我的工作室拍'艺术照'……"

与他相熟的摄影师悄悄向他透露，司副会长亲口说摄影家协会不能容忍品德有瑕疵的摄影师，人品与作品一样优秀才是吸收和接纳新人的标准。

司楠怒从心头起："你确实没有掺和进去，你只是提供场地，无声纵容了他的恶行！"

那些所谓的"艺术照"，不正是逼死姚瑶的一环吗？！

"抱歉，我不可能向家父开这个口。"

纪赟涨红了脸，哑口无言。

情歌对唱结束的班长从小舞台上跳到司楠和纪赟跟前："躲在这儿说什么悄悄话？"

司楠瞥了纪赟一眼，到底还是给他留了脸面，朝班长微笑："班长的唱功还同读书时一样出众，简直可以媲美原唱。"

班长被赞得浑身轻飘飘，一把拉了司楠："走！我们对唱一曲，《广岛之恋》会不会？"

司楠唱歌去了，留下失魂落魄的纪赟站在原地。

快到晚餐时候，圣诞女郎装束的服务员和精赤上身的健硕服务生开始有条不紊地撤去西式长桌上的装饰物，一一摆放刀叉餐具。

司楠贡献一曲遭班长戏称为"断气唱法"的《广岛之恋》后，被赶下舞台："真要命，司楠你的唱功数年如一日毫无进步。"

司楠汗笑："当年学校合唱队不收我是有道理的。"

大学时校合唱队曾有过打遍全国高校合唱队无敌手的战绩，还曾代表全国大学生合唱团参加世界合唱大赛，取得不俗的成绩。

司楠从来都是坐在台下观众席为同学们加油的那一个。

因此被班长嫌弃也并不生气，只笑一笑，打算寻个不起眼的位置等吃圣诞大餐。

派对屋的门恰在此时被推开，一副商场经理模样的青年男子手捧平板电脑走入门内，身后跟着高大沉默的保镖。

"各位晚上好！我是本商场今日的值班经理杰克。"他指一指胸口的工牌，笑容可掬地祝在场所有人平安夜快乐，又说明自己的来意，"耽误各位一点时间，本商场今晚为所有消费满一定金额的顾客送上一次抽奖机会，特等奖超跑一辆……"

他话音未落，派对屋内响起一阵抽气声和低呼声。

杰克笑眯眯的，并不为自己的话被打断而不快，反而耐心颇佳地等众人的震惊平复后，才继续宣布："一等奖，今晚本商场至尊豪庭旋转餐厅星光圣诞主题派对入场邀请函一张；二等奖，折叠屏手机一部；三等奖，豪庭云中酒店豪华景观房免费尊享一晚；参与奖，本商场五百元购物礼券一张。"

派对屋内的气氛瞬间被推向高潮，几乎人人摩拳擦掌，希望好运降临，抽到特等奖。

只得司楠，以略带狐疑的眼光注视杰克身后魁梧的保镖，越看越觉得眼熟。

现场只有班长尚保留一丝清醒，举手问："为什么一等奖只是一张派对邀请函？"

杰克不吝为他解惑："今晚至尊豪庭旋转餐厅派对现场另有奖品更丰盛的抽奖活动。"

派对屋内又响起一阵高高低低的惊呼。

这边已是抽超跑、手机了，更丰盛的奖品得是什么？飞机？

"请各位上前来参加抽奖。"杰克将平板电脑屏幕朝外，捧在手里，露出"参加抽奖"的界面。

同学们跃跃欲试，克里斯蒂娜勇做第一人，拎着裙角走到杰克跟前，伸出纤纤玉指，轻触屏幕上的抽奖键，花花绿绿的圣诞糖果在画面中纷纷撒落数秒，跳出"谢谢参与"四字，克里斯蒂娜发出失望的叹息。

杰克身后的保镖从随身携带的礼盒内取出一张购物券递给她。

克里斯蒂娜与大奖无缘，更加激发同学们的热情，少一个人竞争，便多一分获得特等奖的希望，不是吗？

司楠被热情的同学前后挟裹着排队慢慢向前，两人隔着她热烈讨论。

"我的偏财运一向不佳，也不指望超跑或者手机，云中酒店豪华景观房免费尊享一晚就好，非节假日住一晚也要五千块呢！"一个说。

"哎呀，我的手气更臭，从小到大没有中过一次大奖，买刮刮卡只中过一支牙膏！有参与奖我就心满意足了。"另一个说。

"司楠想中哪一个？"两人齐齐问。

"都好。"司楠想一想自己以往的中奖经历，"我的偏财运也很一般。"

"是吧。"两个同学同时松了口气似的，引得司楠直笑。

等轮到司楠，前头个个是"谢谢参与"，大家的心已经吊到嗓子眼，不知谁能有幸抽到超跑，或者一二三等奖。

司楠在手指触碰到平板电脑屏幕的刹那，看到面无表情的保镖向她微不可觉地颔首，脑海里倏忽闪过那天滨江公寓地库电梯前同样板着一张酷脸的保镖，不由得微微瞪大眼睛。

屏幕上糖果坠落弹跳，数秒后，花炮从天而降，在司楠注视下炸开漫天彩纸屑，然后跳出"一等奖"三个金光灿灿的大字，并伴有噼里啪啦的掌声音效。

司楠目瞪口呆，她身后的同学们发出一阵高过一阵的惊叹。

克里斯蒂娜上前来搭住司楠的肩膀："你走了两年霉运，现在总算出运了！"

连一向坚信唯物主义不动摇的班长都十分认同地点点头："司楠这是否极泰来了。"

司楠怀疑这抽奖结果被动了手脚，但她没有证据。

冷面保镖递上一张土豪金邀请函："小姐，请！"

同学们虽然遗憾自己未能抽中大奖，但都热情兴奋地怂恿司楠："快去快去！替我们看看富豪们的主题派对都有什么奖品！"

众目睽睽之下，司楠不便向保镖求证，只得在同学们的目送下，随另一名工作人员，走出派对屋。

司楠在工作人员的带领下走过一条空中长廊，侧头往下望是商场中庭热闹非凡的圣诞主题现场，同样在进行满额抽奖活动，看起来值班经理倒并不是受人指使凭空送礼，而是确有其事。

从派对屋走到商场另一头，在连接旋转餐厅的环形步道口同样有黑衣保全人员值守，验证过司楠的入场邀请函后，另有黑衣保镖引她进门。

这家司楠只在美食探店节目得以一窥究竟的三百六十度旋转餐厅，今晚被装饰得有如芬兰的森林，中间的主题圣诞树下甚至还站着两头活生生的驯鹿，拖着一架雪橇，悠悠吃着料草。

做圣诞老人打扮的胖胖洋大叔不时朝人挥手，发出"哦吼吼"的笑声。

餐厅内竟然客满，每一张靠落地玻璃窗摆放的餐桌上都有一张号码牌，不知何用。

司楠被保镖引着，穿过餐厅中心的"森林"，来到一号桌前。

保镖让开身来，微微延手，司楠不意外地看见谢利轩与容见迟。

"哟，换造型了！"谢利轩惯常一副懒洋洋的模样，坐在椅子里同黑发扎成一束马尾的司楠打招呼，"新年要有新气象是吧？"

容见迟起身，替司楠拉开靠背椅，待司楠落座，才坐了回去。

"利少不打扮成圣诞老人实在可惜。"司楠忍不住对散财童子谢大少说道。

谢利轩笑着朝司楠挑挑眉:"这不是两巧凑一巧了吗!"

"谢家的商场每年都会为维护大客户举办圣诞派对,他过来视察时得知贵校同学会在派对屋举行圣诞同学聚会。"容见迟伸手从一旁经过的送餐机器人托盘里取过一杯热蛋酒,替他解释,"他借机请你过来热闹一下。"

司楠诧异:"今天他不用同未婚妻约会?"

商家早将圣诞节开发成一年当中情侣约会的购物节,仿佛情人们在这一天不一道逛街、吃饭、看电影便十恶不赦似的。

谢利轩耸肩:"她家里的长辈笃信佛教,不允许她过西方的宗教节日。"

司楠露出个"原来如此"的表情。

说话的工夫,餐厅服务员开始传菜,烟熏三文鱼、酥皮奶油蘑菇浓汤、蒜香黄油焗蜗牛、香煎银鳕鱼配烤芦笋、法式酥皮火鸡派配香草冰激凌一一送上。

老实讲,司楠在派对屋已觉得三分饿,只等吃一顿圣诞大餐后寻借口告辞去看电影。此时从商场一头走到另一头,三分饿已变成五分饿,遂不与他们客气,抖开绣有餐厅标志的餐巾铺垫在胸前,拿起刀叉,埋头苦吃。

容见迟与谢利轩的心思不在吃饭上头,两人一边闲聊,一边偶尔用烤得酥松香脆的蒜香面包搭着焗蜗牛吃。

"粗粗扫一眼,王五、任六几个都来了,倒也恢复了几分从前的热闹。"容见迟十分中肯地评价派对现场的气氛。

"事情到底已过去两个月,谁还真会因黄枫他们的事而物伤其类?做做样子,悲痛伤心几天,还不是照样要出来开心快活?"谢利轩将名利场看得再透彻不过,"黄夫人还在为爱子的死发疯,黄先生已迫不及待想方设法地打算再生一个继承人了。"

司楠为自己听见的八卦放慢咀嚼速度。

她并不同情黄氏一门,毕竟溺子如杀子,黄枫侵犯郑元堂,多年后被郑元堂反杀,他的父母负有不可推卸的责任。但黄父在儿子尸骨未寒时的所作所为，也难免令人齿寒。

谢利轩的视线在容见迟与司楠脸上扫过，微笑："说起来，若不是你们提醒，使我能及时从君禾撤资止损，等柳亦羣东窗事发，一查商业实体信息……"

容见迟朝他举杯："你哪里用得着我们提醒？"

"说穿了多没意思。"谢利轩嗔怪，一手搭在旁边的靠椅椅背上，"同一个事事都看穿的人走得近多无趣？楠楠，你说是吧？"

司楠咽下一口香嫩的银鳕鱼，想一想："还好，一则我没有什么不可告人的秘密，二则并不时刻生活在一起，感触不深。"

谢利轩意味深长地瞥一眼镇定如恒的容见迟，对着登上舞台表演的乐队露出腻烦的表情："精彩的节目在后头，枯坐无聊，我们来玩游戏吧！"

"利！"容见迟警告地瞪他一眼。

谢利轩笑嘻嘻："来嘛来嘛！"

"玩什么？"司楠好奇。

总觉得他要语出惊人。

果然，谢利轩环视整座旋转餐厅，上半身倾向餐桌，整个人半横在桌面上："不如，我们猜猜某一桌食客各是什么身份，彼此之间是什么关系？"

司楠挑眉，这如何知道正确答案？总不能贸贸然上前询问。

因她毫不掩饰，谢利轩立刻读懂她脸上的表情，伸手揉一揉鼻尖："今晚所有到场嘉宾的座次与身份信息通通录入派对宾客名单，想知道猜得对不对，拿名单来一看便知。"

司楠欲言又止，谢利轩笑倒在桌面上："受邀名单由商场根据年度消费金额拟定，我也不是人人都认得。"

他索性趴在桌面上，直直望向司楠："玩不玩？"

"玩啊！"司楠燃起熊熊斗志。

容见迟无奈地摇摇头，被这两个人的孩子气逗得别开脸轻笑。

"我先来。"谢利轩伸出食指，画了一圈，指向他们斜后方的九号桌，"两男两女，一对是情侣，一对是互有好感暧昧期的朋友。情侣都来自健身行业，至少热爱健身，暧昧男从事金融或教育工作，刚做了视力矫正手术没多久，暧昧女是舞蹈老师，刚结束一段恋情。"

"何以见得？"司楠对他短短时间便得出如此详细的结论感到好奇。

"情侣穿知名国际连锁健身品牌运动鞋，这款运动鞋内置芯片，可以监控健康数据，还未正式投放市场，只在该品牌旗下的健身房教练当中试穿进行内测，以便收集数据。"谢利轩半撑着腮，"还有他们脚边置物架上放着情侣款健身教练包，一左一右挂着感应钥匙扣，在一定范围内会向手机发送提示，提醒对方恋人就在附近，是一件很有趣的小东西。"

是用来防止劈腿被当场抓获吗？司楠在内心疯狂吐槽。

"至于暧昧期的两个人……"谢利轩示意司楠仔细观察。

司楠看多两眼，便发现端倪。

男方总下意识推鼻梁，应是长期佩戴眼镜留下的习惯；女方优雅的坐姿同非比寻常的天鹅颈已说明一切问题。

但——"你怎么肯定暧昧男的职业？"司楠问。

"他拿起手机解锁侧身给朋友拍照时，我扫了一眼他的手机界面，看到一款股票交易员的专属交易软件，还有一款教育直播软件。"谢利轩无法确定两种身份哪一种可能性更高。

轻度近视的司楠抚掌："精彩！视力好更令人佩服！"

"过奖了！"谢利轩微微欠身，"我同容总常玩这个游戏，但楠楠是第一次参加，先定个简单点的目标吧。"

他的视线在室内踅摸一圈，最后落在十二号桌上。

"就十二号桌吧。"

"难度指数降低。"司楠笑言，但还是转头认真观察。

十二号桌只得两位客人，一男一女。

男性四十多岁，同司先生年纪相仿，体格敦实，理着个寸头，在温暖如春的室内穿粉色Polo衫，下搭格子西裤，赤脚踩驼色乐福鞋，一件昂贵的铁灰色英伦呢大衣搭在旁边座椅的靠背上，手腕上小指粗的金链条与劳力士蚝式金表相映生辉，相当豪阔。

女性二十岁出头，长卷发，穿一件紫罗兰色修身针织连衣裙，黑色红底高跟鞋，颈上挂一串巴洛克异形珍珠项链，低调炫富，并不张扬。

司楠眯了眯眼睛。

女孩子生得颇美，与身材敦实做派豪阔的中年男士对坐，一直小声交谈，神情放松，偶有娇嗔之态，但并没有过分亲密的肢体动作。

"嗯——"司楠想一想，缓缓说出自己的观察所得，"那一桌应是一对父女，或者长辈与晚辈的关系。中年男士颇具财力，女孩的家境也在中上水准。男士可能是生意人，女孩子若非还在读大学，就是刚刚步入社会。"

"何以见得？"谢利轩颇觉有趣地问。

"男士身上带有明显江湖气，想必工作与生活中经常接触三教九流的人物。女孩极少穿高跟鞋，脚后跟很不舒服，几次将脚从高跟鞋里脱出来又塞回去。"司楠想起自己参加工作后第一次穿高跟鞋出席报社活动的惨痛经历，"我倾向于爸爸带女儿出来见世面。"

司楠转回头来，问容见迟："我猜得对不对？"

容见迟微笑："细节都注意到了。"

"容总，你不猜一桌？"谢利轩问。

"我就不猜了，猜对了胜之不武，猜错了颜面扫地。"容见迟贯彻"工作是工作，生活是生活"的宗旨，八小时以外并不爱运用掌握的技能分析他人。

谢利轩也不逼他，哼了一句"狡猾"，招手叫餐厅经理过来："查一下今晚的派对名单，九号桌、十二号桌都是什么人？"

俄顷，餐厅经理奉上平板电脑，躬身在他身侧："九号桌是宝健丽大中华区总代理庾氏少董与未婚妻云小姐，以及庾少的好友、纵行教育网首席执行官许先生与丽程舞集的首席程小姐。"

司楠朝谢利轩竖一竖拇指，除了许先生与程小姐是否处在暧昧期不得而知，他几乎猜得全中。

经理继续介绍："十二号桌是金辉娱乐城老板任重山先生及其女儿任小姐。"

谢利轩"哈"一声，交代餐厅经理："为九号桌、十二号桌各送一瓶香槟，祝他们今晚玩得愉快，能抽中大奖。"

经理应声而去，谢利轩朝司楠拱手："旗鼓相当，打个平手。"

"我不如你，我只观察两人，已经用尽全力。"司楠自承。

容见迟笑一笑，捏一捏司楠的耳垂："作为第一次玩这个游戏的人来说，你的表现可谓相当出色。"

谢利轩点头附和："我的观察能力，可是容总训练出来的。你如果没有经过系统的训练，堪称天赋异禀。"

在被绑架后的数年里，他都无法独自入睡，必须由父母陪同，也无法独自外出，更惧怕黑暗逼仄的环境。最终父母选择送他出国读书，在全然陌生的人同环境里，那种无时无刻不担忧惊惧的状态才慢慢好转，然而他仍然害怕与人相处，害怕对方怀有恶意，直到容见迟开始接触心理学。

他教他分析身边人的行为模式与微表情，拿街头的陌生人为观察对象，一次又一次观察、分析、验证，才将他从那种时刻恐惧的状态中解救出来。

小小游戏，教身在富贵中的他看遍人生百态。

那头九号桌的四人收到香槟，询问过送酒的经理，便遥遥冲他们举杯，谢利轩朝四人颔首微笑，全了双方的礼数。

十二号桌任重山父女的反应则略出人意料。

老江湖任重山收下香槟后，朝一号桌拱了拱手，接着一顿，忽然倾身与女儿耳语数句，随后两父女起身朝容见迟他们走来。

谢利轩露出"有趣了"的戏谑表情。

任重山带着女儿走到桌前，摸一摸脑门："容先生，想不到在这里又见面了！"

容见迟起身与他握手："世界真小，是不是？"

任重山望一望谢利轩与司楠："不知这两位是？"

"这两位是我的朋友。"容见迟微笑，"任先生有事？"

任重山面露迟疑之色。

容见迟并不催他。

"方便坐下说吗？"任重山问。

任重山的女儿有些许害羞似的，悄悄扯他的袖口。

容见迟还未答声，谢利轩已起身绕过餐桌，挤到司楠身旁，热情张罗："坐吧，一起坐，人多热闹。"

容见迟警告性地看他一眼，但还是冲任家父女延手："请坐。"

谢利轩与司楠坐同一张椅子，即便餐厅座椅宽大舒适，也显得有些拥挤。容见迟起身，将司楠拉到自己的座椅上，自己则向经理另要一张餐椅，放到司楠旁边，安然入座。

场面顿时变成司楠夹在容见迟与谢利轩之间，对面坐着任重山父女。

漂亮的任小姐看看容见迟，再看看谢利轩，最后挨着父亲的肩膀，抿嘴，一副围观群众在现场的情状。

任重山搓搓手："容先生，上次在火车上……"

听见"火车"两字，司楠下意识瞟向容见迟，他有些无奈地伸手摸一摸她的后脑勺，"以后同你说。"

任重山继续道："不怕您笑话我，自从在火车上见识过容先生的本事后，我总下意识琢磨擦肩而过的陌生人。"

"我爸已经走火入魔，看谁都不像好人！"任小姐忍不住吐槽。

任重山被女儿当众吐槽，也不恼，反而颇为自得："不是自我吹嘘，我经营着本埠尚存的最大一家娱乐城，经年累月接触三教九流的人物，一个人是好是坏，看两眼、说几句话，基本就能搭得着脉，判断得八九不离十。"

任小姐很不以为然，容见迟却给予肯定："虽然没有接受过系统训练的人未必能关注细节，但大脑已自行留意，并且下意识做出反应，通俗来说，任先生的直觉非常强大准确。"

任重山闻言冲女儿嘿嘿一笑："我说吧！"

转而又对容见迟说："我这个女儿，从小同她妈妈生活在一起，除了给钱，我没尽过几天当父亲的责任……"

"爸爸！你说事情就说事情，扯上我做什么？！"任小姐在桌子底下顿足。

"我年轻时跟着早前的老板走南闯北,男人漂泊在外,就容易受花花世界的诱惑,做下了对不起她们母女的事。"任重山重重叹息,"女儿直到考上申城大学,才算同我亲近了些。"

"爸!"任小姐快翻脸了。

"好好好,我不说了。"任重山抹一把脸,"她一周才回家一次,有时候与同学相约去玩,周末也不回来。上个月她过生日,我思来想去,总不好教她去外面那些乱七八糟的场所,消费高不说,人多且杂,不安全!就让她把同学朋友请到家里来开生日派对,酒水、餐饮、娱乐我全包。"

任小姐哼一声,大概嫌父亲啰唆。

"生日派对上来了一屋子人,薇薇的同学、朋友、同学的朋友、朋友的朋友……热热闹闹一大群。"任重山小心翼翼地觑女儿一眼,见女儿没有发火的迹象,才接着道,"为了教他们年轻人玩得开心,我这个老父亲不能不识趣,所以当天我就避了出去。"

"你在的话大家怎么放开手脚玩嘛!"任小姐娇嗔。

"是是是,你说得对!"任重山在这些事上,几乎对女儿百依百顺,"等派对结束,我回了家,当天请的专业生日摄影团队将拍摄的影像资料拷贝给我挑选,以便进行后期制作。"

"影像资料上有什么问题?"容见迟终于出声问。

任重山一手握拳轻砸掌心:"您怎么知道?!"

任小姐的白眼几乎翻到天上去。

容见迟微笑:"相机有时能捕捉到肉眼无法查知的细节,翻看照片是一种极其有效的锻炼观察能力的方法。"

再度获得容见迟的肯定,任重山兴奋起来:"您说得不错,我在上头发现了些非同寻常的东西。"

他从裤袋中取出自己的手机来,调出相册,点开照片,一张张滑动,展示给对面的三人看。

"你们能看出什么来?"

司楠没从中看出什么不妥来,但容见迟与谢利轩齐齐敛了眼神。

容见迟伸手从任重山手里接过他那部最新款的折叠屏手机,

一帧帧滑动浏览相册中的照片，间或递给谢利轩看，最后打开一段视频。

新中式土豪风装修的别墅内，背景音喧闹异常，画面固定在某个位置，对着一片布满气球、鲜花和玩偶的宽阔客厅和一角楼梯，有人头戴生日帽，鼻梁上架着一副带有圆球状红鼻头的生日搞怪装饰眼镜，缓缓走上楼梯，消失在镜头范围内。

司楠疑惑地挑眉。

视频中的年轻人——从身姿和步态判断——打扮与楼下一群嘻嘻哈哈搂抱喝酒欢唱的派对客并没有什么明显区别，任重山何以单独调出这段视频？

但她观察容见迟与谢利轩，两人眼底俱是凝重的颜色。

任小姐见容见迟不说话，有些替父亲尴尬："我就说你疑神疑鬼！"

容见迟将手机摊在桌面上，手指滑过屏幕，一张张指给任小姐看："并不是令尊多心，此人确实有些不妥。"

他这样一说一指，任小姐还不得要领，司楠却看出蹊跷来。

他所指的每一处，都有一个衣着打扮与视频中的年轻男子相同的身影，但他的脸在每张照片中都被人体或者物品所遮挡，让人无法一窥真容。

派对现场纷乱无比，生日派对摄影团队的照片无法精准捕捉到每一位派对客的面容不稀奇，但这名男子成功在多个角度、多张照片中隐匿自己，不被相机记录在镜头中，这就稀奇了。

"任小姐认识监控视频中的人吗？"容见迟问仍不明所以的任小姐。

任小姐摇头："那天来了不少人，我顶多认识一半。"

还有一半是她广发生日派对邀请函后，同学与朋友带来的朋友，有不少人甚至都不在邀请之列，但上门是客，她也没有赶人家走的道理。

"他还到楼上的书房、起居室、卧室外面兜了一圈。"任重山为女儿的"傻白甜"深觉无奈，"你的同学朋友都在楼下，独他一个到楼上乱转，你说我要不要怀疑他？"

任小姐气鼓鼓地噘嘴。

"家里可丢了东西？"容见迟眉心微锁。

"除了砸坏一尊放在客厅博古架上的琉璃观音，碰倒几棵发财树，踩坏一组真皮沙发……"任重山每说一句，任小姐的脸色就黑上一分，"倒并没有丢什么值钱的物品。"

"那不就行了！"任小姐朝父亲甩脸子。

"我就是觉得这个人不怀好意。"任重山坚持己见。

容见迟把手机还给任重山："谨慎起见，任先生不妨升级一下家中的保全系统，任小姐也留意下近期是否有陌生人试图接近你，以策安全。"

他给出的建议令任重高兴不已，任小姐便有些怏怏不乐，觉得有阻碍自己交友之嫌。

任重山到底老于世故，以不打扰他们进餐为由，拖了噘嘴鼓腮的女儿返回十二号桌。

这边谢利轩也不回自己原来的位置，隔着夹在中间的司楠，与容见迟低声交谈。

"恐怕是个老手。"

什么老手？司楠转头看他。

"来意不明之前，很难采取行动。"容见迟喝一口柠檬水。

什么行动？司楠又转头向他。

容见迟伸手轻轻压在她的头顶："转来转去，头颈累不累？"

"你俩打什么哑谜？"司楠问。

"视频里这个人，非常善于躲避镜头，对镜头有着极不寻常的敏感，几乎完美避开所有拍摄。而客厅这个角度的安保摄像头虽然拍到了他，但是他头戴生日帽，脸上又戴着生日装饰眼镜，遮挡住所有能进行面部识别的特征。"容见迟向司楠解释，"与二十年前不同，现在天网监控系统技术成熟，能通过实时监控和信息记录打击犯罪，普通人于无所不在的监控摄像头前很难藏匿行踪，无处遁形。普通人甚至不会特地注意监控，更不会故意对面部进行遮挡。"

而出现在任重山家的这个男人,他的行为绝非普通人所有。

"你们怀疑他……"司楠一愣。

"是,我们怀疑他上门踩点。"容见迟承认。

"不报警?"司楠疑惑。

"没有证据,且案件尚未发生。"谢利轩向后靠,伸展双腿,"凭几张照片和一段视频,并不能说明什么。"

司楠了然:"所有你们建议任先生升级保全系统,留意女儿的交友情况。"

这一晚在旋转餐厅玻璃穹顶降下的人造极光、顶尖摇滚乐队的现场表演和人人有惊喜的抽奖活动中降下帷幕。

司楠这回没有"运气"加成,不只与豪车无缘,连钻石名表、黄金手链也同她无关,只抽到参与奖八千八百八十八元的商场无门槛购物券。

幸而司楠的心态放得再平不过,这一场目测个人年消费能力在百万元以上才有资格获邀参加的圣诞派对,她原本连进来一窥究竟的资格都无。

派对结束,曲终人散,喝了不少酒的谢利轩自有保镖护送离去,容见迟则伴着司楠走过长长的空中长廊,往另一头的客梯去。

一时没忍住在派对气氛最热烈的时候喝了两口热蛋酒的司楠有些懊恼:"我不该逞一时口腹之欲,忘记自己还要开车回家。"

"我送你。"电梯内容见迟一手插在裤袋中,一手虚护司楠的后背,将她与电影院散场出来一拥而进的乘客隔开一臂的距离,"你的车让我的司机替你开回去。"

"有钱人的世界!"司楠嘀咕一句。

容见迟失笑。

送司楠到家,司机也将她的车开进小区停在楼下。

容见迟将车钥匙交到司楠手中:"上去吧,祝今晚有个好梦!"

目送司楠推开底楼防盗门,走进门厅里,容见迟才返回自己车上,交代司机一声:"回云上栖。"

司机无声地转动方向盘,将车驶出小区,驶进夜色中。

容见迟独自坐在后座上,取出手机,查看这一晚都未瞅过一眼的手机。

他与谢利轩甚少在社交媒体上传动态,从来都是隐形人一样的存在,但这并不影响他们在这些应用软件上的社交地位,未读消息提醒超过九十九条,大大小小的群热闹非凡。

小麦晒出工作室前台上那棵迷你圣诞树,一旁摆放着颜色鲜艳夺目的圣诞花,配文"圣诞快乐",十分应景。

同学老曹发出一张在圣诞树下抱高穿着圣诞主题连体婴儿服的女儿,小小婴孩胖乎乎的脸颊圆润可爱,也不畏高,在父亲手中兴奋地蹬着腿,伸手想去摘圣诞树顶端的金色星星,老曹文字里透出一个父亲对女儿无尽的爱:"这么小就想当飞天女超人!"

容见迟看得微笑。

页面往下拉,他一眼看见一对中年夫妇坐在圣诞树下的照片,两人头碰头、肩并肩,四只手一起捧住一只懒洋洋的灰色缅因猫,猫的额角还戴着一顶小小的圣诞帽,照片下方以英文花体写着"圣诞快乐",非常官方。

容见迟一点点敛了笑容。

这样的照片每年都有,猫都可以入镜,但他不行。

只要他活着,对母亲来说,就是原罪。

容见迟无声叹息,按熄手机屏幕,将之扔到一边。

有生之年,他能与母亲解开彼此的心结,达成和解吗?

这个问题,他无法给出答案。

圣诞过后眨眼到元旦。

报社里已充满浓厚的过节气氛。

今年春节在一月中旬,较之往年早得多,总务部定制了报社专属静电窗贴,随报纸附赠千家万户,报社的玻璃门窗也贴上大红窗花,一眼望去,喜气洋洋的。

另外还每人发水仙一球,同事们出尽百宝养在各种各样的容器里，透明玻璃小鱼缸、韩式彩绘陶碗、养生石锅……也算是办公室一景。

司楠从办公桌最下层的抽屉里翻出一个不晓得哪年哪月被她养死了的多肉盆栽留下来的巴掌大小的瓷盆，里头套一只一次性塑料杯，底下垫一层脱脂棉，浸了水，将水仙花球种在里头。

陶姐探头过来，笑个半死："司楠你也太敷衍了。"

"我是植物杀手，没有一株植物能在我的照料下存活。"司楠苦笑，"越是精心伺候，死得越快，死状越惨。所有我决定不要投入任何感情，让它野生野长，是死是活，听天由命。"

陶姐笑到肩膀直颤："我以前怎么没有发现你这么好玩？算了算了！你别糟蹋这么好的金盏银台，我帮你一块儿养得了！"

司楠朝陶姐拱手："谢谢陶姐救它一命！"

陶姐摆摆手，问："采访进行得怎样？"

司楠不由得轻叹："不太顺利。"

发短信、邮件倾诉者甚众，但愿意接受采访的少之又少。在他们心里，那永远是轻易不愿意触碰的禁忌，是羞于面对的耻辱，是永难磨灭的梦魇。

陶姐伸手拍拍司楠的肩膀："别着急，一点点来，要有耐心。"

司楠点点头："下午约了一位受访者，希望能打动她，让她打开话匣子。"

吃过午饭，司楠驱车前往约定地点进行采访。

受访者将采访地点约在一家雅致的花舍。

小小的花舍是一栋商务大厦的沿街门面，楼上大多经营教辅机构与餐饮娱乐，底楼裙房里则开着便利店、快餐店、药房与花舍。

司楠推门走入满是鲜花的花舍，门铃发出轻轻的脆响，一名坐在繁花间玩手机的年轻女子闻声抬起头来。

她生得极美，浓长卷曲的黑发，蜜色肌肤，五官深刻浓丽，在冷冷的冬日里穿一件极考验身材的香槟色针织连衣裙，有种充满异域风情的野蛮的美。

司楠几乎可以肯定面前的美人就是今天的受访者，但仍向她求证:"请问,黎娜在吗?"

大美人一撩卷发:"我就是,司楠是吧?"

司楠点点头,野性美人黎娜放下手机:"帮个忙,帮我把'营业中'的牌子翻过来。"

她的声音有些许沙哑,仿佛头一晚唱歌用嗓过度,但并不影响她声音的独特质感,教人愿意受她支使。

司楠依言将"营业中"的牌子翻至"暂停营业"的一面。

黎娜见状粲然一笑,站在繁花之中,朝司楠招手:"这边坐,包就放在旁边的花架上好了。"

司楠只觉她人比花娇,几乎难以想象这样的她曾经饱受同学的霸凌。

"你真是黎娜?"司楠再三确认。

"如假包换。"黎娜掩嘴轻笑。

司楠小心翼翼地穿过玫瑰与月季花海,来到黎娜身边:"我只是不明白,什么人能狠得下心欺负你?"

她是如此美丽,美得教人目眩神迷,怎会有人以霸凌她为乐?!

黎娜坐回高脚椅上,一手托腮,眼神迷离:"我也不明白。"

两人坐在花海之中,黎娜煮了一壶茶,拿出小饼干招待司楠。

有些话她大抵憋在心中日久,一直无处倾诉,正碰上"知心大姐"栏目话题征集活动,后续又收到面对面深入采访的请求,仿佛蓄满水的水库一朝决堤,甚至不必司楠引导提问,她已然一股脑倾倒出来。

黎娜说,因父母在大城市打工,她自小跟在祖父母身边长大。

农村长大的孩子皮实,放了学就在村里疯跑野玩,七八岁的时候人又黑又瘦,亲生父母见了都难以违心地说一句"我女儿真好看"。一晃到十二三岁,忽然长开了,肤色如蜜,浓眉杏眼琼鼻桃腮,引得四村八乡的小子直往跟前凑。

"阿爷年纪大,阿奶腿脚不好,一群小子堵在家门口,赶都赶不走。"黎娜眉眼里并无自得,更多的是烦恼与无奈,"幸好阿爸阿妈奋斗多年,在城里站住了脚,开起了自家的生鲜超市。在电话里听老人说管不住往家里跑的野小子，怕带坏我，就把我接到城里来了。"

噩梦由此开始。

从农村到城市，从没人管的野娃子到需要循规蹈矩的城里人，黎娜毫无准备。

前一天还是看电视吃冷饮翻漫画书自由自在的时光，次日就变成束手束脚上课下课做作业的乏味生活，差距不是一点半点。

黎娜不适应城市里连下课都不许到操场上疯跑的校园，城里孩子也看不惯她用搪瓷缸子接自来水喝的做派。

他们一开始只是嘲笑她浓重的口音，老师见了，不过是不痛不痒地提醒他们要友爱同学，并无实质的惩罚，不消多久，大家就都晓得嘲笑农村来的黎娜不会受到批评。

后来对她的捉弄渐渐变得越来越恶劣，一开始只是模仿她的口音和她狂野的跑步姿势，后来便有些莫名其妙的流言，说她只同男生要好，接受男生送的礼物。

"什么叫'只同男生要好'？是班级里的女同学先集体孤立我，不同我说话，搞活动也不愿意和我组队，我能有什么办法？"黎娜冷笑，"到最后只有一个同样落单的男同学和我组队。"

少年人的恶意被无限放大，流言层层叠叠，不知道源自谁，也不清楚经过多少道口耳相传，她就这样被塑造成一个来自农村生性放荡的女生。

女同学排挤孤立她，心思不正的男生则暗搓搓打赌谁能成功把她骗到手。

她渐渐厌学，畏之如虎，在教室里坐在最后一排，不举手，不发言，也不愿意参加任何集体活动，游离于众人之外。

"老师不制止他们，反而把我阿爸阿妈叫到学校里，当着我的面说他们只顾赚钱，不关心孩子的成长和身心健康，又明里暗里指我不自重自爱，引得其他班级的男生每到下课都要堵在门口朝教室里张望，造成极坏的影响……"黎娜狠狠咬一口饼干，"在他们眼里，我连呼吸都是错的。"

黎娜撩动披在肩膀上的卷发："我一度觉得也许只有死了，才能洗清加诸我身上的那些罪名……"

司楠终是没忍住，放下一直捧在手心里的茶杯，轻轻握住黎娜的手。

她明白那种感觉。

仿佛她的一呼一吸、她的存在都是错的。

黎娜回握一下司楠，笑一笑："你看我现在好像一切都很好，阿爸阿妈把一家五十平方米大的生鲜超市经营发展扩大到拥有数家加盟店的连锁生鲜超市，还在老家建起自家的果蔬种植基地，也算成功人士了。我嫁了个家里做水产养殖生意的小开，一进门就生了儿子，夫家看重我，丈夫爱我，闲来开家花店打发打发时间，买奢侈品眼睛都不眨一下……但我心里永远有个黑洞。"

她怎样挣扎着从黑暗渊薮爬起来、走出来，无人知晓，那些霸凌过她的人，也不会在意。

"无论我活得多光鲜亮丽，我心底的那些恨意从未消失。凭什么？凭什么？！我经受那么多痛苦，拼尽全力才能假装忘记那些至暗时刻，而霸凌我的人，却可以拥有毫无心理负担的人生？"黎娜低声问，问自己，也问司楠，"当年带头孤立我的班长，就因为她家境好，是老师的宠儿，人生一帆风顺，出国留学，嫁给门当户对的有钱人，天天晒幸福；和人打赌拿一罐可乐、一盒口香糖就能把我骗得晕头转向言听计从任他摆布的学渣混混儿，现在也人模狗样地当着4S店经理……没有任何人为当年所做的事向我道歉，他们照样活得心安理得！"

"是恨他们要紧，还是珍惜眼前的幸福生活要紧？"司楠轻声问黎娜。

黎娜一怔，很快便展颜一笑："我不会因为心里的这点恨而去做傻事，我只是需要大声把它说出来，忘记它，然后继续我的人生。"

如同《伊索寓言》里《长驴耳朵的国王》的故事，把心底的秘密告诉一个树洞后，从此彻底放下它、埋葬它。

"因为，我害怕我的恨，会不知不觉影响我的孩子。"提起儿子,黎娜的神色温柔下来,"我老公说,好几次看到我自言自语似的对才两岁的儿子灌输如果有人说他的坏话,不要哭,不要退缩,扑上去打说坏话的人……"

司楠忽然明白黎娜愿意接受采访背后的深层次原因。

物理意义上的伤痛终有痊愈的一天,可心理意义上很难真正看开、放下。

黎娜不愿意背负折磨心灵的痛苦往事继续前行,她需要一个契机,把那些她曾经羞于启齿的痛苦遭遇公之于众,让那些人知道他们的行为并不是没有造成伤害,每一个参与对她霸凌的人都应该接受道德的审判,她需要这样一个发泄内心愤懑的出口,以免压抑翻涌的负面情绪伤害到她最爱的人。

"如果,你有机会面对曾经伤害过你的人,你会怎么说、怎么做?"

"她怎么回答?"陶姐抓紧转椅扶手,问。

"她说——"结束采访回到报社的司楠,同陶姐讲起黎娜,不是不感慨的,"她说,如果可以,她希望能像电影《我唾弃你的坟墓》里的詹妮弗一样,亲手向那些伤害她的人复仇。但是,如果她这样做了,她将会失去与挚爱在一起的幸福生活。她对他们无话可说,她深深地唾弃他们。"

陶姐想一想,叹息:"她这么做也无可厚非,以德报怨,何以报德?"

下了班,司楠赴约,与容见迟共进晚餐。

两人现在是偶尔约饭的饭搭子关系,尤其司楠憋了一肚子话想找人吐槽时,容见迟是她的首选。

两个将心里的秘密一点点袒露给对方的人,逐渐无话不谈。

司楠啃掉一根烤得香嫩流油的肋排,放下手中的骨头,问坐在对面吃羊肉手抓饭的容见迟:"父母青少年时期的遭遇,会影响下一代的成长吗?"

容见迟放下餐匙,拿起餐巾抹一抹嘴:"当然会。亲子之间存在'代际传承',父母会在有意识或者无意识当中,将自己的行为方式和思维模式传递给孩子,从而使得孩子在特定情境下出现与父母惊人一致的思维和行为方式。这种'代际传承',既有正面的,也有负面的。"

"所以今天这位受访者的担忧不是多余的,她少年时遭受霸凌导致的心理创伤,的确可能对她的孩子造成负面的影响?"司楠吮吮手指上的肉汁,继续问。

容见迟拆开一包餐厅提供的湿毛巾递给司楠,随后靠在西北菜餐厅的木质长椅上,"心理学有个专业词语——内射型认同,即一个人将另一个人的某种品质当作自己模仿、学习的对象,经过长期模仿与学习后,就会将模仿对象的这些品质内化为自己的品质,进而形成三观和对待事物的稳定态度。所以家庭幸福美满、情绪稳定的父母所教养出来的孩子,相对也会比较幸福与平和。"

"那像我这样从小父母离异各自追求幸福,将我扔在外婆家不受舅父舅母待见,半生孤零的人,是否注定很难维系稳定的交往关系?"司楠接过小毛巾。

容见迟轻笑:"当然这并不是绝对的。"

"有消息说郑元堂案一审不日宣判,不知道这篇报道刊出后,那些曾经有过霸凌行径或者正在实行霸凌的人,是否会意识到他们的行为对被霸凌者所造成的伤害,而向受害者道歉?"司楠擦干净每一根手指,将小毛巾叠好,放在一旁。

容见迟想一想:"施暴者是很难意识到自己的行为是一种暴行的。他们不会有负罪感,恰恰相反,言语或者身体上的暴力使他们获得心理上的愉悦,能令自己开心的事,怎么会是错误的呢?"

他垂下眼睫,有些自嘲地看向自己的手腕。

腕表覆盖下的皮肤疤痕累累,这丑陋的伤疤昭示着他作为绑架案亲历者所经受的非人折磨,但这并不能使母亲施与他一丝一毫的怜悯。而家里每一个人都对他说,你母亲太痛苦了,她不是有意的,作为儿子你要理解她。

母亲知道她的行为对他而言,是一种暴力吗?

也许知道,但她不在乎。

她知道他活着的每一秒,都陷在无边的痛苦当中,她的心灵才能勉强获得一丝安慰。

忽然,司楠伸出手来,横过桌面,握住他搭在餐桌边沿的手。

"一起去旁听案件宣判吧。"她说,眼睛亮晶晶的。

他反手握一握她的手指,收起内心无边蔓延的黑暗,朝她微笑:"好。"

郑元堂杀人案一审宣判日期定于周五,当天是阴冷潮湿的冬季里难得的晴好日子。

作为轰动一时的恶性杀人案件,此案的审理一直备受关注,犯罪嫌疑人与受害者之间耸人听闻的过往、死者家属试图操控媒体将凶手烧死在舆论的绞刑架上,以及按下葫芦浮起瓢的各式真真假假的传闻,使得这起因少年时期的霸凌而引起的血腥杀戮,变成了一场无关真相的集青春躁动、桃色绯闻、异装复仇为一体的讨论。

季、田两家受害人家属都未到场,只委派律师到庭,只有黄夫人坚持到场,一心要亲耳聆听对凶手的死刑宣判。

黄夫人在整个一审期间都以强硬态度表示绝不原谅凶手,务必寻求对凶手从重从严量刑,凶手必须杀人偿命。

有媒体形容黄夫人为"痛失爱子的母狮",在梳理案件经过时细数黄夫人溺爱儿子黄枫的三桩"最"——最没底线、最不讲理、最纵容无度,并认为黄枫死于非命,与其母黄夫人对他的一味包庇纵容脱不了关系。

黄夫人哪肯承认?

在社交媒体上写千字作文痛斥媒体,并表示公众不能如此"双标",一方面要求完美受害人,一方面又替杀人犯行凶寻找借口。

司楠与容见迟核验过身份信息后,在开庭前进入法庭。

两人在门边落座,视线穿过座无虚席的法庭,落在坐在旁听席第一排的黄夫人身上。

她披一件皮草,头发梳得一丝不苟,背脊挺得笔直,像等待冲锋的战士。

司楠还看见旁听席另一头的郑祖光。

这英俊的中年男人露出一丝明显的疲态来，但妻子与继女齐齐守在他身边，妻子紧紧握着他的手，似要给他无穷的勇气。

"她倒真的爱他。"司楠小声与容见迟耳语，"一直陪在他左右，不离不弃。"

容见迟微笑："不然穷小子怎么可能娶到她飞黄腾达？"

至于其中牵扯多少利益纠葛，外人无从得知。

法庭内气氛压抑沉重，当法官宣布根据事实和证据做出有期徒刑的判决时，站在被告席上剃着寸头，因为在看守所内生活规律而明显胖了一些的郑元堂始终面带微笑一言不发，坐在旁听席上的郑祖光则伸手与妻女拥抱，做如释重负状，而黄夫人在听见郑元堂只受到有期徒刑的处罚时，自嗓子里发出一声怒吼，随即被一旁的助理按住了手臂，才没有扑上去攻击郑元堂。

法官提醒黄女士遵守法庭纪律，并继续宣布如不服本判决，可在判决书送达之日起十五日内通过本院向高级人民法院提出上诉。

黄夫人猛地站起身来，戴着硕大宝石戒指的手重重拍在旁听席前的栏杆上，张牙舞爪："我不服！我不服！姓郑的，还我儿子命来！！"

司楠与容见迟在法庭内一片扰攘中默默退出来。

两人低调地穿过边门，驱车离开法院，丝毫不意外地发现守在法院外的各路媒体。

"郑元堂……"司楠回首望一眼乌泱泱蹲守的大小媒体，"会被治愈吗？"

容见迟同样通过后视镜看了一眼那些闻风而至的记者，沉吟数息："于他而言，怎样才算是治愈？"

司楠沉默。

保留哪一个人格，才算是治愈？

司楠在周五下班前提交了她关于"被伤害的人生"的深度访谈报

道，三名受访者都不愿意正面出镜，悉数选择以背影或者遮挡面部的方式面对镜头。

因一口乡音和过分美丽而在初中遭受霸凌的黎娜、由于肥胖而被嘲笑饱受霸凌的小鹏、能力出众但是缺少名校学历而遭到同事排挤的关关，三人挣扎着从被霸凌后自我厌弃的泥潭中脱身——破茧成蝶拥有平静生活的黎娜、通过运动减去一身肥肉成为健身达人的小鹏、辞职创业已经拥有一家互联网公司的关关，他们曾经是不幸的，但也是幸运的，可还有无数与他们有相同经历的人在痛苦中沉沦，无法自拔。

司楠想，哪怕她的文字只能帮到一个人，令得他或她收回迈向死亡的那只脚，重新审视生活，尝试着寻求帮助，那她的这篇报道，就有了存在的意义。

周六，随着郑元堂案一审宣判而引起的新媒体的热烈讨论，刊登在《申江晨报》上的深度访谈报道《被伤害的人生》，也再度点燃人们对霸凌行径的愤怒之火。

《申江晨报》报社内一上午不断收到电话、电子邮件、社交媒体公众号私信，讨论这篇报道、倾诉自己被霸凌的遭遇、希望能与司楠面对面交流……

不得不从家里赶到报社加班的知心大姐陶姐一边回复邮件，一边对同样过来加班的策划说："我们'知心大姐'栏目自从传统纸媒与新媒体竞争落于下风后，这还是头一回这么热闹，真是大出风头。"

小策划头也不抬："这边社交圈公众号后台私信里有人说如果是他认识的那个黎娜，那他也认识带头霸凌黎娜的班长。班长家世好，学习也不错，是老师的宠儿，就是相貌平平，所以嫉妒黎娜。他们男生大多数都不觉得黎娜有什么错，但小男生表示喜欢的方式可能比较幼稚。"

陶姐冷笑一声："马后炮！"

司楠与容见迟也在讨论她的报道。

两人坐在地板上，隔着落地玻璃窗，望着外头冬日水汽充沛的云端。

随着冬季冷雨增多,司楠外出觅食的意愿大大降低,在同容见迟一道研究案卷之余,常常在与他一起眺望整座城市的同时,谈及工作中与生活中遇见的人与事。

"为什么人会对另一个与自己毫不相干的人充满恶意,用最肆无忌惮的方式诋毁攻击对方,又能在多年后毫无诚意地说欠对方一个道歉,好像这一声道歉就可以抚平往日的创伤?"司楠隐约明白,却无法理解。

"规范压力导致的从众心理,人人都以取笑欺负某人为乐,你若与众不同,释放善意,可能会导致同样被霸凌的境遇,所以哪怕明知这种行为的错误性,也仍然成为帮凶。"容见迟耸耸肩,"而有些人则是纯粹的天性使然。"

"黎娜说她无法原谅,她唾弃那些曾经霸凌过她的人。我……"司楠拨弄靠垫一角垂坠的流苏,"我也没办法原谅那些曾经伤害过我的人。"

所以,柳亦暮被捕也好,纪赟工作室被封、遭摄影家协会除名也罢,她内心都毫无波澜。

容见迟伸手摸一摸司楠的后脑勺。

司楠闭上眼睛。

她很喜欢他做这个动作。

轻轻的,似有无限包容。

"你不需要原谅那些伤害过你的人。"他揽着她的头,慢慢靠在自己的肩膀上,侧脸在她头顶印下一个微不可觉的亲吻。

你只需要与过去那个"被伤害的、无助的、绝望的"自己和解,告诉"她",你没有做错任何事,你很勇敢,你的坚持是正确的,容见迟无声地对司楠说。

随后,他放开司楠,站起身冲她伸出手:"带你游泳去。"

司楠实现了惦记许久在天空泳池游泳的梦想。

仰面漂浮在如同悬在天际的海的泳池里,司楠放松四肢,任温热的池水将自己承托包围,视野里是玻璃穹顶和其上雨雾缭绕的天空,世界空茫茫，只有池水轻轻拍打池壁回环起伏的低低水浪声。

司楠打腿拧腰翻身，潜入水中，透过透明玻璃池底，望向站在泳池下方的容见迟。

容见迟在打电话。

电话彼端的声音端庄优雅，可字字句句仿佛沁毒带血。

"听说你交了女朋友，怎么不带回来给我看看？"

不等他回答，彼端轻笑："没关系，山不来就我，我去就山。你舍不得带她来给我看，我上去看她也是一样的。"

容见迟仰头，看向透明天花板，在他头顶，司楠潜在清澈的池水里，一手轻触池壁，一手向他小幅度挥舞，黑色长发在水中摇曳摆动，像一尾白色的美人鱼。

他隔空朝她微笑，不教自己露出一丝一毫不快的表情，对电话彼端澄清："您哪里得来的消息？恐怕消息有误，我并没有……"

"有或没有，我见过就知道了。"对方温柔的声音透出不容拒绝的强硬，"我马上就到你楼下，你一天不让我见她，我就一天不走，一直等到你让我见她为止。"

容见迟闭一闭眼睛，他知道对方言出必行，只得无声叹息："如您所愿——母亲。"

他结束通话，搭电梯到泳池池畔，展开洁白的浴巾，招呼司楠："今天先到这里吧。"

司楠不疑有他，上岸裹了浴巾去淋浴房洗澡更衣。

等她从浴室出来，吹得半干的黑发微微潮湿地披在肩膀上，发梢残留些许水意洇得浅灰色开司米毛衣上留下一点点深色印痕，难得透出些不拘小节和漫不经心来，教见迟想起火车站初见那夜，她伪装外来打工妹伪装得惟妙惟肖，要不是些少细节出卖了她，他大概也不会注意到她。

"抱歉又给你制造了不必要的麻烦。"容见迟伸手拂过司楠的颊侧，将一绺半干长发替她掖到耳后。

司楠不明所以地抬眼看他。

"家母不知道从哪里听到的不实消息，误以为你是我新交的女友，执意要见你一面。现在她的车就在楼下。"容见迟有些无奈，"家母——有些执拗。"

"嗯？"司楠微微睁大眼睛。

"我会当面向她解释，我们只是朋友。"容见迟退后，拉开同司楠的距离，"如果她说了什么令你困扰的话，请别放在心上。"

解释误会而已，为什么容见迟的表情如此郑重，眼里仿佛掀起黑沉沉的风暴，似山雨欲来。

司楠不明所以，直到见到容见迟的母亲。

容夫人五十岁出头，齐耳短发卷成自然的弧度，散落在脸颊两侧，鬓有微霜，眼角有浅浅的皱纹，看得出并未试图在脸部注射胶原蛋白挽回青春。她穿一件米白色半高领毛衣，搭烟灰色雪花呢阔腿裤，配黑色小高跟鞋，外披一件驼色开司米大衣，戴一副龙眼大黑珍珠耳环，身材劲瘦修长，老去得非常优雅。

她步出电梯，轻轻一抖肩，陪同她一道上来的助理便识趣地上前双手接过大衣，默默搭在臂弯，站在门口，并不上前。

容夫人慢慢走到与容见迟并肩候在玄关处的司楠跟前，一边朝她微笑，一边上下打量，随后伸出戴有硕大钻石戒指的手，握住司楠的手，合在掌心里，拉住她往里走，看都未看容见迟一眼。

"你就是司楠吧？"她的声音有一点点哑，态度和蔼，"终于见到你了。真人比照片上瘦得多，是没有好好吃饭吗？现在年轻女孩个个吵着要节食减肥，全不把自己的健康当一回事，你可不要学她们啊。"

司楠不是不意外的。

她有些疑惑地偏头看一眼自容夫人进门便一直扮锯嘴葫芦的容见迟，他不爱自拍，经过那场网暴后的她亦然，他们从未有过任何合影，容夫人从哪里来的照片。

她看见他眼里掠过的歉意。

"同我说说。"容夫人拉着司楠，信步走到中岛台附近，将司楠按坐在高脚椅上，细细端详司楠的眉眼，"你是怎么认识见鲲的？"

司楠一愣。

见鲲?

容见鲲?!

容夫人以为她是谁的女友?!

饶是早有心理准备,司楠也忍不住微微诧异地望向默默站在一旁的容见迟。

容夫人仿若未觉自己叫错了人,仍笑眯眯地握着司楠的手:"见鲲什么都好,就是总不爱带女朋友来给看我这点不好。过了年他都二十九岁了,交女朋友不是再正常不过的事,做什么藏着掖着不给妈妈知道?怕我不同意,扮恶婆婆拆散你们吗?"

司楠不知该如何应对。

容夫人也并不需要她回答,只笑着拍一拍她的手背:"没关系,见鲲总不能藏你一辈子,这不是教我见着了?他啊,是不是也没有同你讲起过家里?他自小就这个脾气,开心不开心的,都放在肚子里,乖也乖得不得了,小老嘎!"

容夫人含嗔带笑的抱怨一点不似作假,一股冷意却缓缓透过手心蔓延至脊背,教司楠不寒而栗。

容夫人旁若无人地从裤袋中取出手机来,调出相册,展示一张张照片给司楠看。

"他同没同你说过,小学一年级,他参加英语讲故事比赛,夺得第一名的事?"容夫人指着手机屏幕,满目骄傲与缅怀,"得了一座小小的金色奖杯,开心得不得了,摆在起居室的书架上。"

照片里,一个浓眉大眼苹果脸穿藏青西式校服的小男孩灿笑着捧起金色的奖杯,眉目间依稀能看得出长大后容见迟的模样。

照片显然经过裁切,露出同样的校服一角,看起来曾经有另一个身量与容见鲲相当的孩子,曾经站在他的身边,拍下了这张照片。

"啊,这张,见鲲七岁,小学二年级,马术比赛获得少儿组冠军。"容夫人语调略抬,指着骑在马背上的小少年,"骑术队想招他入队当专业选手。"

司楠认真看一眼照片中的容见鲲,男孩子脸上是赢得冠军后的兴奋与骄傲，但她的注意力被背景中另一个男孩所吸引，他的五官显得有些模糊，同样骑在马背上，遥遥注视镜头焦点中的容见鲲，仿佛羡慕，也仿佛失落。

司楠的心缓缓揪紧，细细密密的疼泛了开来。

她想起自己寄居外婆家，艳美表弟哪怕平日再调皮捣蛋，可稍微考试成绩好一点，舅舅舅妈都为之欢喜，带表弟去餐厅吃西餐以示庆祝，而她无论取得多优秀的成绩，也只有外婆温柔地抚摸她的头顶，说一声"楠楠真棒"。

容夫人似乎察觉到司楠的走神，捏一捏司楠的手心："你打算什么时候同见鲲结婚？我们两家家长约个时间见一面吧。"

司楠缓慢而坚定地从容夫人的掌控中抽出手来："您误会了，我不是容见鲲的女朋友。"

容夫人脸上温柔的笑意一点点凝固，像一层冰冷的面具覆盖了血肉。

司楠并不为她冷若冰霜的微笑面具所慑，她退到容见迟身侧，清晰从容地自我介绍："我是容见迟的朋友，司楠。"

"容见迟"三个字像一阵风驱散迷雾，露出其后苍白荒诞的真实世界。

容夫人低笑一声，问："阿贰的朋友？阿贰有什么好的？"

仿佛这样还嫌不够，她厌弃地环视空荡荡的空间："阿贰从小成事不足败事有余，做什么都浅尝辄止半途而废。一样学弹琴，见鲲九岁已可以上台钢琴独奏，阿贰连一首德彪西的《月光》尚且弹得断断续续。"

司楠并不觉得九岁的容见迟无法流畅地弹奏一曲德彪西的《月光》有任何问题，她即便十九岁也一样不会弹奏钢琴业余九级曲目。

她不以为意的样子令容夫人脸上冷肃更甚："年轻人，最易被花花世界迷了眼，分不清好坏。我劝你还是好好同见鲲在一起……"

容见迟自始至终一言不发，并不阻止母亲容夫人在他面前一味提起早逝的兄长容见鲲，但司楠总有种奇异的直觉，仿佛听见他的心里正下起一场大雨。

司楠伸手，轻轻握住容见迟垂在身侧的手。

在容夫人的冷眼刀刮过来时，司楠甚至露出一点无惧无畏的微笑。

"我想您误会了。"司楠直视容夫人与儿子一模一样两点寒潭似的眼，"我相信您口中的'见鲲'极优秀出色，但我并不认识他。"

司楠感觉容见迟微微冰冷的手反握住她，仿佛要自她身上汲取温度，又好像为她注入无穷的勇气。

"而我所认识的容见迟。"司楠挺直脊背，"很好。"

一句"很好"，教容夫人怫然变色，冷然不悦化为深沉怒火。

"你知道他……"容夫人眼里的火蹿得老高，又转瞬即逝，"你知道，你当然知道，你们两个是一样的货色。"

容夫人拂袖而去，助理快步跟在她身后，将头压得低低的，一张脸几乎要埋到胸口去。

这剑拔弩张的气氛，教她窒息。

入户电梯门打开合拢，电梯下行而去，空旷的室内一时了无人声。

良久，容见迟轻叹，垂眼对司楠说："对不起，平白教你受了家母的气。"

司楠试图微笑，可惜到底做不到，犹豫一息，问他："令堂，一直如此状态？"

看起来温和优雅，实则内里住着一个与黄夫人一样痛失爱子的疯狂的母亲。

容见迟牵着司楠的手，与她并肩走到落地窗前，一起俯瞰窗外的万丈红尘。

"家母在大多数时候与常人无异，只是一旦被特定语言与行为所刺激，就会变得比较偏激与执拗。"他低声说。

"事关令兄的时候？"司楠几乎可以肯定。

"是。"容见迟将额头贴在冰冷的玻璃幕墙上，"她的理智明确地知道见鲲已经遇害，但她的情感十九年如一日地拒绝承认这一事实。家母保留了所有属于见鲲的物品，他的卧室自他遇害后一直维持原样。见鲲遇害的第一年，她经常会半夜将我抱进见鲲的卧室，假装我是见鲲，假装见鲲还活着。"

那一年小小的他已开始失眠，经常整夜不睡，暗暗担心母亲会半夜进来把他当成哥哥见鲲。

他试过对母亲说"我是见迟"，但换来的，是母亲劈头盖脸的痛斥："为什么死的不是你？！为什么活下来的不是我的见鲲？！"

所有知道内情的长辈都对他说："妈妈太伤心了，妈妈病了，你要原谅妈妈。"

谁会来原谅他呢？

每个人，包括父亲，或多或少，都认为是他任性的行为导致见鲲和他一起被绑架，他在这件事上负有不可推卸的责任。

司楠伸手抱住他，所以他学习心理学的初衷，并不仅仅如他自己所言，想要研究人性的善恶，而是想要治愈生病的母亲，帮助同样饱受创伤后精神障碍困扰的朋友吧？

然而，谁来治愈他？

司楠将脸颊靠在他的肩膀上："你不用说对不起，这不是你的错。"

容见迟闻言轻笑，胸腔震动："谢谢你，司楠。"

谢谢你，毫不犹豫地选择站在我的身边，对我说，不是我的错。

谢利轩转天便知道容夫人上门一事，周一下班时将司楠在报业大厦停车场堵个正着。

黑衣保镖一张冷脸贯彻始终，拉开车门，对司楠做"请"的手势。

司楠上车，对神出鬼没的利少叹息："什么事不能在电话里说？"

谢利轩敲一敲升降隔板，示意司机开车："我约了容总吃饭，过来捎上你一起。"

司楠瞥他一眼。

接触得多了，谢大少便不再似传闻中那样神秘，有时候心思直白得如同一本打开来的书，一眼可见。

他并不是游手好闲混吃等死的花花公子，谢氏的家业早晚要交到他手里。在还未继承偌大的商业帝国之前，他手握五十亿创业基金闯荡投资江湖，取得的成绩不容小觑，不到三十岁已在青年富豪榜拔得头筹。

他忙起来时是彻头彻尾的空中飞人，能教他百忙之中抽出时间到停车场堵她一个名不见经传的小记者，除了容见迟，不作他想。

"见过容太了？"谢利轩开门见山。

司楠颔首："见过了。"

谢利轩倚在车座靠背上："吃不吃得消？"

司楠轻笑："不过说了几句话而已，谈不上吃不吃得消。"

谢利轩被她云淡风轻的态度折服，朝她抱拳："司小楠，坊间能叫我佩服的人不多，你算一个。"

司楠不由得挑眉，这么容易就叫他佩服了？

见她不信，谢利轩摊开双臂，搭在座椅靠背上："你知不知道容太发作起来有多疯？"

司楠摇摇头，那是她无法想象的场景。

谢大少"哈"了一声："容总高中时，已立志要做心理医生。学校里有一个心理学兴趣社团，社团活动中经常播放一些探索频道拍摄的心理缉凶、推理探案之类的纪录片，会将社员两两分组，在播放案件还未给出真相时，请每组分析凶手动机、犯罪手法，最后提交他们认为的真凶，类似如今的'剧本杀'。"

司楠大为感慨："私立名校的课外活动真丰富！"

谢利轩白她一眼："容总经常与一位女同学一组，一学期下来，两人便成为朋友，寒假里甚至相约到图书馆借阅心理学书籍，一同探讨。"

他停下来，观察司楠的表情，司楠落落大方地问："然后呢？"

"然后容太就知道了。她一直忍到寒假结束，新学期开学，在第一次社团外出活动时，找上那位女同学，一如她这一次对你所做的，握着人家的手，笑眯眯地说'听说你是见鲲的女朋友，他一直藏着掖着,总不肯带你到家里玩。见鲲一定是怕我反对,放心,阿姨再开明不过,欢迎你到家里来做客'云云,女同学被她一口一个'见鲲'吓得半死,转头就退出社团,再不搭理容总。"

司楠听得目瞪口呆,想想都替容见迟觉得窒息。

"等一等!"她伸出一根手指,"容太怎会知道这位女同学?"

一如她前一天已觉得奇怪,容太哪里来的她的照片?

除非——

司楠望向谢利轩,电光石火之间想通其中的关窍。

谢利轩耸耸肩:"容先生自绑架发生之后,一直派人暗中保护容总,以免旧事重演。他的初衷当然是好的,但保镖定期汇报的内容被容太利用,成为一次又一次伤害容总的武器。"

"一次又一次?"司楠敏锐地指出。

"类似的事,容总大学期间也发生过一次。"谢利轩颇无奈,"最近这一次就是你了。"

"我何德何能?"司楠苦笑。

谢利轩意味深长地看她一眼:"不要妄自菲薄啊,司小楠。"

谢利轩走进麒园私密性极佳的包厢,闪身伸手,抖动手腕:"嗒嗒!看我带了谁来!"

容见迟看到跟在谢利轩身后走进包厢的司楠,忍不住瞪了谢大少一眼。

谢利轩才不怕他,笑嘻嘻的:"总我们两个吃饭多无聊,司小楠你说对不对?"

容见迟轻叹,站起身接过司楠脱下的轻薄羽绒服,挂在一旁的立式衣架上,又伸手替她拉敦实的四出头官帽椅,司楠顺势落座。

谢利轩坐到了容见迟另一侧,一边替自己斟茶,一边指一指替司楠烫杯的容见迟:"他一朝被蛇咬,怕了他母亲容太,担心给你造成困扰。教我说,很没有必要,人哪有因噎废食的道理?他再怎么如苦行僧似的,容太也不会省悟过来。"

容见迟苦笑,为司楠在小巧的紫砂茶盅里注满普洱茶。

高中与大学期间两次母亲对女同学跟踪骚扰的经历，令他明白，母亲绝不许他拥有属于自己的个人生活，他这些年谨慎地与异性保持距离，除开工作，几乎将全部精力都放在寻找当年的绑匪与健身之上，以此发泄无处可用的精力。

事实证明他的选择是正确的，母亲的确多年未曾骚扰他学习、工作中接触的异性，心理咨询工作室里与他共事多年的小麦和另外两位女咨询师都未被母亲针对，这令他在安慰之余，也升起一丝微弱的希望，也许母亲已经放弃脑海中疯狂的念头，终于能平静地面对他们都失去了见鲲的事实。

然而他内心又无比清晰透彻地知道，那些折磨母亲多年的痛苦，是一座不断积蓄能量的沉睡火山，或早或晚，终将爆发，吞噬她生活里的所有人。

所以，寂寞如他，既想走入司楠的世界，却又不断地试图将她远远推开。

倒是司楠，十分坦然："令堂的行为，与曾经网络上铺天盖地向我涌来的恶意相比，可谓小巫见大巫，不值一提。"

容氏电器能做大做强执国产家电行业之牛耳，容先生应该不是昏聩无能之辈，恰恰相反，他一定拥有常人所不具备的大局观与远见，这样的人，怎么会放任妻子做出对人不利的举动来？

司楠相信，他一直牢牢把控着其中的一个度，既令痛失爱子悲伤不能自已的妻子可以适当发泄，又不至于对他人形成实质性的伤害，真正在容太时不时的疯狂行为中受到伤害的，唯有容见迟罢了。

司楠看向容见迟的眼神里无可抑制地带了一丝同情。

她不明白，容先生何以在送妻子去接受治疗与伤害儿子之间选择了后者？

谢利轩却是懂的。

"绑架案发生时，容氏正酝酿上市，一下子拿出一千万可谓伤筋动骨，见鲲哥又……"他顿一顿，取过一只紫砂茶盏，斟满，举杯，随后泼到青砖地面上，"容先生既要稳住公司，又要配合警方调查，还得继续上市流程，根本无心他顾，以至于没有注意到容太的状态，等他有工夫留意时，已经错过了最佳的心理干预时间。"

况且，容太平时看起来确实与常人无异，陪容先生出席各类商务应酬，表现得体，落落大方，教人很难想象她在面对自己从绑架中幸存下来的儿子时，那种偏执、扭曲的状态。

司楠朝与容见迟碰一碰茶盅："没关系，我不会被令堂吓退，她不给我三五个亿，我是不会走的。"

谢利轩笑得扑倒在一旁官帽椅的搭脑上："容总，听见了没？在我们司小楠心目中，你与三五个亿相当！"

整晚都显得有些沉默的容见迟，闻言眼底缓缓浮现一抹笑意。

谢利轩转头已在同司楠讨论："还有两周过年，可有什么计划？要不要一起度假？楠楠是喜欢往欧洲高山滑雪，还是去南半球享受阳光海风沙滩？我看中一座小岛，打算买下来，要不要和我们一道去看看？"

司楠大开眼界，有钱人说看中一座岛，如说看中一本书一样轻松。

虽然对南半球私人岛屿奢享游万分心动，但司楠还是摇头拒绝。

父母离异后拥有各自的家庭，她作为已成年的女儿，在两个新家庭中身份尴尬，日常尽量不往他们跟前凑寻找存在感，但逢年过节，总免不了要在两边的长辈跟前露个面，以示家庭和睦，并不轻忽她这个头婚生的女儿。

谢利轩虽然遗憾，倒也不强求，只笑问司楠："佳禾影业年终盛典可有兴趣参加？叫容总给你安排一个前排正中众星捧月的位子。"

司楠挑眉："他能安排？"

谢利轩失笑："你当我'容总'是叫着玩的？他可是佳禾影业公司持股比例仅次于我的大股东。"

容见迟被司楠一望，轻咳一声，解释："他说谢氏既然拥有全国市场占有率逾百分之十五的电影院线，自然也应拥有谢氏自己的影视公司，所以留学归来后手握创业基金，投资成立的第一家公司就是佳禾影业。当时他叫我一起投资，我的钱放着也是放着，既然他看好影视行业，我就友情参股，但并不参与公司的日常管理，一切交由利全权代理。"

谢利轩伸手搭住容见迟的肩膀："楠楠你还没发觉？他的心理咨询工作室我也有份投资，不过我想参与管理，他不睬我罢了。"

"任何行业最怕外行指挥内行，你主持影视公司，我主持心理咨询工作室，各司其职，万勿跨界。"容见迟抖开肩膀上的手，取过桌面上的什锦攒盒，抓一把松子，慢悠悠剥起来。

"我哪里是指挥你？"谢利轩坚决不承认，教司楠评理，"我只是建议由我司当红明星替工作室广为宣传，并签订合作协议，让我司艺人定期至工作室进行心理咨询而已。"

司楠大为震撼，忍不住为谢大少的神来一笔击节称叹。

谢大少天生一副赚钱的头脑，永远能嗅到巨大的商机，连自家艺人的口袋都不放过，左手出右手进，做得娴熟无比。

娱乐圈上至一线顶流下至十八线小明星，个个心理压力非同寻常，又因身为公众人物难以宣泄排解，不在沉默中爆发，就在沉默中变态，显然是庞大的潜在市场。

容见迟剥出两小碟松子仁，一碟推给司楠，一碟推给谢利轩："艺人们自有愿意上门面诊的心理医生和咨询师为他们服务。"

司楠捏起一颗松子仁，放进嘴里嚼嚼嚼。

松子仁晶亮饱满，入口一股松果独有的油脂味道，吃得人齿颊生香。

司楠心情愉悦地拒绝了谢利轩的提议："远离娱乐圈，远离是非圈，影视盛典看个网络直播的热闹就够了。"

柳亦羣才被刑事拘留不久，案件仍在进一步调查当中，她作为曾经试图揭露柳某人而遭网暴几乎断送职业生涯，如今算是半个风口浪尖上的人物，还是不要给八卦媒体递笔了。

谢利轩有些泄气地将一碟松子仁都倒进嘴里，鼓着腮像只气鼓鼓的松鼠："想叫司小楠你出来玩难于上青天！"

司楠忍了笑："打牌你又不愿意。"

谢利轩是真不爱同容见迟打牌。

容见迟有意训练司楠的观察力和面部微表情控制力，总拿一副扑克牌与她玩博眼子,拿掉其中的大小怪,一人两张牌,凭借牌面点数大小判断输赢。

偶尔谢利轩到容见迟的平层公寓,三人凑到一处,谢利轩会被拖着做教学工具人。

即便他尽量面无表情,但十有八九,总能教容见迟观察到他细微的表情变化,从而判读出他的牌面大小。

"他可是被澳城数家赌场列入黑名单的人物啊!"谢利轩双手按压太阳穴,做崩溃状。

司楠笑得肩膀抖动:"我也几乎没赢过啊!"

偶尔赢他一次,她也会自我怀疑,究竟是他放水,还是凭自己的本事真的胜了他一回。

谢利轩隔着桌面来与司楠握手:"那你还同他打牌,自虐不成?"

"我愈战愈勇,发誓要十战十赢。"司楠同他搋一把手,放开。

谢利轩目瞪口呆,最后拱拱手:"难怪你同他能玩到一处!"

都耐得住寂寞,在一处能安坐一天,一副牌就可以翻出十八般花样来。

吃罢晚饭,趁司楠去盥洗室的工夫,谢利轩勾住老友的肩膀:"司小楠是见过大风大浪的人物,你可别傻呵呵把她往外推,能找个同你志同道合谈得来又不惧你家容太的人,实在难得。"

当容见迟的眼光扫向他,他笑眯眯地借口还要陪未婚妻逛街,先行离去,将送司楠回家的任务交予容见迟。

司楠自盥洗室出来,不见谢利轩的人影,并不意外。

"他另外还有活动?"

容见迟点点头,替司楠取下挂在衣架上的大衣展开,帮她穿好,在她垂头系腰带时,伸出双手为她拉拢大衣左右的衣领,态度熟稔自然得仿佛已如此做过千百遍。

司楠手上的动作一顿,微微仰头看他。

他眉目低垂,眼镜镜片后浓密的睫毛在下眼睑投下一片青色的阴影，挺直的鼻梁如分水岭，将他灯光下棱角分明的脸映衬得半明半暗，似一尊健美肃穆的犍陀罗雕像，教人意动，想要染指。

"走吧。"他放开她的衣领，率先转身向外。

司楠落后半步，跟在他身后。

外头冬日长夜已至，古老水乡小镇的街巷亮起仿古气死风灯，在晚风中摇曳不定。

回程，在转出古镇遇见第一个红灯时，容见迟问司楠："佳禾影视的年终盛典你不感兴趣的话，一年一度的心理咨询师年会，可有兴趣参加？"

他眼见司楠的双眸在街灯暖黄色的灯光中晶然一亮："可以参加吗？"

"可携亲友一名。"容见迟笑起来，"我每年都单刀赴会，今年有人相伴也不错。"

"参加心理咨询师年会，可有什么要求？"司楠不是不好奇的，"会否当众抽取一位亲友，上台去接受催眠？"

容见迟别过头轻笑，又转回头来："穿得稍微正式即可，也不用担心会被当众催眠，心理咨询师年会，与其他企事业单位的年会，殊无不同，也是签到留影入场领伴手礼观看演出参加抽奖。"

司楠诧异："没有当众催眠交代私房钱藏在何处的互动环节？！"

"没有。"容见迟在下一个红灯处笑趴在方向盘上，"我们不搞这些。"

司楠大失所望："啊……"

"大家工作一年，才不想在年会上看见与工作相关的内容，心理咨询师也不能免俗。"待绿灯亮起，容见迟驱车驶向夜色里，"人人只想边吃美食边看劲歌热舞，以及听取各种八卦。"

"说到八卦我的兴趣就浓了。"司楠坐正身体。

容见迟正要同司楠讲往年年会的趣事，电话在这时响起，车载屏幕上亮起费永年的名字。

容见迟伸手轻触屏幕，接通电话，彼端是费永年略显疲惫但严肃异常的声音："容医生，现在是否有空，可方便来刑事侦查总队一趟？"

容见迟睇司楠一眼，司楠冲他做一个催促驱赶的手势，容见迟敛了笑："我马上过来。"

他在路口一边将车掉头，一边向司楠道歉："抱歉——"

司楠摆摆手："公事要紧，你在前面的地铁站放我下车就好。"

容见点点头："到家后发消息给我。"

他将司楠载到最近的一处地铁站，目送司楠的身影消失在地铁站入口，这才继续驱车，赶往刑侦总队。

这一晚矗立在夜色中的刑侦总队大楼像守卫公平正义的巨人，庄严沉默，灯火通明。

容见迟一走进费永年所在的办公室，便察觉到室内的气氛沉重凝滞，有种教人窒息的压迫感。

刑警们进进出出，大屏幕上数个不同角度的画面同时播放，卫青空正与同事低声耳语，费永年则站在大屏幕前，同一位头发花白的老者交谈。

容见迟不由得微微眯起眼睛。

费永年似有所觉，转过身来，看见门口的容见迟，朝他摇摇招手："容医生，这边！"

容见迟阔步向费永年走去，停在两人身前。

头发花白的老者见他走近，细细打量他几眼，随后伸手拍拍他的手臂："好久不见！"

"程局。"容见迟与老者打招呼。

老人家摆一摆手："老头子退休了，你要愿意，就仍喊我一声程队。"

"程队。"容见迟从善如流。

退休了的程队叹息一声："一切都好吧？"

当年那小小男孩，手腕脚踝血肉模糊地逃出来，没人能知道他在被绑架期间到底遭受了怎样非人的折磨，所有人，包括他的亲生父母,都迫切地想要从唯一清醒着获救的他口中获得关于绑匪的线索,而忽略了这个孩子独自承受着巨大的痛苦与压力。

容见迟微笑:"都好。"

程队眼里浮现出一点欣慰:"那就好!"

容见迟转而问费永年:"费队,找我来,有什么事?"

费永年深深看他一眼,随后伸手叫通信科的技术干警播放监控视频,并向容见迟讲述案情:"上周五下午四时三十分,本市星澜私立小学发生一起绑架案。案发至今已超过四十八小时,考虑到案件的特殊性与紧急性,辖区派出所向刑侦总队请求支援……"

容见迟目色冷然,望向大屏幕,费永年感觉到眼前的青年气息刹那之间变了。

由温雅沉着,变得冷然肃杀,像一把出了鞘的剑,冷冽而锋芒毕露。

大屏幕上,一辆被泥水遮挡住号牌的面包车从单向道一头驶近校门口,在三五成群跨出校门走向私家车的孩子中间,目标非常明确地当众掳走两个孩子,然后在校门口的保安和一众家长做出反应之前,开车扬长而去。

从面包车驶入监控画面,绑匪拉开车门下车,光天化日众目睽睽下挟走两个孩子,到上车关门驶离监控画面,用时十三秒。

一切来得太快太突然,等面包车开走,校门口一阵骚动,孩子们傻呆呆尚不明白发生了什么。有保安从门卫室里冲出来护着孩子们往校内退,来接孩子放学的家长们则交头接耳或者试图把自家孩子赶快带离,场面混乱嘈杂。

大约一分钟后,一名女子从视频左下角进入视频画面中间,慌乱寻找,失措顿足,捂脸蹲地,最终起身,整个过程约一分钟,然后又往回走,消失在视频画面中。

监控视频跳至三十五分钟后,该女子与另一女子再度进入视频画面中,此时校门口的学生已大致散尽,只得数名学生站在门口等候区内等待家长前来。两名女子跑向门卫室,拍打窗口,激动问询,争执拉扯,滚地哭号——其间几个孩子被老师从门口的等候区领走。

又五分钟后,警车赶到,两名女子情绪异常激动地上前与出警警察交涉。

容见迟微微眯眼,注视大屏幕上两名女子拍胸跺脚的肢体语言。

"看起来眼熟吗?"费永年问容见迟。

容见迟不答,只问:"能把视频再放一遍吗?"

费永年对技术干警扬一扬手。

视频重新播放。

画面再次映入容见迟的眼帘。

被当众掳走的孩童、不明所以的路人、惊慌失措的家属……

"停!"容见迟倏忽出声。

监控视频暂停。

"倒回五秒,播放。"容见迟说。

画面倒退五秒,继续播放。

"停,再倒回去。"容见迟慢慢退开一点距离,双手插入裤袋中,仔细观察画面中的每一处细节。

整间办公室内所有人几乎都不由自主地望向大屏幕,连与通信科的技术干警尝试通过天网监控画面追踪面包车去向的卫青空都直起身来,注视视频中的女子那令人每次看都觉得窒息的举动。

"这一幕不对。"容见迟伸手虚指屏幕。

费永年、程队与卫青空齐齐注视他所说的一幕——

女子从画面外走入画面内,走向校门口,在人群中没有发现孩子,开始慌乱。

"哪里不对?"费永年也微微眯眼。

卫青空蓦然一捶掌心:"她的行为不符合常理!"

容见迟向卫青空颔首,示意他继续。

卫青空走到大屏幕前,以激光笔直指屏幕当中最初出现的女子。

"乔秀芬在绑架案发生约一分钟后到达校门口,在不知道孩子被掳走的情况下,她没接到孩子,难道不应该先联系孩子的班主任,确认孩子是否还在校内?她的反应就好像已经知道孩子不见了。"

"大家还看出什么来?"费永年集思广益。

"正常找人找物都会东张西望，不会有明确的方向性，她……"通信科的技术干警提出。

"她不也东张西望？"鉴证科上来送材料的刑警反驳。

"不，她只东张，但不西望。"卫青空也看出其中的蹊跷，伸手与通信科干警击掌。

容见迟微笑："对，理论上在她不知发生什么事的情况下，第一她没有联系班主任确认孩子是否仍在校内，第二她在门口四下寻找两个孩子时，刻意规避绑架车辆行驶的方向，这不符合正常人下意识的行为。"

费永年沉沉地抹一把脸，看一眼捣唇沉吟的程队，问容见迟："所以你觉得和当年的案子……"

容见迟微微摇头，他还无法将眼前这桩绑架案与当年的旧案联系在一起，两桩相隔近二十年的绑架案，也不能武断地判定必有关联。

"什么使你认为此案与当年的案子有关？"他回头问费永年。

费永年指一指屏幕一角被抛在废弃工地上的破旧面包车："眼熟吗？"

容见迟点点头。

时光仿佛倒流十九年，今日与昨日严丝合缝地重叠，教人分不清今夕何夕。

"绑匪可有索要赎金？"容见迟闭一闭眼，到底还是问。

"今早绑匪联系家属，索要一千万元赎金，每个孩子五百万元，一半不连号现钞，一半黄金。"费永年低声说道。

容见迟垂睫。

将近二十年，六百万元赎金挥霍殆尽，所以从前的绑匪重操旧业，又干一票？

还是另有其人，只不过碰巧犯罪手法与当年的绑架案如出一辙？

不，世上哪有那么多巧合！

"两个孩子的家人现在何处？"容见迟十分介意监控中女子的反常行为。

"孩子的母亲和保姆守在家中寸步不离，孩子的父亲到国外公干,收到消息后已第一时间赶回。"

"我能否见上一见?"

费永年略显迟疑,倒是程队伸手拍拍他的肩膀:"让他去吧。"

容见迟跟在费永年与卫青空身后走进装修土洋结合的别墅,看见双双坐在沙发上满面愁容的男女主人,微微一怔。

坐在油亮真皮沙发上的男主人身上的手工定制西装已经皱得不成样子,头发油腻,双目充血,神情焦虑,两只手频频搓脸,试图打起精神;女主人穿一套花珊瑚绒睡衣,长发散乱,神色慌张,嘴里不停念叨"为什么,为什么",整个人似在崩溃的边缘;穿同款珊瑚绒睡衣的保姆怔怔坐在另一张沙发上,眼神闪躲,两手拧在一处,反复扭搅。

容见迟将视线投向沙发旁的边几,上头摆放着全家福艺术照,男女主人打扮成旧式大户人家的老爷、太太,坐在太师椅上,两个身穿富贵团花缎子小袄的孩子人手提一盏兔子灯站在父母左右,看上去其乐融融。

他收回视线。

经过精心修饰的艺术照完全无法捕捉到这家人的真实面目——有钱就变坏在外拈花惹草的凤凰男,无论打扮得多高贵芯子里始终伧俗的泼妇,野蛮骄纵毫无教养的孩子。

容见迟想,十月里火车上的那一幕,实在给他留下了过于深刻的印象,以至于进入新的一年,只消一眼,他就将这对奇葩夫妻认了出来——赵大志,乔秀娥。

费永年与卫青空向男主人出示证件,表明来意。

赵大志起身请他们落座,念叨着"为什么"的乔秀娥对此视而不见,视他们为空气。

一旁的乔秀芬倒有些眼色,站起身来去为客人倒水,躬身放在茶几上,随后瑟缩着退回去,安静得跟鹌鹑似的。

费永年与男主人赵大志做了简单的自我介绍,直言一定会尽全力解救被绑架的孩子,希望他能配合警方的调查。

赵大志面露怆然之色："我一定配合！需要我做什么都行！"

随即伸手捂了脸："马上要过年了，家里的老人天天打电话问我们什么时候回家，每天都要和孩子通视频，我都不敢让父母知道孩子出了事……"

费永年与卫青空对视一眼，卫青空问："赵先生，你们夫妻能想到什么人同你们有过节或者会对孩子不利吗？"

赵大志的头脑像生了锈，脑子里一片空白，一个可怀疑的对象都想不起来，反倒是一直念叨不停的乔秀娥仿佛忽然触动了脑海中的某个开关，茫然的眼神倏忽被点亮，猛然提高嗓门："是她！一定是她！"

"是谁？"卫青空的身体微微前倾，问。

"他——"乔秀娥的手指朝赵大志一点。

赵大志几乎从沙发上跳起来："乔秀娥你说什么？！"

"肯定是他外面的女人干的！"乔秀娥几乎要将手戳到赵大志的面门上，"他在外头有女人，还给他生了个儿子，那个女人一直想让他离婚，好进赵家的门！呸！也不看看她是什么货色？！我给他们老赵家生了长孙，伺候公婆，他敢让那个女人进门，我就去他们公司，让所有人都看清楚他的德行！"

"乔秀娥你发什么疯？！"赵大志在费永年与卫青空审视的眼神下气得瑟瑟发抖，"你看看现在是什么时候！你闹够了没有？！"

"如果不是她，还会是谁？只有她心心念念，视我们娘仨为眼中钉、肉中刺，大宝小宝能碍着谁？"

话音一落，乔秀娥蓦然扑过去，十指箕张，往赵大志的脸上挠。

赵大志显然极有经验，一臂伸出横在脸前挡住她的攻击，一手挥舞，身体向后撤，两人在沙发上撕掳开来。

饶是有多年办案经验、见多识广的费永年与卫青空都有片刻的目瞪口呆，反而是容见迟，大抵因为见识过这两夫妻在火车上的嘴脸，对他们在人前的本色出演并不觉得意外。

"赵先生。"容见迟在夫妻二人气喘吁吁左扑右闪的间隙，淡淡地问，"你给'宝宝'置房购车，也远超一千万元了吧？"

容见迟此言一出，如同定身咒，赵大志夫妻齐齐停下手上的动作。

乔秀娥只短暂停顿一秒，随即"嗷"一嗓子："你给她买房买车？！赵大志，我和你拼了！"

赵大志气急败坏："乔秀娥，别人说什么你信什么，你自己有没有脑子？！我给你买钻石、珠宝，给你父母在老家盖房子，你说你妹妹高中毕业找不到工作，要把她接到身边来两姐妹好有个照应，桩桩件件，我哪一件事没有答应你？"

乔秀娥张一张嘴，有些心虚地收了势。

容见迟轻叹："虽然将夫妻婚内共同财产赠予第三者的行为违法，但两位今天关注的重点，应该不在于此，而在孩子身上吧？"

两夫妻这时才恍然发觉他们本该挂心孩子的安危，却不知不觉在人前暴露出千疮百孔的婚姻内里。

"既然赵先生赠予第三者的财物远远超过一千万元这个数额，对方又怎会为一千万元而铤而走险？"容见迟取下眼镜，捏一捏鼻梁，又戴上眼镜，"比起明知你已经厌烦原配，而她只需安静做成功男人背后的女人就可以轻松获得巨额财富，她又何必搞这些可能使你们夫妻同心协力共渡难关从而关系更紧密的小动作？"

赵大志到底是聪明人，刚才只是气急攻心昏了头而已，容见迟稍稍一点，他已想明白其中的道理，遂闷声不响地坐回沙发里。而乔秀娥则怒视容见迟，一副欲饮其血、啖其肉的痛恨模样。

"除了赵先生婚外恋的对象，还有什么可疑的人？"卫青空继续追问。

赵大志与乔秀娥齐齐摇头。

容见迟向站在客厅角落里坐也不是走也不是的乔秀芬的方向使了个眼风，卫青空心领神会，微微转身，问尽量减少存在感的乔秀芬："是你发现孩子被绑架的？"

乔秀芬点头讷讷："是我。"

"你同孩子的关系是？"

"我……我是大宝、小宝的小姨妈，过来替姐姐、姐夫照顾孩子的。"乔秀芬半垂了头，仿佛害羞，不愿直视卫青空。

"那你平时和孩子一定接触很多？"

乔秀芬继续点头："大小宝的一日三餐和接送都由我负责。"

"你最近照看孩子时，有没有发现什么异常？"卫青空再问。

加之费永年与容见迟，一共三双锐眼落在乔秀芬身上，她整个人瑟缩闪躲之态更明显："没……没有……"

"没发现有人试图接近孩子或者与你搭讪？"卫青空看似寻常语气，实则紧逼乔秀芬不放。

乔秀芬拼命摇头："我没……没注意……"

乔秀娥一双哭肿了的眼睛缓缓望向事发至今一问三不知的妹妹，面上升起狐疑的神色："秀芬，我把大宝、小宝交给你照顾，你这也不知道，那也不知道，你是怎么照顾他们的？"

乔秀芬泫然欲泣："姐姐，大宝、小宝的脾气你也晓得，我哪里管得住他们？他们有什么事也不会同我说啊……"

赵大志头疼欲裂地按住两边太阳穴："这都什么时候了，你问她有什么用？我当时说找有幼教保育资格的专业保姆，你说这个钱与其给外人赚，不如让秀芬来，我说什么了？她一个高中毕业文凭的人，连自己都照顾不利索，我要不是看在她是你姐妹的面子上，怎么可能把照料大宝、小宝这么重要的事交给她做？现在出了事，你倒想起来问秀芬怎么照顾孩子的了？"

"你不愿意让秀芬来照看孩子，你当时怎么不说？！"乔秀娥提高声音。

两夫妻再次互相指责起来。

容见迟向后靠进沙发椅背，视线仿佛漫不经心地扫过乔秀芬。

被赵大志夫妻俩当面指责照顾孩子不利的乔秀芬低垂着头，教人看不清她脸上的表情，她死死交握于身前的双手泄露了她此刻内心的真实情绪。

"对……对不起！"她声若蚊蝇，随后一手捂嘴，痛哭着跑上楼去。

楼上传来砰的一声关门的巨响，震得赵大志与乔秀娥齐齐收了声。

赵大志双手插入头发中，颓然坐在沙发上，乔秀娥则再一次陷入不停的念叨当中，视众人如无物，直到突兀的电话铃声响起，打破室内迟滞沉重胶着的氛围。

一直监控赵宅内电话线路的通信科干警在客厅另一头一边将耳机贴在耳边，一边向他们打手势。

"如果是绑匪，尽量延长通话时间。"卫青空示意赵大志接听电话。

赵大志接起电话，彼端是一个经过变声的怪异嗓音："钱都准备好了吗？"

赵大志战战兢兢："公司和银行年底封账，我一时间难以筹措到这么大一笔现金，能不能多宽限几天？容我去调调头寸。"

那头冷笑："宽限几天？"

"五天，不不不！三天！"赵大志伸手抹一把脑门上的汗，"三天！"

"一天！再给你一天时间，别耍花样！否则你将收到你儿女身上的某个零件，你也不想他们缺胳膊少腿地回去吧？"

"好好好，一天就一天！"赵大志立刻妥协。

"我们会再联系你！"对方挂断了电话。

通信科干警摇摇头："通话时长四十四秒，而且对方一直在移动当中，只能定位到对方处于市区，无法更精准地定位。"

卫青空抹一把脸，虽然并未抱有能精确定位绑匪位置的希望，但仍不免觉得挫败。

通信科干警招呼他们过去听通话录音回放。

"能分析对方通话中的背景音来确定通话环境吗？"卫青空单刀直入地问。

"需要将音频送到实验室进行分离提取。"通信科干警心领神会，"我这就去处理。"

赵大志愁眉苦脸："这时候叫我到哪里筹措一千万元现金加黄金去？"

"你不是给那个女人买了房？把房子卖了不就有钱了？"乔秀娥扬着哭肿的脸，讽刺道。

"卖房手续没有那么快走得完，钱一天内也无法到账。"赵大志嫌恶地站起身来，"与其在这里和我无理取闹，不如看看你手头有多少首饰，到典当行里能当多少是多少！"

"我那点珠宝首饰能值几个钱？！"乔秀娥尖声说。

"那不是你的孩子？"赵大志冷冷地望向妻子，"你还想不想救他们回来？"

两人再度争吵起来。

费永年率先起身，在赵大志夫妻的激烈争吵声中向两人告辞，离开别墅。

卫青空回望一眼外表光鲜气派但内里污糟颓朽的别墅一眼："那两个孩子生在这样的家庭里，何其不幸。两夫妻好像并不真的在乎孩子的死活。"

费永年摸一摸下巴："也不是全无收获，绑匪最后说'我们会再联系你'，'我们'是一个下意识的用词，说明他不是单独作案，至少有一个同案犯。"

沉默良久的容见迟低声建议："盯紧乔秀芬，她的行为很反常。"

回到云上栖，已近十二点。

偌大的房间，空无一人。

容见迟缓缓坐在地板上，任往事一遍又一遍在脑海中回放。

那些鲜血淋漓的细节被无限放大，像一幅又一幅失真的画作，鲜明而扭曲。

他如同过去二十年无数无眠的暗夜里一样，了无睡意，在心底自问：如果我没有任性地撇开司机和保姆，是否一切将是另一副光景？

优秀的见鲲健康长大，求学过程中获奖无数，赢得心上人的青睐，组成幸福美满的家庭，顺利继承家业……

然而所有美好的可能，都随着见鲲的死去而灰飞烟灭。

容见迟将头脸埋进自己的双臂中，深呼吸，以对抗那些无处不在的浸没在黑夜里的绝望。

忽然有电梯上行至楼层，轿厢门左右滑开的轻微声响，仿佛暗夜里破开一线的明光。

有轻缓的足音，每一步都似落在他的心尖上，行过绝望之地，终于来到他的身旁，然后伸出一双手，拥抱他了无生趣的灵魂。

"我在。"有温柔的声音冥冥中说。

容见迟从双臂间抬起头来，自一片荒芜中凝望人间。

司楠跪坐在他的身前，捧起他的脸。

"谢利轩说你回来了，他在赶来的路上。"

"你没回家……"容见迟回抱司楠。

司楠任他靠在她的肩膀上，没有说自己心神不宁，明明已经睡下，可一接到谢利轩的电话，听他说容见迟恐怕情绪不稳，便去了又来。

容见迟一手捂住双眼，不想教司楠看见他眼底翻涌的黑暗情绪。

两人静静地拥坐在一处，无须言语，彼此的心跳在星夜里交织成一曲长歌。

谢利轩进门，借着窗外透进来的星月微光，一眼看见相拥坐在落地窗前的一双人。

"容——"谢利轩走近两人，"没事吧？"

容见迟从司楠的肩膀上抬起头来，声音微微暗哑："我没事。"

谢利轩学他们的样子，席地而坐："本城顶级私募基金经理人维克托·赵在四处调头寸，你可听说？"

"无可奉告。"容见迟半撑着头，对生死与共过的挚友微微抱歉地一笑。

谢利轩摆摆手："你不必回答我，我说，你听。"

他将手机竖到容见迟跟前："知名私立小学门口发生掳走学童事件，网上已传得沸沸扬扬，连视频都有！"

一段视频由数个角度几段视频剪接而成，看得出应是行车记录仪

077

录到的画面：一辆面包车从斜里开出来，急刹车停在校门口，从上头跳下两个头戴棒球帽面覆口罩的男人，三两步蹿到人群中，目标明确地掳走两名孩童，疾步返回车上，开车扬长而去。从停车掳人到开车逃离，用时不超过三十秒，现场众多家长、维持秩序的校园保安，以及各家司机、保姆没有一人来得及做出反应，而当众人意识到两个孩子遭人掳走，宝贵的时间已经流逝。

行车记录仪的画面比四周道路监控的画质更清晰，多个不同角度剪接至一处后看起来更惊心动魄。

"父母争夺孩子的监护权、绑架勒索、反绑架演习……网上说什么的都有。"谢利轩收回手机，"警方虽然第一时间辟谣，并明确表示这是一起性质恶劣的刑事案件，但仍有不少营销号为博人眼球发布耸人听闻的消息混淆视听。不过……"

谢利轩挺直脊背："结合维克托·赵又调现金又调黄金的行为，我是否可以合理地推测，他在筹措赎金？"

容见迟沉默以对。

"是不是他们？！"谢利轩的呼吸急促起来。

"什么使你将前后相隔近二十年的两桩案件联系在一起？"容见迟徐徐问。

谢利轩学他的样子，曲起双腿，一肘搭在膝盖上，单手支颐："警方办案需要确凿无疑的证据，而我，只需要直觉。"

容见迟一手握住司楠的手不放，垂睫："利，破案的事，交给警方，你不要插手。如果你有线索，务必告知费队。"

谢利轩轻笑，弯了脊背："我？我能有什么线索？最没用的是我，从头到尾几乎一直处于昏迷状态，要不是你拼了命地救我，我早就死了。"

室内一时无人说话，只是司楠借着窗外透进来的天光，看见两个男人俱是红了眼眶。

良久，谢利轩别开脸："当年哪里有如今这样无处不在的监控探头，又哪里有人手一部可以拍照录影的智能手机？没能留下任何可以提供线索的影像画面，全靠你的回忆……"

"所以你要相信这次警方一定能迅速破案。"容见迟伸手拍一拍谢利轩的膝盖。

谢利轩静默片刻，忽地一下从地上跳起来，拍拍屁股上并不存在的灰尘："明天——啊不，今天，还要飞帕克城参加圣诞斯电影节开幕式，我先走了！"

谢大少挥一挥手，扬长而去。

司楠为他来如火去似风的做派目瞪口呆，容见迟屏息片刻，将头侧伏在司楠的肩头，轻笑："老妈子似的，非要走一趟才放心。"

司楠微笑，忍不住拿手指揿住他颈背的一缕发尾，轻轻卷动。

容见迟手下微微用力，将司楠轻轻扑倒在地板上："不要走，陪我说一会儿话。"

"我不走。"司楠承诺。

容见迟单手支颐，侧躺在司楠身边："有几年，我总睡不好，一闭上眼睛，脑海里就浮现见鲲蜷缩在垃圾清运车车斗里的画面，只能大把吃药，才能浅浅睡上一觉……"

所有人都全力以赴在破案上，无人留意小小少年将线索板上的照片看得一清二楚，从此成为无法遗忘的梦魇。

司楠伸手，一点点描摹他的眉眼："我也有过一段时间，靠服药才能入睡。"

直至产生药物依赖，用药过量，差一点永远无法醒来。

他们在彼此眼里读懂那些不堪回忆的时光。

容见迟翻身，与司楠并肩躺在地板上："你的采访报道我都看了，司小姐有一支锐笔。"

司楠微微侧身，望向窗外："有大把人'文章写尽太平事，不肯俯首见苍生'，我也曾经试图向现实妥协，可终究做不到。"

也许她永远去不到高处，去写那些光鲜亮丽的故事，但她愿意用一支笔书写万丈红尘里那些末微的人物，写他们的贪嗔痴喜怒忧。

"原本我的志向，也不是做娱记，只不过当年实习期间分在娱乐版，转正后自然而然便继续跑娱乐新闻。"司楠枕着一只手，"读书时，我的偶像就是师兄王砝，他当年初出茅庐，用八个月时间卧底假证制售团伙，协助警方一举端掉申城周边三省一市最大的制作售卖假学历、假文凭的犯罪团伙，将接单代理、制作假证、制作假学历查询网站的完整制假产业链共近三十名犯罪嫌疑人一网抓获，牵扯出购买假学历的涉案人员千余人，有些人当时已身居高位。师兄为此收到过死亡威胁，与他谈婚论嫁的女友因此和他分手。这么多年过去，当年的事才渐渐淡出大众的视野，他才终于成家生子。"

司楠笑一笑："同师兄相比，我所做的深度调查报道，实在不值一提。"

"不，所有无名小卒背后，都有值得被看见的故事，你的叙事也许并不犀利，可洞见真相本身，并无大小之分。"容见迟拉住司楠的手，"我很高兴，那一晚在火车站，抓住了你。"

两人在逐渐亮起来的天光里，携手慢慢睡去。

司楠走进报社，脑海里仍是清晨在天光中醒来，茫然片刻才恍然意识到自己身在一张柔软舒适得不可思议的床上的记忆。

思及应是容见迟将她抱至床上，司楠老脸一红。

她与容见迟，各有心伤，所有热情都压抑在层层叠叠的心锁之下，小心翼翼，生怕过了界，伤了人，可她到底还是忍不住，不顾一切地奔向他。

摄影部的萧为手捧咖啡凑过来："楠姐，你听说了吗？"

司楠放下包，拉开座椅："听说什么？"

萧为压低声音："法制版那边的消息，就是三尸案的那三名死者……"

"怎么了？"司楠做洗耳恭听状。

郑元堂一案一审结束，黄夫人摆明不服判决，坚决要求上诉，二审恐怕还有得磨，这时候三名死者的生平早已被神通广大的网友巨细靡遗地搜了一遍，还能有什么新消息？

"那边有权威人士的可靠消息，三尸案三个人，同正在被调查的柳大影帝，关系匪浅，涉案程度不低。"萧为的声音再降一度。

司楠先是一愣，随即忍无可忍地露出厌恶之色。

柳亦羣借演艺培训班之便，将魔爪伸向少女，通过威逼利诱、恫吓下药种种手段所做下的恶事，桩桩件件都令她深恶痛绝，此时听萧为说黄、季、田三人与柳某人相关，司楠丝毫不觉意外，毕竟这三人都是柳亦羣的座上宾，能同他一道在夜店把酒言欢。

司楠不由得怒从心头起，暗暗想三人就这样死了实在太便宜他们。

"我听说还有更耸人听闻的。"生活版策划滑动座椅，也凑了过来，"据说柳手里有一本账册，记载了时间地点人物，还有大量照片与视频，只是经过加密，暂时还未破解，一旦破解，恐怕要引发一场娱乐圈的大地震。"

多少与柳亦羣过从甚密的艺人忙不迭撇清与他的关系之余，更少不了借机割席顺便踩着他上位的，总之娱乐江湖一片腥风血雨，热闹胜似过年。

司楠抚唇沉吟，这些模棱两可的消息在侦办期间爆出来，不晓得到底是有心人转移视线，还是想置柳某人于死地，好一个百了。

"希望警方早日破解加密文件。"司楠按开电脑，说。

如日中天的双料影帝一朝银铛入狱，成为阶下囚，大众的注意力一时都集中在此事上，猜测、讨论、反思，真真假假的爆料铺天盖地，甚至有人在直播平台当众落泪，声称自己是其受害者博取大众的同情，随后开通打赏功能借机敛财，一切朝着事无不可娱乐的疯魔方向发展。

主编办公室的门忽然打开，王砝肃容招呼手下的得力干将："快快快！突发新闻！嘉宜投资赵大志被掳走的一双儿女找回来了！跟进一下！"

大办公区很快响起脚步声与电话交谈声，财经版小编从茶水间溜达过来同司楠八卦："嘉宜投资赵大志？嘉宜手里可是管理着上百亿元的私募股权基金，基金经理个个实现财务自由，香车豪宅游艇，完全是另一个世界。赵某估计是哪里露了富，教人盯上了。"

"基金经理如此豪阔？"萧为加入讨论。

"没听过网络调侃？基金经理，涨了叫总，跌了叫狗。"财经小编耸肩,"不过无论投资者是赚是赔,基金经理一定稳赚不赔。"

萧为"哗"了一声:"我现在换行还来不来得及?"

财经小编白他一眼:"基金经理所承受的压力超乎想象,以各种方式结束自己的生命的大有人在,你想都想不到。"

萧为做害怕状。

司楠好奇:"赵大志能有多少身家?"

财经小编略想了想:"他二十五岁入行,在公募基金干了十年,三十五岁跳槽私募基金,现在四十五岁,按照嘉宜近十年的收益率,他身家估计上亿元。"

萧为吹一声响亮悠长的口哨,然后在此起彼伏的嘘声中逃回自己的格间去了。

"唉……赵大志作为'70后',跻身国内十大基金经理之一,其业务能力之强,颇受同行认可,但——"财经小编啜一口咖啡,"江湖传闻,他私德不修,私生活很不检点,好像老家那边重男轻女,曾放言要生一支足球队。"

司楠咋舌之余,结合谢利轩言及四处调头寸的顶级私募基金经理人,合理怀疑维克托·赵正是嘉宜投资的赵大志,那是否意味着,一如谢利轩所言,将近二十年前的绑架案真凶,有望浮出水面?

司楠难得在上班时间"摸鱼",上网关注起事件进展。

容见迟未承想绑架案发生后九十六小时内,警方便解救出赵家的两个孩子,并逮捕了犯罪嫌疑人三名。

费永年致电请他到刑侦总队辨认嫌犯时,他刚完成上午的心理咨询,送年轻的祢宝珠走出咨询室。

少女已经逐渐摆脱梦魇的纠缠,不再梦游,气色明显好起来。

临别时,祢宝珠从小小的斜挎链条包里取出两份请柬,双手递给容见迟。

容见迟接过简约大方的请柬,望向笑容真挚的少女。

祢宝珠嘴角露出两个梨涡:"我除了拿出所有压岁钱成立未成年人保护基金,尽我所能地帮助那些遭遇霸凌和伤害的人,也无法做出更多。到时会有小小的揭幕仪式，请您和您的朋友拨冗参加。"

容见迟收下请柬，赞扬道："你做得很棒！我们一定会到场支持。"

少女莞尔，勾住等在一旁的母亲的手臂，朝前台里的小麦挥挥手，脚步轻盈地离去。

容见迟望着她娉婷笔直的背影，情知那些笼罩着她的晦暗阴影已悉数消散。有生之年，她会记得生命中曾有一个女孩，以一己之躯保护了她，而她，会去保护更多孩子。

费永年的电话，恰在这时打进来。

电话中，费永年的声音沙哑疲惫却又难掩兴奋："容见迟，请立刻来一趟！"

说完便挂断电话，并未给容见迟任何推搪迟疑的机会。

容见迟望着屏幕暗下去的手机，有片刻讶然，随后轻笑，收起手机返回办公室，潜下心来完成病案记录，然后才起身拎上工作包走出办公室，在前台交代小麦："取消我下午所有安排，原定青少年活动中心的心理学讲座麻烦林医生代我出席。我出去一趟，有要紧事打我电话。"

"容医生不吃午饭了？"替他订了午餐的小麦颇觉意外。

"不吃了，你联系餐厅将我那份订餐放入共享冰箱吧。"他匆匆向外走。

小麦缓缓坐回前台接待椅，心间微微酸涩，只觉得跟随他脚步的五年时光，如一把指间沙，握不牢，留不住，越想抓紧，越快流逝。

容见迟不知小麦的心事，他将车开得四平八稳，驶入刑侦总队大楼的停车场。

当他登记领取访客证走入底楼大厅，空气中隐然兴奋但仍保持井然有序状态的奇异氛围，令他会心地微笑。

卫青空早等在大厅里，看见容见迟走进来，便上前招呼他："容医生，辛苦你跑一趟。请你来不为别的，我们先辨认一下犯罪嫌疑人吧。"

"好。"容见迟痛快道。

卫青空引容见迟前往特别审讯室，推开紧邻特别审讯室的指挥审讯室的门，侧身请他入内。

指挥审讯室内一片昏暗，门开合间泄进来的灯光照亮站在暗处的费永年的身形。

"来了。"他朝容见迟点点头，示意卫青空关上门，随后以对讲器交代，"开始吧。"

隔着一片单向玻璃，隔壁的特别审讯室内一片灯光大亮，有六名身高体形年龄相仿的中年男性，身穿颜色款式相近的夹克衫，戴着手铐，鱼贯走入，并排站在单向玻璃前，根据要求依次向前一步，靠近单向玻璃停留数秒，随即后退回原位。

一片黑暗中，容见迟面无表情地望向单向玻璃的另一头。

六个身材并不高大魁梧的中年男人，个个貌不惊人，眼神也并不凶狠，有两人甚至看起来憨厚无比。

"慢慢看，不用急。"费永年低声说。

"不用再看了。"容见迟伸手，指向其中穿藏青色绗缝夹克，头发花白，肤色略显黧黑的中年男子，"就是他，五号。"

"你肯定？"

"我肯定。"

费永年趋近对讲器："五号留下，其他人可以离开。"

"怎么肯定是他？"卫青空问。

"这张脸我永远不会忘记。"容见迟平静道。

他以为有生之年再度看见这张无数次出现在他梦魇中的男人的脸时，他会激动愤怒失态，然而所有这些在脑海中演练过无数次的场景，并未发生。

"谢利轩在他手腕上咬了一口，咬得出了血，因而激怒了他，被他一巴掌扇倒。如果后来他没有对伤口进行过疤痕处理，则能在他右手手腕发现牙齿咬合留下的疤痕。当年应该留下过谢利轩的齿模，可以与之进行痕迹对比。"

费永年深深看他一眼，朝对讲器道："下一组。"

容见迟在第二组六名辨认对象中指认出四号。

第二组中的四号与第一组中的五号生得七分像，两人拥有相似的五官和人种特征——身材不高，肤色黧黑，面孔扁平，鼻梁低，鼻翼宽，鼻孔大，嘴唇厚。

两人之间的区别，大概在于五号即使腕戴手铐，仍镇定从容，脸上照样带着一丝看似敦厚老实到近乎唯唯诺诺的表情，如同这座城市里千千万万碌碌无为的中年人；四号则与之相反，面露凶相，但目光闪躲，显得慌乱且心虚。

"接下来就交给我们吧。"做完笔录，费永年拍一拍容见迟的肩膀。

容见迟点点头，走出指挥审讯室。

深长的走廊上只得他一人的足音，徐缓、沉重。

一条二十米长的走廊，他仿佛走了一生一世。

直到坐在过道上的程队叫住了他。

"小容，陪我坐一会儿。"程队拍拍身边的长椅。

容见迟走过去，在老队长身边落座。

两人沉默良久，程队才摩挲自己头发花白的后脑勺，问："是他们，对不对？"

容见迟没有应声，只轻轻点了点头。

程队露出一线释然的微笑："十九年又九十九天，没有一天，我心里放下过这个案子。现在，我终于可以真正退休了。"

他看一眼默不作声的容见迟，长叹："那时候，我四十五岁，小费二十二岁，刚从警察学院侦查学专业毕业，分到我手下工作。那时正逢晋升窗口期，我屏着一口气，想破一个大案要案，攒一攒资历，再往上升一升。"

程队望向走廊深处那间正在使用中的特别审讯室："谁能料到，小费跟着我经办的第一桩正式案件，便成了悬案，十九年未破。"

容见迟垂睫，睫毛轻颤。

"我第一次见你，你才这么高——"程队伸手比画了一下，"浑身上下都是血，手腕、脚踝皮肉外翻，鲜血淋漓，所有人都忙于处理现场采集回来的证据线索，没有人注意你就那么愣愣地站着，望着办公室里的线索板……"

程队抹一把脸，苦笑："陪着你的警察阿姨去给你找干净衣服了，是不是？"

容见迟再度点点头。

陪他从废弃建筑工地返回刑侦队的警察阿姨非常耐心温柔，一路都将他紧紧抱在怀里，小声对他说"你安全了，坏人再也无法伤害你"。到了刑侦总队，又是张罗给他喝热牛奶，又是从每个办公桌上搜刮零食给他吃，然后叫他乖乖地坐在原地不要动，她去给他找干净的衣裤，再叫医生来给他处理伤口。

是他自己，鬼使神差地从办公室的角落里走出来，如入无人之境，走到线索板下头，一眼看见见鲲的照片。

那一刻，世界分崩离析，再也无法拼凑完整。

程队终于忍不住，伸手摸一摸容见迟的头顶，一如当年他发现人来人往的办公室里怔忪失魂的男孩："不怪你。"

容见迟试图微笑，可是做不到。

"除了母亲，每个人都说不怪我。"

程队"唉"了一声："你妈妈……糊涂啊！"

不去恨绑匪，把所有过错都推到九岁的孩子身上，一恨恨了这么多年。

他当时才九岁呵！

拼了命救了另一个孩子！

然而父母来警察局接他的时候，母亲握住他的肩膀拼命摇撼，哭喊着"为什么死的不是你"！

小小少年的脸上，是一片教人心疼的麻木。

容见迟别开脸，不教程队看见他眼底翻涌的泪意。

程队按住长椅扶手，站起身来，不知是疲劳还是情绪起伏太过，身形微微踉跄，容见迟眼疾手快地扶住他的手肘。

程队笑一笑："老了，受不了刺激。"

容见迟按住老队长的手腕十五秒："心跳有些快。您别激动，我没事。"

程队摆摆手:"回去吧,我也回去,剩下的事,交给小费他们。我们都回去,好好睡一觉……"

但愿一觉醒来,那些困扰他们多年的,都已过去。

容见迟扶着老队长往外走:"好。"

从刑侦总队开车出来,容见迟心下一片茫然。

偌大的申城,这一刻他竟仿佛无处可去。

纵有千言万语,也不知向谁诉说。

谢利轩?此刻正在帕克城参加电影节开幕式。

父亲,母亲?自哥哥见鲲死后,他再没同他们说过一句心里话。

还有谁?心理医生吗?

他驱车在午后的城市里漫无目地游荡,像不知归处的过客,人潮在他眼前熙熙攘攘,而他随波逐流,如无根的浮萍。

当他终于累了,停下车来,发现自己不知不觉间将车开到了司楠家楼下。

还未到下班时候,临近过年的小区里静悄悄的,偶有老人从他的车旁经过,并不注意车中人。

他就这么一动不动地坐在车内,时间仿佛凝固,直到一只三花野猫不知从什么地方蹿出来,一跃跳到他的引擎盖上,引擎盖被它的体重震得砰的一声,野猫旁若无人地趴在了挡风玻璃前,顾盼自若。

容见迟半伏于方向盘上,隔着前挡风玻璃,问:"晒太阳?"

三花猫橙黄色的竖瞳望过来,又若无其事地移开。

容见迟又问:"引擎盖够不够热?"

三花猫摆动尾巴,轻扫引擎盖,好似表示"朕很满意"。

容见迟轻笑:"陪我一起等她,可好?"

三花猫打个哈欠,将脑袋枕在前爪上,甩给人类一个后脑勺。

忽然有人自后方过来,轻敲驾驶室侧窗,隔着车窗唤他:"容见迟?"

容见迟自方向盘上起身,推门下车,望向穿着米色中长款羽绒服,一手拎着环保购物袋的司楠:"回来了。"

司楠并不问他为什么在这里,只问:"吃过饭了吗?"

容见迟摇摇头,伸手接过她手里的购物袋。

"来吧,是时候教你见识一下我的厨艺了。"司楠微笑着伸手摸一摸趴在引擎盖上的三花猫的背脊,引得三花野猫发出舒服的呼噜声。

司楠探身往容见迟拎在手上的购物袋内张望了一眼,从里头掏出一袋肉多多火腿肠来,撕开外包装,抽出一根火腿肠,剥开外层肠衣,垫了张餐巾纸,放在引擎盖上:"请你吃火腿肠。"

三花猫并不怕人,伸头闻一闻,便凑过去吃起美味的火腿肠来。

容见迟伴着司楠往楼上去:"晚餐就吃火腿肠?"

司楠睁大眼睛:"怎么可能?火腿肠是消夜方便面的灵魂伴侣!"

"所以晚餐吃方便面?"

司楠瞪他:"吃白泡饭!"

容见迟闻言失笑:"搭配一碟酱瓜最好。"

司楠轻啐:"没得选,死心吧!"

容见迟侧头含笑,心头那一点郁气散了大半。

司楠停在家门口,取钥匙开门,脱下羽绒服挂进门边的壁柜,又伸手接过容见迟的大衣,与她的羽绒服并排挂在一处,随后弯腰取出一双男式皮面保暖拖鞋放到容见迟脚边:"我这里少有男客,这双是家父穿过的,不嫌弃的话,你对付着穿。"

趁容见迟换鞋的工夫,司楠急匆匆跑进客厅,将她日常换下来一时又觉得没必要洗而信手扔在沙发上的毛衣、呢子阔腿裤、夹棉卫衣一把捧起,通通挪到浴室脏衣篓里,将门一关,还客厅一片整洁。

迎着容见迟想笑不能笑的英俊的脸,司楠竖起一根食指:"什么都不要说!"

容见迟忍了笑意,举一举手中的购物袋:"要怎么处理?"

"我来弄,你随意。"

司楠接过购物袋,将零食取出来放在茶几上,顺手将墙上智能电视的遥控器递给容见迟:"我这里没什么娱乐,看电视吧。"

容见迟看着一茶几瓜子、核桃、碧根果、金币巧克力,长眉微挑。

司楠把最后一袋沙爹牛肉干摆到茶几上:"快过年了,报社发了年货礼券,就买了些零食,增添些年味。"

"春节有什么计划?"容见迟看到司楠从茶几下拿出个金光灿灿的八宝攒盒来,拆开巧克力往里倒,也学她的样子,拆开沙爹牛肉干往花瓣型的格子里装。

司楠手上的动作不停,并不讳言:"除夕夜自己过,初一中午与家父和他的新太太吃饭,晚上同家母和她先生以及弟弟吃饭,之后自由活动。"

父母离婚,各自组成新家庭,当年两人将她当累赘,谁都不要。等她长大,两人不知出于什么心理,又齐齐回头,试图弥补缺失十数年的亲子感情。可是司楠已经长大,那个渴望父母在春节能像舅舅舅妈带着表弟那样带她去买新衣服逛庙会的小小女童,早已独自一人走失在时间的长廊里。

"你有什么安排?"司楠问容见迟。

"和你差不多,一个人的除夕夜,以及……"容见迟左右挪动八宝攒盒,将之摆放在茶几正中央,"作为吉祥物,与家父一道出席团拜会。"

见司楠面露不解,他拈起一枚金币巧克力,在指尖弹起又伸手接住:"家母每年初一,都同工商联合会老总们的太太团一起前往孤儿院、养老院送上新春祝福和年礼,家父则与老总们一道出席团拜会。一般情况下,人人都会带上子女或得力干将,以增进交流,联络感情。"

他顿一顿,轻笑:"本城好几对强强联姻的富二代,正是在团拜会上一见钟情。"

司楠"哗"了一声:"这是传统,还是浪漫?"

"要不要一起去?"容见迟问。

司楠想一想,摇头。

有钱人的世界,听听八卦就好。

她拎着轻了不少的购物袋，走进厨房，容见迟起身跟上她。

小小厨房站了司楠，便容不下第二个人，司楠赶他："你去看电视。"

容见迟靠在门边："我陪你。"

见赶不走他，司楠只能作罢。

容见迟便靠着厨房门框，看司楠从冰箱里拿出一大碗剩饭，果然做了一锅热腾腾的泡饭；取一罐腌青瓜，以筷子搛出两条来，用剪刀铰成小块，撒上一撮砂糖，淋几滴麻油，拌匀；从冻箱里找出一盒速冻素三鲜水饺，搁在烧得滚烫的平底铸铁锅里，做成一锅底子金黄香脆的锅贴；最后拆了一盒午餐肉切片，两面煎得金黄，盛盘，连同泡饭、腌瓜、锅贴一起上桌。

客厅里平时一个人吃饭用的贴边小饭桌拉开来撑起一条支脚，瞬间变成可供两人进餐的方桌，砂锅里咕嘟嘟冒着热气的泡饭、铸铁锅里油尚吱吱作响的锅贴、散发出油脂香气的午餐肉和小碟子里清清爽爽的腌青瓜，一桌绝谈不上豪华的晚餐，却教一颗心无着无落的容见迟生出一股归家的踏实感。

他解开纽扣，脱下西装，搭在沙发扶手上，然后在小小方桌边坐了下来。

司楠取了筷子、调羹摆在容见迟手边，自己在他对面落座："我借你的光，今晚吃得丰盛些。"

她信手打开电视，为房间里制造一点声响。

电视里正在播放六点半的《晚间新闻》，画面从江岸万国建筑群略过红砖墙老房子，跃升至江对面金融开发区的摩天大楼，"晚间新闻"的字样出现在液晶电视屏幕上。

正襟危坐的男女主持人面向镜头，播报年份月历日期，男主播字正腔圆地说："下面是今日晚间新闻的主要内容——"

画面里闪过市政府领导在年前下基层展开安全生产检查活动的身影、又一条地铁线路在年前正式竣工试运营、本城市民在批发市场为过年采买年货等，一片新春将至的热闹红火气氛。

司楠取大汤勺为容见迟盛一碗泡饭，搁在他跟前，随后自己也盛了一碗,掌心一合:"我开动啦!"

她神态放松,与平时同他在外头或者在他家里吃饭是截然不同的状态,少一些稳重,多一点随意。

容见迟微笑,学她的样子,合掌,轻道:"我开动了。"

泡饭与腌脆瓜,锅贴与午餐肉,饭桌上并无顶级的高端食材,却也最是人间烟火气,充满家的味道。

两人合力干掉一锅泡饭、十五只锅贴、一盒午餐肉及一碟子腌青瓜,吃得嘴唇油光光。

饱足感教司楠将身体的全副重量倚靠在椅背上,她轻轻一摸胃部:"稍晚需夜跑五公里才能消耗这一顿摄入的热量。"

容见迟起身,取下衬衫袖口上的袖扣,揣进裤袋,挽起袖子,按住司楠的肩膀:"让我来。"

他倾身收拾桌上的碗筷杯碟,侧脸问司楠:"一起跑?"

司楠朝壁柜的方向睇一眼:"你穿皮鞋陪跑?"

容见迟笑一笑:"等一会儿下去扔垃圾,顺便到我车上去取运动装备。"

"你永远有备无患?"司楠好奇。

他好像从来西装笔挺,不容许自己有一丝一毫的失礼之处。

容见迟想一想,点头:"是。我的办公室里和车上,始终准备一套换洗衣物和备用鞋袜,因为突发事件总会在最意想不到时降临。"

不知为何,司楠心头隐隐泛起名为疼惜的情绪。

在他九岁之后的人生里,他有过一刻,哪怕是微不足道的一刻的真正放松吗?

司楠不得而知,她只是站起身来,上前伸手抱住他的腰背,将面孔贴在他的胸膛前。

容见迟一手饭碗、一手餐盘,被司楠如此拥抱,放不得抱不得,只好拿下巴轻蹭她的头顶:"先让我把饭桌收好。"

司楠埋首在他的胸口,闷闷地应了一声,不动。

容见迟无奈,虚虚以手臂环着她,带着她一点一点挪向厨房,放下手中的碗盘,然后紧紧环抱住贴在他胸前的女郎:"没关系,出差、应对突发事件,是我工作的一部分,人生如逆旅,我们本就一直在路上。"

他揽抱起她,与她一道坐在客厅不大的双人沙发上,他高大的身躯环拥着她,似坚毅伟岸的山岩承托着一株纤雅隽秀的山茶,客厅里除了电视机里传来的播音腔,只得两人交织在一处的呼吸声。

"近日,我市星澜私立小学外发生一起性质恶劣的儿童绑架案件,经过我市刑事侦查总队干警们日夜不懈的努力,案件在今日告破,成功解救两名被绑儿童,四名犯罪嫌疑人被逮捕归案,请看本台记者彭鹏芃带来的现场报道……"

屏幕上出现一段3D动画模拟案发现场的视频,配以解说,交代案件发生经过,并着力赞扬本市公安人员于年前争分夺秒,在案发后九十六小时内,破获这起性质恶劣的绑架案。

随后是经过声音处理的画面,一盆高大的植物遮挡被解救儿童家属的面部,两人手挽手向公众表示孩子已经平安获救,感谢警方快速出警和迅速侦破,孩子没有受到太大的伤害,只是受了惊吓,希望广大网友给予他们足够的空间和隐私,尽快帮助孩子走出阴影,抱歉占用了公众资源,希望大家都能过个好年云云。

容见迟环在司楠腰间的手臂肌肉微微绷紧,前一瞬交织旖旎的气息顷刻散去。

司楠从容见迟的胸口抬起头来,自她的角度,只能看见他绷直的下颚线条,她不由得轻唤他的名字:"容见迟——"

听见她的呼唤,他微微垂头,望向她:"去扔垃圾吗?"

"好。"司楠应道。

夜风冷冷,为迎接新年四处悬挂起来的红灯笼在冷风中来回摇摆,衬得人迹寥寥的小区更显冷清。

有居委会干部手持喇叭,骑在电动车上,在小区内穿梭骑行,提醒居民年关将至,外出注意关好门窗保管好个人财物,天干物燥,小心火烛。

司楠与容见迟人手一个垃圾袋,走向垃圾箱房。

小小垃圾箱房造成翘角飞檐的六角亭样式,隐在一片绿化带中间,三面环树,看起来如同小区中再寻常不过的一处绿化景观。

"推广垃圾分类那会儿,为这座垃圾箱房的位置和造型,业主、物业、居委会三方僵持不下,居民都不希望箱房建得离自家楼栋太近,担心夏天蚊虫滋生,散发异味,影响生活,但又不希望离得太远,增加扔垃圾的时间成本。当然,垃圾箱房的样子太丑也不行,有碍观瞻。"司楠将装在可降解垃圾袋中的湿垃圾妥善丢弃在有密闭门的垃圾口内,回身在一旁的感应水喉洗手。

冬日的自来水凉冷刺骨,她一只手指尖沾水搓了搓,便甩了水缩回手来。

容见迟自大衣口袋中取出一方手帕展开,上前一步,将司楠滴着水的手指包在手帕中,轻轻擦拭:"当心生冻疮。"

司楠笑眯眯:"你还知道冻疮啊?"

容见迟有些奇怪地瞥她一眼:"我又不是不食人间烟火。"

顿一顿,他握着司楠擦干的手,揣在自己的大衣口袋中,一边与她走在夜色里,一边淡淡说:"小时候,一到冬季,见鲲的耳朵总生冻疮,疼痒难耐,遍寻偏方也不见效,家母心疼不已,一直说见鲲这么乖,为什么要教他受这个罪?为什么生冻疮的不是见迟?"

容见迟感觉到大衣口袋内司楠的手指小心翼翼地与他五指相扣,垂睫笑一笑:"那时还小,傻呵呵地想,如果冻疮生在我的身上,妈妈是否就会来心疼我?"

可惜并不会。

无论他多伤、多恸,母亲所有的爱与关注,都给了见鲲。

母亲精力有限,只够她全心全意参与见鲲的成长,而他,是由保姆带大的。

司楠悄悄握紧他的手。

不被母亲重视的感受,她深有体会。

莫北与她,一母所出,但她从来不是被母亲偏爱的那一个,而莫北,无须付出任何努力,便可以获得母亲全部的关心与爱护,不求任何回报。

司楠想，他们是两个被母亲抛弃的小兽，在这残酷而冷漠的世界中挣扎长大，然后遇见彼此，紧紧依偎，互相取暖。

"一起过除夕吧。"感觉被揣在他大衣口袋里的手渐渐褪去冷意，一团火似的热，司楠脱口而出。

"好。"容见迟没有丝毫迟疑犹豫地道。

司楠与容见迟到底也没能去夜跑，远在帕克城与他们时差十五小时的谢利轩向两人发来视频通话请求。

他正身处电影节开幕式后的余兴派对，人在视野宽阔良好的阳台之上，身后是衣香鬓影灯红酒绿的派对现场，时不时有好莱坞著名影人自他的镜头内一晃而过。

他懒洋洋地倚在昨日的夜色中，眼里有细碎的光影，开门见山地问："抓到了？是他们吗？"

容见迟在今日的长夜里缓缓颔首："抓到了，是他们。"

谢利轩扯松系着半温莎结的领带，站直身体："我立刻回来。"

容见迟没有阻止他，只淡淡应了一声："我等你回来。"

是时候，与延宕二十年的心结旧怨，做个了结。

谢利轩来得出乎司楠意料地快。

腊月廿九，申城人惯于称之为小年夜，虽是年前最后一个工作日，但大多在外务工一年要返乡返家的人早已归心似箭，而无须奔赴老家的本地人，也已无心工作。

报社里，有两个家在外地的小年轻随身携带行李箱，只等下班便直奔机场或车站。午餐后总编大手一挥，宣布提前下班，在众人的欢呼声中，率先坤包一夹，潇洒而去。

司楠一边慢悠悠地收拾办公桌，一边与同事道别，相约年后见。

王砝斜背工作包从办公室出来，经过司楠，拿车钥匙点点她的桌面："今年表现不错，明年继续加油！"

司楠微笑颔首："谢谢师兄给我机会，我会继续努力！"

王砝摆摆手："太客气就见外了啊！"

知心大姐陶姐收拾好办公桌，翻腕一看手表，左手右手各捧一盆开得金灿灿的水仙花，一边往外走，一边招呼办公室的同仁："哎呀，来不及了！我要打个时间差去买点年货！大家过年有空来家里玩啊！"

说罢步履匆匆，带起一阵香风，也下班去了。

偌大一片大办公区转瞬便安静下来，湿冷冬日里难得放晴的午后阳光从窗外灌进来，照得室内一片暖洋洋。

司楠捧着今天发下来的年度金笔杆奖杯——一座黑色基座上竖一支金色羽毛笔，和金色羽毛笔纹样的奖状，挎上背包，走出报社。

不很意外地遇见相偕等电梯的路然庭与米聆。

路然庭与米聆一向焦不离孟，孟不离焦，两人要好得叫司楠一度以为他们是一对情侣，但接触得久了，又仿佛不是那么一回事，路然庭婚姻幸福，米聆也另有交往多年的男友，四人还经常相约一同外出旅行，关系扑朔迷离。

司楠出于礼貌，朝两位同事点点头。

米聆描摹精致的明眸朝司楠捧在手中再显眼不过的奖杯瞟了一眼，唇角扯出一抹皮笑肉不笑的纹路："背靠神仙好办事，什么阿猫阿狗都能得奖！有些奖项的含金量真是一年不如一年。"

路人庭提手轻拍米聆的手肘，示意她收敛些。

司楠从前不懂米聆何以对她抱有如此巨大的敌意，然而这一次她不想继续哑忍。

"当年的专访，柳亦羣的团队原本指名要你去做。"司楠站定在米聆身边，"你推托家中有事，忽然在采访前一天请假一周，这期专访才落在刚刚毕业的我身上。"

米聆闻言下意识朝路然庭的身侧靠了靠。

司楠轻笑："在此之前，我从未接触过柳亦羣的团队和他本人。当谣言铺天盖地说我使尽手段挤走前辈只为能近距离追求柳某人时，你甚至没有在报社内帮我澄清一句，是你请假在先，我才顶替你去采访。"

"你不要信口开河！"米聆瞪眼，"饭可以乱吃，话可不能乱说！"

路然庭握住她的手臂："不要说了，米聆。"

司楠嗤笑："听路哥的吧，不要说了，聆姐。"

那些毫不掩饰的敌意与若有似无的打压，一切都有迹可循，只是当年充满恶意的舆论风暴来得太快太剧烈，教她陷在不能自证清白的怪圈里无法呼吸，也忽略了这再浅显不过的实事——米聆忌恨她。

而今跳脱出当年的困局，回头再看，这忌恨的杀伤力，不可谓不惊人。

但——也很可笑。

学娱乐圈的"防爆"做派，用魑魅魍魉的伎俩，意图将潜力新人打压在萌芽阶段，这是多么典型的职场霸凌手段呵！

司楠很不明白，与其做这些叫人不齿的小动作，为什么不花时间和精力提升自己的业务能力？

当她走出困顿自身的泥沼，所有那些自我怀疑、自我否定都在一次更比一次坚定的文字当中化为乌有，心境也随之豁然开朗。

外界的污蔑与质疑、赞美与肯定，都不过是令她的一支笔更敏锐犀利的磨刀石。

叮的一声，电梯轿厢降至楼层，电梯门左右滑开。

"路哥，聆姐。"司楠礼让，目送两人一前一后迈入电梯，缓缓合拢的门隔绝面沉似水的路然庭与脸色铁青的米聆。

司楠微笑，朝一旁目瞪口呆的前台接待调皮地眨了眨眼睛。

司楠出了报社，心情大好，驱车去花园饭店排队买八宝饭与葫芦鸭。

花园饭店的外卖窗口外排着蛇形长龙，八宝饭每人限购两个，葫芦鸭一人限购一只，照例有黄牛在队伍末端兜揽生意。

司楠排在缓慢向前移动的队伍当中，有些无聊地取出手机来，翻看社交媒体软件上实时更新的动态，不出预料地看见母亲家偌大的别墅客厅中布置得花团锦簇的年宵花和父亲与新任伴侣手牵手印在阳光下的影子，还有小麦发的一盆开得灿若云霞的蝴蝶兰照片和一段感恩又一年风雨同舟期待来年再聚的心灵鸡汤。

小麦的照片拍得颇有心机，累累坠坠的花叶在前，后头的景深中，一道挺拔的背影身长玉立，教人有心一窥真容又不得其法。

司楠按熄屏幕，注意力被身后几名中年阿姨旁若无人的"小声"交谈所吸引。

一个神神秘秘地问："听说了吗？前几天两个有钱人家的小孩被当街绑架了！"

一个附和："听说了！老吓人的！"

另有一个将信将疑："真的？我怎么没听说？"

第一个轻嗤："你现在只晓得看无脑小视频，根本不关心社会上发生了啥事！"

第二个为第三个解惑："哎呀，网上的视频老早就传开了，你随便搜就搜得到。"

第三个大概立时拿出手机来搜索："关键词是？"

司楠身后传来一阵配有相当具有当代短视频特色的音乐解说和杂乱的现场收录音，以及三名中年阿姨此起彼伏的惊呼。

"现在坏人这么猖獗了啊？"

"小孩救回来了吗？"

第一个阿姨"压低"声音，神神秘秘地说："救回来了！你们晓得是谁干的吗？"

"谁？！"另两个阿姨异口同声。

"你们想都想不到！"第一个阿姨语气里带出一股知情人才有的深沉，"我老公同事大姑娘的小叔子在那家的小区里当保安，亲眼看到警察冲进去把那家的保姆铐走了。"

"保姆？！"

"怎么有这么坏的保姆？！"

"我就说保姆不牢靠，带小孩还是要自己带才放心。"

司楠在排队过程当中不由自主听了两耳朵豪门风云，从二婚阔太厌弃原配子女远远发配他们到海外读书，到富商女儿嫁给凤凰男进门给公婆下跪倒洗脚水，精彩程度堪比宫斗大戏。

司楠买好了八宝饭与葫芦鸭回到家中，容见迟已在楼下等她。

他臂弯里捧一盆看起来颇眼熟的蝴蝶兰，渐变玫瑰红勾金边的花瓣一眼望去如织似锦，云蒸霞蔚一样，美得轰轰烈烈。

见她走近，他从靠坐的车头上起身："回来了。"

"嗯。"司楠颔首。

两人并肩走进门洞。

"工作室今天也早放了？"司楠瞥一眼他臂弯里的蝴蝶兰，问。

"年前最后一个工作日，如无预约，一向都不必打卡坐班。"容见迟向司楠解释，"我上午有年前最后一个预约访客。"

接着又举一举花盆："顺便带盆花回来热闹热闹。"

"养花杀手"司楠伸出手指小心翼翼地摸了摸轻薄丝绒质感的花瓣，害怕自己会发出"死光"，杀死一盆无辜的植物。

容见迟看得笑起来："园艺师说冬季一周浇一次水足矣，今天上午已经浇过，放它几天不管也不会有事。"

不用伺候花草，司楠松了一口气。

两人准备晚餐时，风尘仆仆的谢利轩敲开司楠家的门。

甫一进门，看见脱去西装挽起衬衫袖口坐在客厅沙发上剥小豌豆的容见迟，他不由得挑眉，一边踢去脚上的乐福鞋换拖鞋，一边问在门边接住他的大衣往壁橱里挂的司楠："司小楠，你阳台上晾着哪个野男人的衣服？"

无论从材质、款式、做工哪方面看，都不入流得可疑。

司楠先是被他兴师问罪的口吻问得一愣，随后失笑："你不知道网上有售'单身独居女性迷惑套装'吗？"

谢利轩被问到知识盲区，露出"那是什么"的疑惑表情。

"单身独居女性用在阳台等处悬挂男性衣物、留一盏小夜灯等手段，可以起到迷惑有意入室盗窃或抢劫者的作用，降低被盗被抢的风险。"司楠向谢大少科普生活小常识。

谢利轩将自己抛进沙发里，发出"原来如此"的喟叹。

等司楠拖过一张餐椅在容见迟身旁坐定，谢利轩侧头望向自他进门便一直悠悠剥小豌豆的容见迟，拿膝盖轻撞他的膝盖："说吧，我没什么受不了的。"

容见迟剥完最后一个豌豆荚,将几颗浑圆饱满的豌豆放进茶几上的玻璃碗内,才慢吞吞说道:"嘉宜投资维克托·赵的小姨子兼保姆联合绑匪绑架姐姐、姐夫的一双儿女,被警方逮捕后供出两名绑匪的下落,警方及时解救被绑儿童并抓获了另外两名犯罪嫌疑人。"

谢利轩挑眉,等他的下文。

容见迟说的这些,他在返程的飞机上已收到消息,算不上什么新闻。

容见迟想了想,才组织语言,将能透露给他听的部分缓缓道来。

"你当年——"他睇一眼坐在他身边看似闲适放松,实则高度紧张到一条腿不住抖动的谢利轩,"咬了一名绑匪一口,获救后警方提取过你衣物上的血迹,也取了你的牙模……"

谢利轩点点头。

正是他咬的这一口,换来绑匪的大力摔打,几乎要了他半条命。

"我从未忘记他的脸。"容见迟说。

"我也是。"谢利轩伸手按住自己不断抖动的右腿。

"这次抓获的两名犯罪嫌疑人,其中一人手腕上有牙齿咬伤的疤痕,警方应该会进行血液与齿痕比对,剩下的事,还需等待进一步调查。"

"一个涉世未深的小保姆,怎会联系上两个隐姓埋名多年的悍匪?"谢利轩仰靠在沙发背上,望着一片雪白的天花板,喃喃自语地问。

刑侦总队审讯室内,费永年也问过乔秀芬同样的问题。

在怀疑乔秀芬进而申请监控她的手机通信后,警方很快掌握了她与一个外省市登记的手机号码频繁发送短信与通话的证据,尤其在两个孩子遭绑架前后与该号码之间的短信对话,充满令人难以捉摸的暗语,后经刑侦队语言学专家顾问的破解,证实是西南某省少数民族的方言读音转换为汉字,最后一条短信发送的内容为:"怎么办?警察好像怀疑我了。"

由此警方立即申请对乔秀芬进行拘捕,一边追踪那个手机号码,一边对乔秀芬进行突击审问。

乔秀芬的心理防线脆弱得不堪一击，甚至都不必办案人员晓之以理、动之以情，她自己先竹筒倒豆子似的把事情招了。

"我这算不算是自首？"当得知绑匪已经落网，乔秀芬抽抽噎噎道，"我、我没想伤害宝宝、贝贝，我只是一时糊涂……"

费永年冷声正色："乔秀芬，老实交代，你是怎样与绑匪勾结，绑架赵宝儿、赵贝儿的？"

乔秀芬瑟缩肩膀，讲述了个令在场所有人觉得匪夷所思的故事。

嘉宜投资的基金经理人维克托·赵——赵大志，在他们老家，是罕见的独生子，面朝黄土背朝天的父母全心全意供他读书。他也争气，有异于常人的好脑子，考进全国著名的高等学府数学系，毕业即被招揽进公募基金做经理人，在公募基金任职十年后，又转投私募基金，做得风生水起，三十五岁已实现财务自由。

乔秀芬认为，他所取得的这些成绩，与老家十八岁就与他结婚的妻子乔秀娥脱不了关系，乔秀娥在老家替他照顾父母、养猪种地，令他没有后顾之忧之余，还给他生了一儿一女，是赵家的大功臣。

然而赵大志并不如此想。

他觉得乔秀娥粗鄙没文化，因生了儿子自觉是赵家的功臣而贪得无厌，还将两个孩子养得毫无家教，令他面上无光。

在数度试图与乔秀娥离婚不果后，赵大志放弃与她沟通的可能，干脆在外养起情妇，置了第二个家，另外又生了儿子。

随着情妇的儿子越长越大，而乔秀娥花钱越发大手大脚需索无度，赵大志对她的忍耐到了极限，又不想和她离婚分割婚后的共同财产，便想出阴损的一招来。

"去年国庆长假以后，我姐和姐夫从老家回来，大吵一架，我姐几乎把姐夫的脸抓烂，姐夫一气之下，搬出去和外头那个一起住……"乔秀芬被铐在审讯椅上，整个人蔫头耷脑，"我姐更年期一样打这个骂那个，经常无端发火，没头没脑抄起东西来就往地上摔，动不动就拧我一把。"

费永年与卫青空对视一眼，由乔秀芬的角度看来，姐姐乔秀娥因不受丈夫重视,处于失婚边缘,性格已经扭曲。

"说重点!这和你策划绑架赵宝儿、赵贝儿有什么关系?"费永年敲一敲桌面。

乔秀芬吓得一抖:"我姐夫一连好几周不回家,我姐到处嚷嚷我姐夫没良心、养情妇,我们小区的太太团,就是几个老公也常年在外搞七捻三的正头夫人,就约了我姐出国旅游散心。我姐一出去玩,十天半个月也不着家,宝宝、贝贝上学去以后,家里就剩下我一个人了。"

偌大一幢别墅,男女主人都不在家,除了定期前来打扫的保洁阿姨,就只剩小姨子兼保姆的乔秀芬。

山中无老虎,猴子称大王。

姐姐不在家,乔秀芬常常偷拿她买回来都没用过一次的名牌服饰与背包穿戴,假装这一切都属于自己。

"说重点!"费永年再次提醒她不要跑偏。

乔秀芬瑟缩一下,连连点头。

"我接送宝宝、贝贝时,有一天车在学校附近爆了胎,路过的一个司机帮了我,我们就此相识,后来就——"乔秀芬露出一个略显羞涩的笑来,"他以为我是有钱人家的大小姐,后来知道我只是在姐姐、姐夫家里当保姆,也没有嫌弃我。"

与男友相恋以后,乔秀芬难免流露出姐夫虽然供她吃住,给她零用钱,但其实并不尊重她这个小姨子的付出,甚至还看不起她的想法,偶尔流露出是她在他身上吸血的鄙夷感。

"就我姐和宝宝、贝贝的脾气,换任何其他人来给他们当保姆,月薪上万块人家也未必肯。"乔秀芬摸一摸手背上一块烫伤的痕迹,"阿豪心疼我,一直劝我,何必留在姐姐、姐夫家看人脸色,难道我接送宝宝、贝贝上学、放学,送他们去才艺班没有付出时间和精力吗?难道我活该被姐姐和两个外甥打骂、被姐夫鄙视吗?!"

不到二十岁的年轻女孩垂下头:"我真不想伺候两个混世小魔王了,只等姐姐回来,我就不干了。可那天……"

乔秀芬抬起头来,眼底浮现出不甘之色。

"那天，本该我去送宝宝、贝贝上学，但他们非要搭校车去，说校车上每天会供应一款进口巧克力点心，我又正好把车借给阿豪开了，就遂了他们的愿。宝宝、贝贝上学去以后，我进衣帽间，想找找有什么值钱但姐姐、姐夫永远也想不着的东西拿去给阿豪，没想到姐夫回来了……"

赵大志在那个时间点回家，就是算准了乔秀娥还在国外散心，小姨子出门送孩子，早高峰一来一回没有两小时到不了家，才没有一点防备地公然带情妇回家。

赵大志与情妇在客厅调笑，两人一路鞋脱袜甩连亲带啃撞开主卧的门，倒在六尺大床上。

"我躲在和主卧相连的衣帽间里，吓得一动也不敢动，生怕被姐夫他们发现。"乔秀芬撇嘴，"谁知他们恋奸情热，根本没想过家里可能还有其他人，颠龙倒凤之后，姐夫对那女的说——"

乔秀芬模仿赵大志的腔调："等事情办妥，这里早晚是你的家！你想怎么装修就怎么装修，一切都听你的！那女的娇滴滴反问，真的？什么时候能办妥？姐夫抱着她亲得啧啧有声，说总要等黄脸婆回来才行，我得教她把这些年买的奢侈品都卖了筹措现金。那女的又问，行得通吗？会不会查到我们头上？姐夫说他会找两个可靠的人，事情办妥以后，给他们一笔钱让他们远走高飞，他则可以借此同姐姐离婚，还不用分大笔婚后财产给她。"

两人又细细商量，什么时间最宜动手绑架宝宝、贝贝，能给乔秀娥造成最大的影响，使得她看起来对孩子疏于照顾而需承担更大的舆论压力。

审讯室内外的一干刑警办案多年见多识广，这种负心薄幸男伙同情妇杀妻弃子的案件，真不少见，但即便如此，众人还是陷入一阵沉默当中。

"接着往下说。"费永年清清喉咙，继续施压。

"他们在主卧待了一个多小时，才搂搂抱抱卿卿我我地走了。我从衣帽间出来立刻打电话给阿豪。"

乔秀芬的恋人阿豪很快便开着那辆赵家日常负责接送孩子的沃尔

沃过来。

小区的门禁系统识别车牌放行,阿豪开着车在富豪云集的小区内通行无阻。

他一进门,乔秀芬与恋人亲热的心思都没有,急匆匆把录下来的姐夫与情妇的对话放给他听。

阿豪最初吊儿郎当不以为意,越听神色越凝重,将十多分钟的录音来来回回听了好几遍,最后问乔秀芬,你怎么想?

乔秀芬抠着审讯椅挡板边缘,眼神里有一点茫然:"我能怎么想?我想叫我姐快点回来,让她看清姐夫的真面目,可阿豪问我,你就甘心这么白给你姐姐、姐夫当一年多免费保姆,任劳任怨,挨打挨骂,最后两手空空地走?"

甘心?

怎么会甘心?!

姐姐自己花钱大手大脚,可是连给她买中端的护肤品都不肯,说什么和宝宝、贝贝一起用宝宝面霜就够了;姐姐和姐夫一起带宝宝、贝贝去国际旅游度假区玩,偏偏不带她去,说让她在家,给她好好放个假……

这样的事,数不胜数。

所以当阿豪说要想一想怎么处理这件事时,她稍稍迟疑,最终答应了他。

几天后,阿豪同她约在外头见面,问她想不想后半辈子同她姐姐一样衣食无忧。

乔秀芬犹带憧憬地笑一笑:"谁不想呢?阿豪就说,与其给姐夫和情妇赚这笔赎金,不如我们将计就计,干脆自己干这一票,我们也不会真伤害宝宝、贝贝,就是求个财而已。他说认得两个老乡,老实,值得信任,等赎金到手,他就和我一起回老家,开一家汽修厂,他当老板,我当老板娘。"

她当时不知怎么鬼迷心窍,听信了阿豪。

至于阿豪如何联系老乡,怎么计划,怎样动手,她一概不知,因为阿豪说她知道得越少,风险越小。

"我就知道这么多。"乔秀芬垂下头，说。

"和项豪交代的，有很大出入啊。"走出审讯室，卫青空将笔录本夹在腋下，若有所思。

这起四人团伙作案的绑架案中，实施绑架的两名犯罪嫌疑人穷凶极恶，曾在十九年前犯下更为耸人听闻的绑架杀人案。警方成立专案组，就前后相差近二十年的两起案件进一步并案调查，而乔秀芬与项豪在这一次的绑架案里，究竟谁在其中充当主谋，双方各执一词，暂时还没有强有力的证据支持任何一方的说辞。

费永年淡淡一笑："人性而已，不足为奇。人总会做出对自己有利的陈述，犯罪嫌疑人尤其如此。乔秀芬也好，项豪也罢，坦白的同时，当然会有意无意地降低自己在案件中的存在感，为自己塑造一个可怜无辜的受害者形象。"

一如项豪到案后，在突审中痛快地承认自己参与了这起绑架案，但他只是听从女友乔秀芬的安排。因为乔秀芬一直嫌他没出息，嫉妒姐姐嫁得好可以挥霍无度的同时，又对姐姐视她为免费劳力全年无休照顾两个性格讨厌的外甥而心怀怨恨，在无意中偷听到姐夫与情妇商量假装绑架孩子索取赎金以转移财产的计划后，便想一不做二不休，自己从中捞一笔。他被逼无奈，只能找了两个老乡，陪女友演戏。

项豪在供述中将自己形容得有情有义，从头到尾没想伤害孩子，无辜无奈得教人叹息，让人觉得不给他颁发一枚"年度最佳男友"的奖牌都有些说不过去。

卫青空捶一捶肩膀："还有两块硬骨头要啃。"

费永年点一点头。

警方突击审讯心理承受能力相对较弱的乔秀芬与项豪，但对同案被捕的文华、文忠兄弟，采取了截然不同的审讯策略。

"法医实验室、痕检科那边，结果出来没有？"费永年问。

仅凭容见迟时隔近二十年的指认还远远不够，仍需要有足够的证据作为支撑，才能去撬开文氏兄弟比蚌壳闭得还紧的嘴。

警方有自己的办案节奏，谢利轩却失去耐心，再也等不下去。

他从司楠不大却舒适的双人沙发上站起身来，伸了个懒腰，招呼司楠与容见迟："吃饭去吧，边吃边说。"

又问司楠："我多叫个人来，司小楠你没意见吧？"

司楠摊一摊手，请他随意。

三人先后穿鞋披外套出门，在楼梯口遇见拖家带口准备趁春节假期外出旅游的楼上邻居阿姨、爷叔一家五口。

老阿姨望住两名高高大大穿衣打扮一看就颇有家底的年轻男子上下打量，对单身多年的女青年司楠露出意味深长的微笑："小司啊，你朋友啊？"

司楠朝老阿姨微笑点头，双方礼让一番，老阿姨一家五口拖箱背包抱娃牵牵扯扯先行下楼。

谢利轩对一梯两户的格局和狭窄的楼道与谈不上隔音的建筑露出一丝忍耐之色，等老阿姨一家的足音消失在楼道中，才吐出一口气来，一边下楼，一边问司楠："你怎么忍受得了？"

司楠想一想："抑郁症最严重的一年，其实根本忍受不了，全靠安眠药才能入睡。"

楼上人家走动时在地板上造成的踢踏足音、夫妻失和厮打的激烈争吵、婴儿日夜不停的纵声啼哭、琴童全年无休杂乱无章的弹奏……所有声响汇到一处，像凿入脑海的尖刺要将她逼疯。

谢利轩"啧"了一声："要不搬去云上栖吧？和容总做上下邻居，也好有个照应。"

云上栖？

司楠连连摆手："不不不！"

她的存款连云上栖的一间浴室都买不起。

谢利轩奇异地在容见迟与司楠之间来回看了一眼："容总没同你说？"

"说什么？"司楠总觉得他又要说出惊人之语。

"说——"谢利轩拖长了音调，仿佛等容见迟动容。

容见迟只管微笑，并不如他的意。

105

谢利轩一手搭住老友的肩膀:"云上栖由容与我共同持有,是家父送给我们的成年礼物。送你一层楼,容和我还送得起。"

司楠难得露出疑惑的表情。

谢家富贵,送独子一幢直入云天的大厦做成年礼物不稀奇,但何以会由谢父送给容见迟一半所有权?

谢利轩轻轻叹息:"他明明拼尽全力救了我,在自己家却日子不好过。家父不便插手容家的家事,所以等到他成年,借送我成年礼的由头,赠予他半幢楼,作为对他救我一命的谢礼。"

司楠侧首望向容见迟。

他的脸半隐在楼道感应灯与迂回转折的台阶的阴影之间,带着一种游走于明与暗之间的淡然,英俊得教人屏息。

谢利轩搭在他肩膀上的手拍拍他的胸口:"这家伙,除了留下顶层自用,其他房租收入这些年通通以我们的名义捐了,无欲无求。"

容见迟甩开他的手:"越说越离谱。"

谢利轩嘿嘿笑。

三人下楼上车,保镖车前后护航,驶出小区。

餐厅仍是麒园,选在临湖的水榭用餐。

三人抵达水榭时,谢利轩叫的人已先行到了,正坐在三开间西北面水的窗边,隔着栏杆喂下头湖里的锦鲤。

听见响动,男人转身抬头,朝三人微笑,眼镜片在灯下折射出冷光。

跟在容见迟身旁,慢谢利轩两步走入水榭的司楠,一眼看见剪着精致商务发型,戴黑框眼镜,穿手工定制西服的"包打听"管知时,先是一愣,随后生出一股"原来是你"的恍然大悟之感。

管知时站起身,笑意晏晏地朝一行三人颔首:"谢先生,容先生,司小姐。"

容、谢二人对他认识司楠毫无意外之色。

容见迟替司楠拉开官帽椅,等她落座,才与谢利轩、管知时先后落座。

管知时起手取过一旁茶几上的茶盘，为三人烫杯倒茶。

"晚来风急，水榭离厨房有些距离，我擅自做主，叫他们准备了铜盆火锅，边吃边聊吧。"

不一会儿工夫，两个侍应生走进水榭，一个端着炭火铜盆送上桌来，另一个推着餐车，上头层层摆放着盘盘盏盏，热气羊肉、牛肉码放得整整齐齐，蔬菜菌菇分门别类地盛在斗笠碗里，调好的油碟、料碟一溜排开，任君挑选。

面容娇俏的女侍应躬身询问："需要帮您涮肉吗？"

谢利轩意兴阑珊，一条手臂横搁在官帽椅搭脑上，挥手示意侍应生退下。

两名侍应垂头退出水榭，将空间留给四人。

谢利轩与容见迟意不在吃，两人执了茶杯，轻轻一碰，相对喝茶。

倒是管知时，取了公筷将切好的羊瓜条、牛匙柄一股脑倒进清汤沸腾的炭火铜锅里，专心致志地盯着锅子数秒，然后用小漏勺将牛羊肉捞进小碟子里，推到司楠手边，朝司楠道："尝尝看，麒园自己的肉源，下午宰杀，六点刚刚送到，保证鲜嫩。"

司楠无法拒绝他的好意，遂举筷撅起牛肉，在南乳汁调制的酱料里一蘸一滚，然后送进嘴里，即使满腹心事，牛肉的爽滑鲜嫩，也还是教她发出一声满足的喟叹。

"真好吃！"

"好吃就多吃点。"管知时说出经典台词。

而后转头去与容见迟、谢利轩低语。

"能打听到的消息，我都整理好带来了，请两位过目。"他伸长手，侧身自旁边茶几下头的横搁板上抽出两个文件袋，一左一右地交至容见迟与谢利轩手上。

容见迟与谢利轩出奇一致地打开纸质文件袋，取出里头的资料，细细翻阅。

管知时趁他们翻看资料的工夫，抽空吃了两筷子肉，又涮了一盘吊龙捞到碟子里，这才放下筷子，慢悠悠地擦了嘴。

"乔秀芬的底子干净得不能再干净，我查得到的，同警方查到的，殊无不同。不过是一个不爱读书又好吃懒做，想进城跟在姐姐、姐夫身边享福过好日子的农村姑娘。"

可富贵迷人眼，小姨子在姐姐、姐夫家见识到属于富豪的灯红酒绿的生活，便再也回不去从前，渐渐心生羡慕嫉妒恨，动起了歪脑筋。

"乔秀芬男友的背景，有些问题。"管知时剥开一枚砂糖橘，细细撕扯上头白色的脉络，"项豪，二十岁，黔省人，高中肄业，父不详，母亲在他一岁时中了一注奖金为一百万元的头奖，据说是到港城做帮佣时，在澳城赌场试手气博彩中的，但真实情况已不可考。项母从港城回来后，便带他搬离黔省，定居粤省。项母一直没有工作，凭当年所中的一百万元在粤省省城购置了两处房产，靠收租度日。项豪因无人管束，又不爱读书，高中肄业后与两个朋友到申城打工，目前在郑氏连锁汽修厂做学徒。"

十九年前，一注实情不可考的一百万元头奖——

容见迟与谢利轩对视一眼，连默默吃肉的司楠都不由自主停了筷。

"至于另外到案的两名嫌疑人，警方目前没有透露任何有用的信息。"管知时摊手做无可奈何状。

事实上，警方从未公布四名嫌疑人中任何一人的信息，但乔秀芬被捕一事在维克托·赵所住的小区传得沸沸扬扬，无人不知，进而在这处高档别墅区住家保姆群内爆出乔秀芬的男友也一并被捕的消息。

保姆们见过乔秀芬的男友开赵家的保姆车进出小区，见过乔秀芬与男友坐在车里亲热，司机们则暗搓搓私下开玩笑说一穷二白的修车工攀上赵先生的妻妹要飞黄腾达……

"不要小看保姆、保安、保洁、司机群体，他们所掌握的信息，远远超出常人的想象。"管知时推一推鼻梁上的眼镜，"雇主在他们面前毫无隐私可言。"

司楠忍不住打了个寒噤。

"另外两人，常在建筑工地出入。"容见迟忽而道。

司楠、谢利轩、管知时三双眼睛齐齐望向他。

容见迟眼睑微垂，回忆他在单向镜这一边辨认嫌疑人时所见到的每一处细节。

"两人皮肤黧黑，以眉骨为分界线，上下部皮肤有明显色差。虽然日常习惯戴帽子也可能形成类似的肤色差距，但两人的额上皆有安全帽帽箍环带留下的一寸宽压痕——"容见迟指一指前额，"另外，两人的鞋底皆附着水泥与河沙，甲缝内沾有石灰……可以推断经常出入建筑工地，不妨朝此方向调查。"

管知时应了一声，起身到一旁去打电话。

虽然初初相遇时，司楠便见识过容见迟观察入微的本事，可仍旧觉得他这一手教人叹为观止。

"在你面前，还有什么秘密可言？你是否看我一眼，就可推测出我的银行卡密码？"司楠半拄着头，问。

容见迟看她一眼："嗯——你的银行卡密码，难道不是姓名首字母加六位数生日？"

司楠搁筷："我回去就改密码！"

谢利轩笑得东倒西歪："司小楠，你在他跟前别想藏私房钱。"

水榭内略显沉重的气氛散了片刻，便又归于冷肃。

四人无心说笑，尤其容见迟与谢利轩，容见鲲的死是横亘在两人心中将近二十年的伤。

"去查一查前后两案现场周边的建筑工地，是否有人在案发后突然不告而别或者无端辞职。"想到当年的遭遇，谢利轩神色恹恹，交代管知时。

"我这就去办。"管知时收了电话，走出水榭。

"所以……"司楠目送管知时的背影消失在水榭外的游廊上，回头问谢利轩，"他的顾问公司，有你们的投资？"

谢利轩歪头，眼里有一点点笑："都是容总的主意，不然你以为我为什么不躺在钱堆上混吃等死，偏偏累死累活多点出击全面开花？"

容见迟捶他的肩膀一把："成年以前，我们能做的有限；成年之后，谢伯伯、谢家，无论在精神上还是物质上，都给予我毫无保留的支持……"

支持他学心理学、支持他创办心理咨询工作室、支持他投资顾问公司……他所做的每一项决定，谢利轩都是他最忠诚的支持者和盟友。

"还有什么我不知道的秘密，都一起说了吧。"司楠双手托腮，视线在容见迟与谢利轩身上来回扫了扫，"总感觉你们在憋什么大招。"

谢利轩摇摇手指："抽丝剥茧寻找答案的过程才有趣，不是吗？"

他站起身来，一边向外走，一边反手拍拍容见迟的肩背："我得回去陪未婚妻，司小楠就交给你了。"

说罢，慢悠悠地扬长而去。

水榭里餐车上的肉堪堪吃了大半，管知时与谢利轩已然离席，容见迟胃口平平，司楠倒是吃得半饱。

"让服务员打包，我们带回去，明天中午氽个汤。"司楠指指那些动都未动一下的菌菇时蔬和剩余的两盘牛肉。

看她连一片菜叶子都不肯放过的样子，容见迟忍不住伸手摸一摸她的后脑勺："这么勤俭持家？"

"浪费食物可耻。"司楠不觉得有什么难为情的，"一粥一饭，当思来之不易。"

两人拎着打包盒从麒园出来，外头谢利轩体贴地替他们留了一辆保镖车，送两人回到司楠的住所。

小小两室一厅的房间远不如云上栖宽敞明亮整洁，但在司楠推开房门请他入内的一刹那，容见迟生出了一股归家的安定感，紧绷一晚的情绪倏忽便放松下来。

司楠宽衣脱鞋进厨房打开冰箱门去放打包回来的食材，冰箱已经被她塞得满满当当，门都快关不上，她微弯着腰，左摆右挪，试图给几个四四方方的打包盒腾出点空间。

她扎成一束的低马尾垂在一侧的肩膀上，冰箱内暖黄色的灯光照亮她的侧脸。

容见迟只觉得所有关于"家"的形容，都有了具象的存在。

他走到司楠身后，伸出双手，轻轻拥抱年轻的女郎，将下颌小心翼翼地压在她另一侧的肩膀上，像拥抱这世界上最无价的珍宝。

"司楠——"他低声呼唤她的名字。

"嗯？"她微微侧首，脸颊几乎贴着他的脸颊。

他垂睫微笑："谢谢你，收留我。"

司楠哈哈笑，轻拍他横在她腰腹前的手："谢谢我收留你，让贵公子感受平民生活吗？"

除夕上午八点，司楠醒来，迷迷糊糊拥被在床上呆坐数分钟，才起身披上夹棉睡袍，往浴室去。

浴室内暖黄色的灯光亮起，司楠看见盥洗盆上方洁具架上的男式剃须刀、冷蓝色漱口杯、男式火山泥洗面奶，转眼又瞥见脏衣篮里换下来的男式衬衫和卷在一起的烟灰色袜子……恍然意识到，不过两夜工夫，她小小的私人世界中，已遍是容见迟存在的痕迹。

司楠洗脸刷牙完毕，蹑足走出浴室，走向客厅。

摊开的沙发床上，容见迟一手枕在脑后，睡得正沉。

司楠惯用的两米长蚕丝被于他显得有些短，以致半边肩膀露在外头，一只脚也伸了出来。

司楠一眼看见他脚踝上狰狞虬结的疤痕，略想一想，缓步走过去，抻展皱缩起来的蚕丝被，替他盖好。

容见迟睡得很熟，蚕丝被缓缓覆在肩头，他也没有醒来，只轻轻蹭了蹭脸颊。

他的手机信手摆在拖到一边的茶几上，大抵设置成了静音模式，屏幕明明灭灭，悄无声息。

司楠无意叫醒他，轻手轻脚地走进厨房，关上门，拉开冰箱门，取出食材，准备早饭。

大抵是家里除了她还有容见迟的缘故，做早餐这样平常都有些敷衍的家务，都多了些教人期待的意味。

司楠在手机上搜了搜教程，然后用打包回来的嫩牛肉片和金针菇做了金针菇牛肉卷，搁平底锅以橄榄油煎得焦香金黄，码在白色碟子里，淋一勺照烧汁，另外烤四片面包，夹上同样打包带回来的生菜叶，配以芝士片和炼乳，与金针菇牛肉卷一道摆在榉木餐盘上，又加热了两杯牛奶，这才拉开厨房门，朝客厅张望。

容见迟已经起身，正弯腰弓背整理沙发床。

他穿薄薄的睡衣睡裤套装，墨蓝色丝滑质地的睡衣水一般覆盖在他充满力量感的身躯上，随着他手臂的伸展与收拢，在司楠视线中形成或夸张或优雅的线条。

当他直起身来，折叠整齐的被褥与还原成沙发模样的沙发床，教总也不叠被子的司楠难得生出一点点惭愧来。

"洗漱好了来吃早饭。"司楠将托盘放到边桌上，招呼容见迟。

容见迟闻声转过身来，朝司楠微笑："马上就好。"

刚刚起床，他还没来得及戴眼镜，头发略显凌乱，褪去日常冷淡自持一丝不苟的精英气质，平生一股少年气，笑容也明朗得多。

这一刻，司楠忽然懂得了年少时始终不明白也不理解的那一句"自此长裙当垆笑，为君洗手作羹汤"的意义所在。

因为喜欢，所以心甘情愿。

吃过早饭，容见迟自觉地收桌洗碗，态度自然熟稔得仿佛如此做过千万遍。

司楠在尚带有一丝他身体余温的沙发上傻坐片刻，倏忽摸过手机，对准厨房里正洗碗的容见迟的背影连拍数张，然后咬唇轻笑查看相册中的照片。

狭长的厨房尽头一扇采光用的拼花玻璃窗透进一片晨光，照在窗口前微微垂头洗碗的容见迟身上，穿青色毛衣的他仿佛沐在一片神光里。

容见迟洗完碗出来，就看见司楠握着手机一副神游天外的样子，也不扰她，自在地往她身边一坐，同样取过手机来，解除静音模式，回复一些工作信息和拜年短信。

工作群里消息不断，同事晒出心理医师年会获得的笔记本电脑大奖，并提到容见迟，说如非老板今年因故不克前往，改由自己代为参加，他也没机会获此大奖，感谢组委会，感谢老板，下头一排齐刷刷"羡慕嫉妒"的表情。

容见迟看得发笑，又在群里发了一个拼手气红包，提前预祝工作室伙伴新年快乐，引发一波新表情刷屏。

小麦手气最好，众人闹着要她发红包沾手气。

容见迟将工作群暂时设置为免打扰，免得他们热闹起来手机嘀嘀嗒嗒响个不停。

家族群非常安静，只有一条位置信息，提醒所有人，初一还要吃团年饭。

容见迟按熄手机的同时，司楠手机的铃声响起，将她的神思拉回来。

司楠接听电话，彼端是父亲司俭国的声音。

司俭国先问候女儿新年快乐，随后小心翼翼地告知司楠："你大伯伯、大姆妈、小爷叔、小婶婶，带阿爷、阿娘和司柏、司檬去了大洋洲旅游。"

司楠"啊"了一声："您呢？"

司俭国有些为难："我和小缪马上登机，去马尔代夫。"

司楠轻笑，多好，一大家子，祖父祖母、叔伯婶母、堂兄堂妹，还有亲爹与新任未婚妻，齐齐飞赴海外度假，统共与她不相干。

"祝你们一路顺风！代我祝小缪新年快乐！"司楠垂下眼睑。

父母离婚以后，她在司家也好，叶家也罢，都是可有可无的尴尬人。

一年一次的团年饭，不去，显得不敬长辈；去，又显得格格不入。

司家今年春节举家海外旅行，少她一个，也好。

一旁，容见迟伸手，轻轻覆上司楠的手背，手指一根一根扣进司楠的指缝。

他的手指修长有力，指腹带着干燥温柔的体温，不容抗拒地强势介入她倏然低落的情绪里。

司楠扬睫望向他。

"我看你的年货大礼包里,好像有一副春联,我们去把它贴起来?"他问。

司楠收起自己那点莫名的伤感,微笑:"好。"

容见迟身高腿长,负责在门口贴春联,司楠只管动嘴:"左边高一点点……右边往外一点点……福字再往上一些……完美!"

回屋后司楠与容见迟商量:"中午吃简单些,晚上再吃大餐。"

容见迟笑着应:"好。"

两人中午真的只用从麒园打包带回来的食材下了一锅菜汤面,一人一碗,朴实无华得教司楠笑着拍了一张照片,发给询问他们除夕有什么安排的谢利轩。

谢利轩几乎立刻打电话进来,痛心疾首:"你们,除夕,这么朴素?"

司楠被他震惊的语气逗得直笑,容见迟别开脸,忍笑,可到底还是不愿老友替他担心,凑到司楠耳边,对着电话彼端的谢利轩道:"和她一处,粗茶淡饭,也是人间至味。"

那头的谢利轩静默一瞬,然后轻轻说:"阿迟,新年快乐!"

两个人的年夜饭,从吃完午饭开始准备。

老母鸡洗净放进电炖锅中微压低温慢炖,大黄鱼从冰箱里取出来室温解冻,提前两天做好的银丝菜盛出来装碟摆盘……

厨房里的准备工作做完了,司楠与容见迟出门到附近的老字号熟食店买熟菜。

熟食店除夕这天生意火爆,一条蜿蜒曲折的长队排到路口,店里的小伙计时不时探头出来喊一嗓子:"糟门腔卖光咯!素鸭卖光咯!酸辣菜卖光咯!"

排队的人群便响起一阵又一阵懊恼:"哎呀,这么快就卖光啦?连素鸭也没啦?前头帮后头人考虑考虑别恶狠狠地买,你们吃得光吗?"

抱怨管抱怨，气氛是热烈而闹猛的。

轮到司楠与容见迟，也不贪心，买四分之一只明炉烤鸭，再要一份古法熏鱼，搭配一份四喜烤麸，拎着喜庆的红色无纺布外卖袋往回走。

有学生模样的女孩一左一右挽着父母的手臂，从他们身边经过，正向父母提要求："我想吃前头那家意大利手工冰激凌！"

母亲轻斥："这么冷的天，吃什么冰激凌？！"

女孩转而向父亲撒娇："爸爸！教妈妈通融一下嘛！"

父亲便笑眯眯地替女儿向妻子求情："过年嘛，给她吃一支嘛，老婆——"

这一声叫得九曲十八弯，听得母亲扑哧一笑，妥协："好好好！只许吃一支！"

两父女欢呼一声，交头接耳地商量。

"吃什么口味？香草、杧果、奥利奥？"女孩纠结。

"小孩子才做选择。"父亲想必是网络冲浪能手，脱口便是网络金句，"大人当然全都要啊！我们去买支三球冰激凌！"

一家三口有说有笑地并肩走远，司楠的目光不由自主地追着他们。

容见迟握住司楠的手，紧一紧手指，轻轻拉回她的注意力。

司楠微微露出疑惑的表情。

容见迟侧首轻吻她的发顶："黎巴嫩诗人纪伯伦在他的诗篇《孩子》里说过，爱不占有，也不被占有，因为爱有了自己就足够了。在他看来，父母与孩子都是独立的个体，父母庇护孩子的肉体，而不是灵魂。每一个孩子终将如离弦的箭，脱离父母手中执掌的弓，一往无前地奔向远方。有的父母给予孩子的爱多些，有的少些，也有些父母从未爱过自己的孩子，我们无法强求。"

司楠以脑袋撞他的肩膀："道理我懂，但——"

"不甘心，是不是？"容见迟牵着司楠的手漫步在午后的阳光里，"我们也许会在某一刻释怀，但在那一刻到来之前，每一种情绪都有它存在的价值和意义，我们不必抗拒它，允许它在我们生命中留下痕迹——毕竟,许多今人认为消极的情绪,在人类发展进化历程和生存竞争中,曾起到不可估量的推动作用。"

司楠顿一顿,忍不住笑起来:"被你这样一说,仿佛我这些在别人看来也许矫情,也许莫名的情绪,忽然都变得伟大与重要起来。"

见司楠笑了,容见迟也微笑起来。

"你的所有情绪,都很重要。"

对在乎你的人而言,他在心里说。

年夜饭晚上六点开席。

司楠将饭桌展开成六人桌,摆上熏鱼、烤鸭、烤麸、银丝菜,随后端上蒸好的葫芦鸭和雪菜蒸黄鱼,又有快手热炒蚝油牛肉和一锅竹荪老母鸡汤,配上红的绿的煞是好看的八宝饭,餐桌摆得满满当当,电视机里各台春节联欢晚会的预告喜庆红火,将这个除夕夜衬得热闹无匹。

容见迟开一瓶起泡酒,倒在香槟酒杯中,与司楠碰杯。

纵有千言万语,也抵不过这小小客厅里的相视一笑。

两人的手机在春晚开场曲前奏骤起的时候,开始响个不停。

各自群里拜年的消息纷至沓来,打油诗层出不穷。

报社工作群里年后退休在即的总编即兴赋诗一首,副总编、各版主编、责编排队鼓掌,大家把总编逗得发出封顶红包一份,开始一轮发红包、抢红包的活动。

圣诞夜后久无动静的同学群诸人也纷纷发言,自制表情、拜年辞混在一处,热闹得教人眼花缭乱。

司楠只窥屏,不说话,直到母亲叶女士打电话进来。

彼端背景音嘈杂喧嚣得令人听不清对话,司楠听见窸窸窣窣的响动,大抵叶女士挪到一角清静处,才听清母亲隔着电话祝她新年快乐。

司楠回祝:"妈妈,新年快乐!"

叶女士在那头笑:"过了年,楠楠虚岁二十六了吧?"

司楠低低应了一声,叶女士感慨:"时间过得真快!我在你这个年纪,已经同司俭国结婚,你都已经能满地跑了。"

司楠不语。

叶女士二十二岁美术专业毕业在纪录片片场实习,一头栽进英俊潇洒的司俭国的情网里,怀揣三个月身孕与年轻的纪录片副导演举行婚礼,生下孩子后才发现俊雅多情的丈夫备受文艺女青年追捧,浪子爱她,也爱别人。纠缠、厮打、热战、冷战循环上演,直到爱意消磨殆尽,婚姻再也无法维系,曾经的爱侣一拍两散,两人爱情的结晶变成烫手山芋,谁也不要。

司先生从第一次婚姻里得到教训,深知自己不是做父亲的料,后来二婚、三婚,坚持不再生育。叶女士则寻到真爱,又生了莫北,回头嫌前夫没有尽到父亲的责任,把她的失职通通推到司先生头上。

司楠不知道怎样接母亲的话,才不教自己显得不近人情。

幸而叶女士也并不需要她的回应,自顾自道:"明天记得来吃饭,你莫叔叔同小北都惦念你。"

说罢不待司楠答复,在彼端忽然爆笑的人声中挂断电话。

几乎下一瞬,莫北的消息便发了过来。

少年的社交软件以一只黑脸生气的暹罗猫做头像,他问候司楠:"姐姐,新年快乐!"

附猫猫拜拜的动图。

又自说自话地告密:"姐姐姐姐姐姐!快跑!姑姑小姨子外甥媳妇家里三十岁谢顶的哥哥至今单身,托姑姑给他介绍对象,姑姑明天要把你介绍给他,妈妈说包在她身上。"

少年又发来一张谢顶青年的大头照:"不用谢,请叫我雷锋!"

司楠目瞪口呆。

容见迟被她的表情引得欠身过来,往她手机上瞥了一眼。

司楠遂将照片点开放大,展示给他看:"家母替我安排的相亲对象……"

两人对视一眼,司楠忍不住笑起来:"我哪里想不开,要去同陌生人相亲?要相亲,我不会同……"

她蓦然顿住。

容见迟英俊的脸近在咫尺，他伸手轻轻撩开她耳边散落的一丝碎发，一手执住司楠的手，调出相机，微微举高，就着他与她咫尺相对的侧颜，按下快门键。

"给你用来应付无聊的相亲与逼婚。"他笑一笑，放开司楠的手。

司楠看一眼两人角度奇特的自拍，抿嘴微笑，返回社交软件聊天界面，给与她拥有一半相同血缘的弟弟发了个压岁红包，祝他新年快乐，也谢谢他通风报信。

"小报马仔"秒收红包，并向姐姐表忠心："我永远支持你的任何决定！"

司楠轻笑，靠在容见迟身边看他回复若干同事、二三好友的拜年私信。

"没有患者向你拜年？"司楠不是不好奇的。

"心理医生尽量不与病人发展医患身份以外的关系。"容见迟向司楠解释，"患者结束疗程，我当然希望他们已被治愈，再不需要与心理医生联系。即使生活中偶然遇见，我也会当作不认识对方，因为他们也许并不希望周遭的亲友知道自己曾经接受心理治疗。"

相依相偎的时光总是过得飞快，当午夜十二点的钟声响起时，容见迟侧首亲吻身旁的司楠的脸颊："新年快乐，司楠。"

司楠摸一摸被他轻吻过的皮肤，转脸倾身，轻吻他的嘴角："新年快乐，容见迟。"

这轻如蝶翼的吻一触即止，在她想要后撤，回到安全距离时，他伸手拉住她的手腕，将她禁锢在自己身前。

他们呼吸吐纳，气息交融，周遭的一切都在淡出他们的世界，只余他与她。

容见迟的手缓缓上移，扣住司楠的脖颈，一点一点，俯身向她。

短到一息可至的距离，却又漫长得如咫尺天涯。

他的脑海里闪过母亲疯狂的泪颜、见鲲躺在垃圾清运车里青白灰败的尸体和绑匪穷凶极恶的脸，所有这一切交织成无形的网，阻挡在他的面前。

司楠眼里映着沙发背后的落地灯和他的面容,含着一点期待、一点不解。

他轻叹一声,将她按在自己的胸口。

世界重回他们的感知,电视机里春晚的大合唱与屋外的电子鞭炮声响成一片,农历新年在鼓噪与茫然中到来。

春节假期转瞬即逝。

司楠销假上班,节后报社的小伙伴从天南海北带回来各地特产和每逢佳节胖三斤的体重,人人都在抱怨自己胖了。

前台接待递给司楠一份酥糖:"楠姐,我老家的特产,配方经过改良,不会很甜。"

司楠失笑:"如今甜品不附一句'不会很甜',大抵都不好意思说自己是甜品吧?"

接待小妹笑得花枝乱颤:"不甜,才是优秀甜品的品格。"

陶姐作为土生土长的本地人,从巨大的礼品袋里摸出一盒擂沙圆子递给司楠:"早起在老字号糕团店排队买的,当天现做,还有余热,赶紧吃!"

摄影部的萧为最实在,一大袋榴梿糖拆开包装,每桌分几颗,被陶姐捏着鼻子赶小鸡似的挥手驱赶:"拿开拿开拿开!臭死了!"

萧为边笑边逃:"陶姐不识货,这里头榴梿含量超过百分之三十,味道越浓才越好吃!"

总编腋夹坤包从门外走进来,进门一吸鼻子,问:"什么东西这么臭?快把门窗打开通通风!"

萧为赶紧扎紧糖袋,低眉臊眼地溜开,惹得众人哈哈笑。

司楠也笑,但心里总有一处空荡荡的。

她与容见迟,自除夕夜起,陷入奇怪的相处模式。

他们绝口不提新旧之年交替的午夜欲行又止的亲吻,一切仿佛如常,却又似全新的篇章。

容见迟并不回他高居云端的豪宅,而是润物细无声地方方面面侵占她的生活空间,壁橱里日渐增多的男士衣物、书房里一日堆叠过一

119

日的专业期刊、浴室里品种逐日丰富的男性洗漱用品……家中的角落落只消一眼,便能看出男性生活的端倪。

他在她的感知范围内处理个人事务,司楠几次听见他操一口流利的英语参与电话竞拍,也就棘手的案例与同行进行视频通话讨论,每一件事他都明明白白地摊在她的眼皮底下,不闪避躲藏。

但——

他们不是情侣。

司楠额抵键盘,苦恼地疑心自己自作多情。

陶姐滑动电脑椅,滑到司楠身边,伸手拍拍她的肩膀:"小朋友,有烦恼,找知心大姐。"

司楠侧脸压着键盘:"我不确定自己的感觉,是否真切发生,抑或不过是吊桥效应。"

陶姐沉默一瞬,只当她得了年度金笔杆奖后压力上升,遂有些怜惜地摸摸司楠的后脑勺。

当年娱乐版主编处理事件的手段很难不为人诟病,这孩子的职业生涯经历一波三折,从风华正茂踌躇满志到被激烈的网暴人身攻击,到一蹶不振沉寂两年,再到如今转换赛道直抵巅峰,可谓年纪轻轻已经历很多人一生都未必会面对的跌宕起伏。

令得她对人与事、理智与情感保持怀疑的态度,实属再正常不过的反应。

"我虚长你二十岁,不敢说自己阅尽千帆,但稍微多那么一点点人生经验。"陶姐拇指、食指比出微小的距离,"我在工作、生活中,也曾遇见瓶颈与低谷,压力最大的时候,整晚整晚失眠,觉得挫败,不停在脑海里复盘,如果没有选择这份工作就好了,如果没有在晋升期做出生孩子的决定就好了,如果没有在毕业时匆忙嫁人就好了……"

司楠有些吃惊地直起身来。

陶姐在报社内是出了名的婚姻美满家庭幸福,怎会存有这些念头呢?

陶姐微笑:"我当年,不谦虚地说,也是系花一朵呢!同学聚会，看到曾经各方面都不如我的女生，因嫁了个能赚钱的老公，开豪车戴名表拎大牌手袋，而我却嫁了个普普通通的公务员，很难不产生心理落差。但是，我的每一次选择成就了现在的我，扪心自问，所有那些岔路口的驻足与迈步前行，我为千千万万读者解答疑惑的工作、我伶俐可爱的孩子、我平凡但爱我如一的丈夫……这一切我真的后悔吗？我的初心是否早已不再？如果回答是否定的，那么，不要迟疑，不要犹豫，听从内心的声音。"

司楠往陶姐身上偎了片刻，然后在总编招呼所有人开会了的声音中起身，朝陶姐微笑："谢谢你，陶姐。"

真奇怪，司楠想，她从未在母亲叶女士身上感受到母爱的深沉与包容，此时此刻却在陶姐身上清晰明了地感觉到。

总编在晨会上做了新春寄语，又派发开工红包，整场晨会热闹非凡。

散了会，总编留副总编和各版主编开小会，司楠随大部队返回办公区。

米聆从娱乐版那区绕过来，丢给司楠一只包装精美的小礼盒："喏！香水，新春礼物，人人有份！"

伸手不打笑脸人，司楠没道理恶言相向，也从自己包里取出一张纸质卡封递过去："新年快乐！"

米聆接过湖蓝色纸质卡封，瞥一眼右下角金色花体印刷的"佳禾"字样，缓缓从卡封中抽出硬质卡片，似笑非笑地瞟司楠一眼："佳禾影视院线全年观影卡？人人有份？大手笔啊！我们跑前跑后为院线做宣传，都拿不到这样一张卡呢！"

司楠对她的阴阳怪气似无所觉："朋友送的，希望你喜欢。"

佳禾影视大老板谢利轩谢大少送她一堆，感谢她在春节期间收留容总，并放言："拿去随便用，我有好多！"

司楠当时好奇："你家的院线，许你这样折腾？"

谢大少拿眼白她："钱财乃身外之物，生不带来，死不带去，花就是了！"

此时面对米聆的潜台词，司楠心道，有钱人的快乐，你我无法想象。

临近下班的时候，春节假期休刊的报社如一部快速运转的机器，忙碌不休，负责采写的各版记者陆续交稿，值班编辑召集编前会，讨论确定导读版，一切有条不紊又风风火火。

司楠背了包，离开报社，驱车前去与容见迟回合。

容见迟说工作辛苦，两个人还是在外头吃饭方便，节后第一顿工作日晚餐，约在老板阿强的私房粤菜馆。

司楠到店时，容见迟还未到，阿强亲自出来招呼她。

"楠姐，里边请！"阿强引司楠往包房里去。

"今天店里的客人好像不多？"司楠与阿强闲聊。

阿强摸一摸光头："我店里的客人过年大多要回乡祭祖，过了正月十五才出来，他们的年还没过完。"

司楠听得有趣："那你这么早就开门？"

阿强微笑："要做生意的嘛，我们做餐饮的，哪有什么过年不过年的，我将近十年没有回去过了，混得不好，无颜见江东父老。"

"经营这么大一爿餐饮生意，多少星饕客慕名而来，哪里好叫混得不好？"司楠几乎怪叫，"那怎样才算混得好？"

阿强摩挲光头："一般一般，不好同大老板们比。"

他引着司楠进了小包房，亲自斟茶倒水，问："要先点菜吗？今天有极肥美的膏蟹，还有一批最新鲜的薄壳。"

见司楠一副不甚了了的模样，便笑着解释："就是本地说的海瓜子，但又比海瓜子壳薄肉厚，开水一汆即熟，淋上豉汁同滚热的葱油，是最地道的粤味。"

容见迟推开小包房的门走进来时，正看见司楠眼放晶光的模样，忍不住走到她身侧，一手搭在她的椅背上，问："今晚有什么美味？"

阿强颇懂察言观色，立时笑道："正同楠姐介绍，有肥美的膏蟹，鲜嫩薄壳，白鲳与生蚝也正当季。"

容见迟同司楠做了三个月的饭搭子，虽然早已了解她的口味，还是征求她的意见："没有忌口的吧？"

司楠摇头："我都可以。"

"那我们就听老板的推荐，膏蟹与薄壳各一例，其他老板看着上。"容见迟拉开司楠身边的餐椅，落座。

"好，我这就去交代厨房。"阿强朝两人微微颔首，退出包房。

不一会儿工夫，四小碟冷菜与一盘散发奇香的葱油薄壳便由服务员送进包房来。

容见迟一边伸手为司楠烫杯烫碗，一边代谢利轩向她告罪："他那边查到些头绪，跟进核实去了，所以不能来同我们吃饭，让我同你说声抱歉。"

司楠啼笑皆非："这有什么好抱歉的？"

"他大抵怕你生我的气。"容见迟垂睫。

司楠几乎要脱口问"为什么要生你的气"，但她只是淡声否认："我没生气。"

容见迟凝视她片刻："看来气得很了。"

司楠笑了："我气什么？"

容见迟想一想，伸手握住司楠抵在餐桌边缘的手："你气我裹足不前，气我明白你的心意，偏偏假装无事发生。"

司楠想抽回自己的手，他却紧捉不放。

"司楠，我害怕。"他低声说。

司楠一愣，挑眼看他。

容见迟英俊的眉眼微垂，似风起雨至，神色清冷迢遥。

"我害怕不幸的事再度降临，害怕自己不配得到幸福，害怕母亲日夜不歇的诅咒成真，更害怕从未远离的厄运牵连我所爱的人……"他握紧司楠的手，仿佛怕她顷刻之间化成一捧流云，从指间逸去，"可我又舍不得离你远远的——"

仿佛我从未遇见你，从未走入你的生活，我如何做得到？

他摊开她的掌心，轻轻贴在自己的脸颊上："不要赶我走。"

他想把自己的心剖开来给她看，又怕鲜血淋漓，将她吓跑。

123

可司楠忽然就读懂了他的煎熬，胸中那团无端而起的气闷，轻易便瓦解于无形。

她想起偏执疯狂、执拗地将死里逃生的次子视为元凶的容夫人，想起容见迟卧室里那些看起来触目惊心的照片和至今未破的绑架案，想起他和谢利轩二十年如一日誓将凶手绳之以法的努力。

所有这一切尘埃落定之前，那晚的事，她就放一放吧。

"我不生气。"司楠哼笑，"但我暂时还不想原谅你，别拿你那套延迟满足的方法对我。"

"没关系，我接受，我不会那样对你。"

见司楠态度软化，容见迟低眉浅笑，如风消雨散。

他哪里舍得对她使什么手段？

不过是一个人的患得患失、小心翼翼。

晚餐吃得丰盛愉快，一例黑猪肉末蒸膏蟹，猪肉末肉质细腻，膏蟹肉质肥美，蒸制时膏蟹的鲜甜沁入其中，肉香与蟹香交融，将两种食材的味道提升到极致，美味得教司楠连吃两碗丝苗米饭，一盘葱油薄壳也吃得精光，最后以一小盅饭后红枣番薯甜汤结束这一餐。

阿强进来询问吃得可满意，收获司楠毫不保留的赞美："想把老板打包带走！"

闻言，阿强笑起来："欢迎常来光顾，小店的食材常有常新，包管楠姐满意。"

临走时，阿强送上两只纸袋："店里晚上新做的熟腌花螺，冰箱里放一晚，明天打开来，过粥最宜。"

容见迟接过纸袋，道谢，阿强趋近他，低声问："容生，我听到风声，那两人落网了，消息可真？"

容见迟没有答复，只用空着的一只手拍拍阿强的肩膀："你安心做生意，利和我绝不食言。"

阿强会意，朝他拱一拱手："容生，楠姐，慢走。"

走出粤菜馆子，司楠与容见迟并肩去取车。

"坐我的车吧，你的车叫司机开回去。"容见迟握住司楠的手，在她耳边低声说，"你好几天不肯正眼看我了。"

司楠瞋他一眼："哪有好几天？"

"一天也不行，一天不正眼看我，都教我伤心。"他拿肩膀轻撞她的肩膀，将她撞得像涟漪一样荡开，又轻轻拽回自己的身边，"不要离我太远。"

司楠被他这幼稚的行为逗笑，柔和的笑声传得老远。

回家的途中，司楠问起谢利轩来："他查到了什么，需要亲自去验证？"

"一些只有在谢氏内部才能得到核实的消息。"容见迟淡淡地回道。

他操纵方向盘，驶进浓浓的夜色中，车窗外灯与灯之间明暗交替，光影落在他脸上，如坚冰与暗流，教司楠心惊。

同一片夜色之中，谢利轩站在一片闲置已久的物业平房前，看着保镖将一名勾头缩颈的中年男子从保镖车上拎下来，一把摁在他跟前。

他转头问默立身侧的管知时："这就是你说的人？"

管知时附耳低语："二十年前经管在建项目的项目经理仍在职的只得他了，其余一人移民海外，三人已先后去世，两人目前服刑中。"

"服刑？"谢利轩的声音略略沉了下去。

"二十年前正逢房地产野蛮发展的阶段，房市暴涨，众多企业疯狂拿地立项，存在颇多问题，即使资金雄厚如谢氏，也曾遭遇烂尾项目、供应链断链、项目经理携款潜逃，导致工地上的工人发不出工资而到总部门口拉横幅讨薪的情况。"管知时低声简短道，"后来经查，发现有人在项目中贪污挪用公款、任人唯亲，致使公司的利益受损。"

他在公开与非公开渠道能查到的消息，远不止他所说的这寥寥数语，二十年前房地产市场群雄逐鹿的场面和衍生出来的问题，一天一夜也未必讲得完。

谢利轩转回头，斜睨瑟瑟发抖的中年人一眼，客客气气地问："说吧，是这里吗？"

中年男子颤颤巍巍地点点头："应、应该就、就是这里……"

"是就是，不是就不是，'应该'算什么回答？"谢利轩挑眉，一贯漫不经心的眼倏忽戾气横生。

"是是是，就是这里！"中年人几乎喊破音。

"轻一点，我不聋。"谢利轩后仰。

中年人忙不迭说："我、我的错……"

谢利轩嫌弃地摆摆手，示意保镖押着他，一行人往这片明显早已无人居住、野草藤蔓杂生的平房走去。

草丛中有野猫被人类惊动，迅捷地从角落里蹿出来，跃过一片高草，朝更深处跑去，有鸟类扑棱棱振翅而去，整片平房荒芜得像人类消失的世界。

一行人高一脚、低一脚穿过草丛，来到平房跟前，由中年男人一间间辨认，最终停在其中一间的门口。

"就、就是这、这一间。"他伸手指认。

"你肯定？"谢利轩对他的说辞半信半疑。

"我、我肯定！"中年男人恨不得拍胸脯。

"把摄录设备打开，开门。"谢利轩指挥高大的保镖。

三名保镖一人手持数码录像机，一人扭住中年男人，一人手持一串钥匙，上前去一一尝试，在试过十数把钥匙后，尘封近二十年的老式弹簧锁咔嗒一声，宣告打开。

"谢先生。"保镖转身望向谢利轩。

"走吧，进去看看，他说的是不是真话。"谢利轩招呼管知时，迈步向里。

负责开锁的保镖从黑色西装口袋内取出一片口罩，谢利轩"啧"了一声接过来戴上，在保镖亮起手电筒后，走进房间。

手电筒光束所照之处，一排排年久失修的架子上堆满无人问津的文件，每走一步都有浮尘荡起，在光柱下形成一堆堆飞扬的灰迹。

中年男人点头哈腰地跟在谢利轩身后："谢、谢先生，都、都在这里了……"

谢利轩站在锈迹斑斑的文件架前，隔着口罩叹息："这么多啊？"

中年男人搓搓手："当、当年一批在建项目的工人资料都、都带走了，这、这些年无纸化办公后陆、陆续输入电脑保存，原、原有纸质资料就都销毁了。这里留、留下来的，是两三处烂、烂尾或者搁置项目的工人资料。"

谢利轩缓缓在文件架之间走动："为什么烂尾或者搁置？"

中年男人讪笑："当、当年项目不、不规范，还、还有土地历、历史遗留问题，又、又碰上层层转包中、中间出了纰漏，所、所以……"

谢利轩点点头，这倒与管知时所言得到交叉验证。

一个房地产项目牵扯方方面面，板上钉钉的开发计划因为领导换届而停滞的都有，停与不停，有时候并不完全为开发商所左右。

"接着往下说。"他在一排贴有工程项目名称标签的文件架前停了下来。

"这、这个项目……"中年男人指指标签，"建、建材商迟迟不交货，包工头拿、拿了工程款跑、跑了，工人讨、讨薪不成，又投、投诉无门，多重原因，最后停工烂尾，工人的资料就都、都遗留下来，没、没人管。"

谢利轩朝管知时摆摆头："看着做什么？找吧！"

保镖识趣地递上口罩、手套，随后守在一旁负责照明与拍摄。

谢利轩与管知时站在尘土飞扬的文件架之间，抽出一册册按姓氏拼音首字母顺序简单排列的工人入职资料。

纸质资料在二十年岁月变迁、季节更替中自然老化，变黄变脆，大多受蠹虫侵害，被啃蚀得坑坑洼洼，有些字迹已经模糊不清，有些其上贴附的照片已然脱落，无法与资料一一对应，但大体上这些入职资料保存得还算完好。

谢利轩与管知时开始分头在当年停工、烂尾且发生过集体讨薪的项目资料中，就年龄、性别、身高、体重等进行筛选，性别、年龄、体貌特征吻合与不符的分开摆放。

在成千上万份纸质资料中进行筛选,并不是份轻松的工作,两人最初还站着,一个小时以后,便顾不得干净不干净,干脆席地而坐,埋头苦寻。

从晚上八点,一直查到十点,才堪堪将所有资料筛查一遍。

谢利轩靠坐在文件架前,捶一捶后腰:"到底上了年纪,不比从前,寄宿学校硬得令人发指的床睡上去也一夜好梦。"

管知时闻言失笑:"利少您才多大年纪?能睡过多硬的床?"

谢利轩站起身来,伸展手脚:"冷硬的水泥地板、乌漆墨黑的后备厢我也睡过。"

管知时情知失言,起身垂睫将筛选出的一沓资料双手递向他。

谢利轩不以为忤,接过资料,与保镖递交过来的一沓合在一起,示意手电筒凑近些,开始与记忆中的信息进行比对,最终将范围缩小到手头一沓数十份的资料上。

掸一掸手中干脆发黄的纸张,谢利轩将之装入干净的文件袋中,招呼保镖揪着中年男子,同管知时一道离开尘封二十年的档案室。

"送他回去吧。"他交代保镖。

中年男子下班时被面无表情五大三粗的壮汉粗暴地带走,吓得半死,能说不能说的事一股脑通通说了,到头来只是谢大少爷要调取二十年前工地上的人事资料,并没要追究他收受好处的问题,一颗心从忐忑不安七上八下到现在终于落回原处。

谢利轩倚在车身上,等他露出释然的表情,才似笑非笑地提醒他:"明天上班,记得自己到公司反受贿部门交代问题。"

中年男人哭丧着脸上车走了。

"您打算怎么处理这些资料?"管知时问。

谢利轩仰头注视深空,倏忽笑了笑:"天很快就要亮了。"

天亮的时候,费永年揉着颈背,从审讯室中走出来,身后跟着卫青空。

乔秀芬与项豪面对警方的审讯没有做出任何抵抗,几乎有问必答，区别只在于乔秀芬全然不认识文氏兄弟，而项豪则交代他与文氏兄弟在修车行相识，闲聊中得知彼此是老乡，故而有了往来，偶尔相约一起去吃家乡菜。

项豪供认不讳，因女友乔秀芬对其姐姐、姐夫豪奢的生活因羡生妒，进而产生绑架外甥索取赎金的念头，逼他实施绑架，他拗不过乔秀芬，又觉得只凭自己无力完成女友的计划，便在吃饭时开玩笑似的问文氏兄弟，想不想挣一笔快钱？不承想文氏兄弟痛痛快快地便答应做他的帮手，参与并实施了对赵宝儿、赵贝儿的绑架。

真正难啃的硬骨头，是文华、文忠兄弟。

这兄弟二人，一口咬定通过中间人项豪的联系，受乔秀芬指使，根据她的计划，在学校门口制造了这起绑架案。

"他们现在以为我们只是在调查赵宝儿、赵贝儿的绑架案，并不知道我们已经锁定他们为十九年前容、谢绑架杀人案的嫌疑人。"卫青空以拳头抵住眉心，缓解连夜审讯造成的紧绷感，"这是我们仅有的优势。"

仅有十九年前目击证人的证词远远不够。

"兵分两路吧，你留在本埠继续调查。"费永年无意原地打转，"我去调查文氏兄弟的背景，看看是否真如项豪所言，他们只是'单纯'的老乡。"

费永年出发前，收到来自谢氏法务送达的文件袋，签收后举着文件袋问谢氏法务："这是什么？"

谢氏法务微笑："我司二十年前部分工人的入职资料，以合法手段、合法途径取得，相信一定能为费队破案提供帮助。"

费永年走进办公室，摇一摇文件袋，招呼专案组成员："你们说巧不巧？瞌睡遇见枕头，想什么来什么。"

文件袋一经拆开，便是费永年也颇觉意外。

厚厚一摞纸张悉数由透明文件防尘袋分装，每只防尘袋内一份A4纸入职表格，清晰可见其上的姓名、性别、年龄、地址、联系电话等信息，以及一寸免冠照。

连一贯稳重的卫青空都忍不住吹一声口哨："这些人做事未免也

太仔细了!"

费永年轻笑,摊扑克牌似的,将所有入职表格摊在办公桌上。

一旁专案组里的小年轻眼疾手快,一把抽出其中一张:"费队,文华!"

卫青空下一秒便抽出相邻的一张入职表格:"文忠。"

"这就叫踏破铁鞋无觅处,得来全不费工夫!"年轻人手舞足蹈。

费永年接过两张表格,隔着透明文件防尘袋对比两人的信息,与其上的一寸免冠照。

照片里的文华、文忠,一个二十七岁,一个二十五岁,正值青壮之年,眉目依稀与二十年后的文氏兄弟一模一样,只是岁月在他们脸上留下了无情的痕迹。

两人的祖籍与项豪相同,黔省贵市苗寨自然村,二十年前在申城谢氏建筑工地搭脚手架。

而前后相隔近二十年的两起绑架案发生期间,藏匿人质的地点,均为废弃的建筑工地。

费永年把两张表格递到卫青空手里:"追着这条线索,查查十九年前案发时这两人是否具备作案动机、作案时间,顺便教痕迹检验师看看能否从表格上提取指纹,与文华、文忠二人的指纹进行比对。"

费永年顿一顿:"再对项豪与文氏兄弟做一个基因比对。"

"您怀疑……"小年轻眼睛一亮。

"我什么都没怀疑。"费永年摆摆手,"走了。"

时间仿佛猛地慢了下来,教人度日如年般煎熬。

每次谢利轩不请自来与容见迟相对枯坐时,又或者两人站在逼仄的书房里低声交谈时,司楠心头一触即发的紧绷感觉就越发强烈。

容见迟看似坐卧行止与平时无异,奇怪的是,司楠总能在他一双平静似水的眼里看见汹涌暗潮。

每当暗涌袭来,她都会伸出自己的手,轻轻握住他的手,将他拉离晦暗的旋涡,一如此时此刻。

容见迟顺势靠在她的肩膀上,看一眼茶几上摊开的笔记本电脑:"准备新选题?"

司楠点点头:"师兄说得了金笔杆奖并非终章,而是全新的开篇,若拿不出更精彩的报道,会遭人质疑我的奖项得来是否全凭运气。"

容见迟用食指沿着司楠手背上隐约可见的青色血管描摹:"令师兄,职场话术倒运用得娴熟。"

司楠只觉手背的皮肤似有鸿羽拂过,一点点酥,一点点痒,下意识地缩手,却被他紧紧握住,只得忍了笑意:"师兄不想我骄傲懈怠而已。"

"有什么方向?"容见迟捉着司楠的手,吻一吻她的手背。

司楠也纠结:"年后收到一些投递至《深度现场》栏目线索征集邮箱的邮件,从中筛选出三个争议性话题,我正考虑报哪一个做选题好。"

"说来听听。"容见迟勾住司楠的肩膀,轻轻施力,将她带倒,与她一同躺在沙发上。

"一则是连锁健身房预付充值收费乱象;一则是养老院暴雷,老人生平积蓄一夜蒸发血本无归;最后一则是某残疾儿童照料中心虐待侵害残障儿童。"司楠顿一顿,"从难易角度而言,残疾儿童照料中心最难以调查。"

照料中心实行封闭管理,孤独症、唐氏综合征以及其他残疾患儿,由于各种原因家人无法照料,而将他们送往照料中心,其中很多孩子无法正常与人沟通,更无法进行清晰地表述,如果邮件所言属实,那么这家残疾儿童照料中心,对这些孩子来说,就根本不是官网上宣传的残疾儿童学习生活的天堂,而是充斥着魔鬼的地狱。

"相信直觉。"容见迟抚摸司楠的发顶,"你内心自有选择。"

"我想去残疾儿童照料中心。"司楠听从内心,毫不犹豫。

"可有危险?"他吻一吻她的额角,问。

"作为调查记者,一定存在安全的不稳定性,我不能保证毫无危险。"司楠坦言。

131

她成为在册调查记者的时间尚短，还未曾直面过危险。

容见迟为她无所畏惧的平静语气轻笑起来："想去就去吧，不要为自己的职业生涯留下遗憾。"

"你不拦我？"司楠其实并不十分意外，"家母自从知道我从娱记转做调查记者，成日提心吊胆，担心我的调查惹来报复，影响她的生活，家父也问我要不要转行，他们都不想我继续当调查记者。"

容见迟重重搂一搂她的肩膀："我什么没见过呢？"

"是哦！"司楠失笑。

心理医生容见迟，见过的刑满释放人员、听过的犯罪故事，比她只多不少，还有什么能教他色变？

下一秒，容见迟搁在茶几上的手机铃声响起，他伸长手臂，取过手机，看清屏幕上熟悉的座机号码，按下接听键。

费永年沉到近乎沙哑的声音自彼端传来："容见迟。"

容见迟揽着司楠缓缓坐正身体："费队。"

"有没有空？有空的话，来一趟吧。"费永年的疲惫隔着电话都听得清清楚楚。

"好。"容见迟毫无赘言。

结束通话，他垂首吻一吻司楠的鬓角，而后放开她的肩膀："费队找我。"

司楠扬睫看他眼底蔓延的暗涌，话到嘴边绕了一圈，到底什么也没说，只是点点头。

容见迟站起身来，走向浴室，颀长的背影在客厅带起一阵风。

背后失去他炽热的体温，司楠抱过扔在地板上的靠垫，抵在怀里，仿佛如此才能抵抗来自时间深处彻骨的寒意。

她注视他用冷水扑面，再抬头时，那些风起云涌的晦色，已消散无踪，他又恢复成那个淡然自若的容见迟，脱去身上藏青色的睡衣和浅灰色的运动裤，一丝不苟地折叠整齐放进脏衣篮，走出浴室，穿黑色低腰内裤走向她的卧室，肌肉紧绷，像一只猎豹，不动声色，但又杀气腾腾。

等他换上干净平整的埃及棉白衬衫，搭配亨茨曼灰色羊毛威尔士亲王格马甲和西装，穿上裤线熨烫得挺括笔直的同质西裤，慢条斯理地打好半温莎结领带，系上西装中间的纽扣后，那个在司楠客厅沙发上盘腿看书的男人消失不见，披着优雅铠甲如同蓄势待发的猎人的容见迟，走入司楠的视线。

他走回沙发前，俯身捧起司楠的脸庞，亲吻她的唇角："不用等我，你先睡。"

司楠望着他换鞋出门的背影，忽然湿了眼角。

将近二十年的等待，今晚，他是否能等来答案？

费永年挂断电话，揉一揉眉心，召集专案组开会。

"说说你们这边调查的情况。"费永年点名卫青空。

"根据嫌疑人和证人提供的线索，我们排摸、走访、调查了与文华、文忠兄弟有关的单位、场所和个人。"卫青空调取笔记本电脑内的信息，展示在会议室内的大屏幕上，"经查，文华、文忠自十七年前起，注册经营了一家小型工程施工承包公司，主营业务是为在建工程拆搭脚手架，公司注册资金两百万元。前些年市场不规范，鱼龙混杂，小公司也能混口饭吃，随着市场规范化和竞争越来越激烈，尤其这几年，大批小公司倒闭，文氏兄弟的公司也难以为继，濒临倒闭。赵宝儿、赵贝儿绑架案中两人藏匿人质的地点，正是早前他们承包过的项目，因资金链断裂成为烂尾楼，两人供述，看中其地址偏僻无人看守的特点。"

"与项豪之间？"费永年喝一口浓茶提神。

"经过法医实验室基因比对，文华和项豪之间确系父子，但双方在供述中均否认存在亲属关系。"小年轻发言。

"费队，你那边查得怎样？"卫青空望向出差回来风尘仆仆的费永年。

"文华、文忠的背景，不复杂，但也不简单。"费永年双手抱胸，靠在椅背上。

黔省贵市苗寨自然村，出了名的老少边穷地区。

二十年前，村里的青壮劳力纷纷走出苗寨，前往沿海城市打工，留下无人照管的老人与孩童。

文华与文忠兄弟，恰在那一批离开大山与土地的青壮年中。

由当地派出所干警陪同，到文氏兄弟老家走访的过程当中，费永年了解到山青水绿的村庄，这些年走出去的青年人回流，在老家发展绿色农产品经济，打造生态农场，开发农业旅游，将乡村振兴得红红火火。

但二十年前，苗寨自然村完全是另一幅景象。

老旧破败的房屋、无人耕种的土地、茫然呆滞的老人和满地撒野的孩童，组成乡村日复一日的常态，青年人留在村里，是一眼就能看到头的人生，毫无希望可言。

文华、文忠初中毕业后，就跟着村里的一个叔伯进城打工，没过几年，那叔伯在工地上摔断了腿，再干不了活，只能回乡，而文氏兄弟则继续留在城里。

"经过走访调查得知，十八年前，文华、文忠兄弟风风光光地衣锦还乡，出钱翻新家中的老屋，给断了腿的叔伯家也翻新了房屋，说是在外打工挣了钱，感激叔伯当年带他们出门见世面。据村里人说，文家当时盖房子、买彩电、冰箱、洗衣机，里里外外花了总有十几万元。"费永年从村民东一嘴西一句的讲述当中，拼凑还原出十八年前文氏兄弟的经历，"文华还额外给前女友文妹家做了老房翻新。"

"文妹，项豪的母亲！"卫青空立刻指出。

费永年颔首："没错，文妹。二十年前，文妹未婚生子，村里人人都知道孩子是文华的。但文华没钱，文妹的父母宁可让文妹到城里打工，也不肯将她嫁给文华，这也促使文华决定带着弟弟文忠走出山村，到大城市里去赚大钱。"

"十九年前，文妹在澳城博彩中奖一百万元，十八年前文家兄弟在城里挣钱回乡盖房……"卫青空摸一摸下巴，"是否可以推测，文氏兄弟在本埠实施绑架并索要赎金后，文华先给了前女友和儿子一百万元，以保障他们的生活，随后两兄弟潜逃澳城享受挥霍，但因过于招摇而意识到这种行为不妥，遂离开澳城返回老家，以在外打工挣了钱为由，出资为自家和亲友翻新住房，十七年前注册公司开始承接工程,正常生活至今,再次犯案。"

"在时间线上是成立的。"费永年肯定卫青空的推测,"现在缺乏的是证据。"

十九年前,什么促使两兄弟实施那一场造成一人死亡两人重伤的绑架?他们是精心策划了绑架目标,还是当天在人群中随意挑选了三个孩子?

只有明确动机,才能还原案件的真相,进而查找湮灭在时间深处的证据。

"你们要的证据来了!"年轻的连法医敲敲会议室的门,扬一扬手中的报告。

容见迟在刑事侦查总队大厦前停下脚步,抬头仰望这座矗立在夜色中的建筑。

他身后,谢利轩缓缓靠近。

"阿迟。"谢利轩在容见迟身旁站定,与他一道仰首。

"利。"容见迟看一眼将近二十年后,第一次走近刑侦总队大厦的谢利轩,轻轻对他点点头,"走吧。"

当年谢利轩获救时,处于昏迷状态,若再迟一些,谢家恐怕也将痛失爱子。

他一直在加护病房接受最妥帖的照料,苏醒后也从未靠近刑侦总队大厦一步,所有笔录均在他康复到足以接受问询后,由家人陪同在医院完成。

谢利轩随容见迟走入灯火通明的建筑,在值班警察的陪同下,办理访客登记,配发访客证,然后两人被带往会客室。

谢利轩双手插袋,环顾四周,夜晚安静而庄严肃穆的建筑有种天然的威慑感,一切罪愆在它面前都仿佛无所遁形,教人不由自主地压低声音:"你常来做顾问?"

容见迟微笑摇头:"哪儿来那么多需要我做顾问的案件?"

而一旦需要他发挥专业所长,即意味着警方遇见极其棘手的犯罪嫌疑人。

两人被值班民警带至会客室,少顷,费永年与卫青空联袂而至。

人到中年两鬓微霜的费永年朝两人颔首,出示证件:"容医生与我常打交道,谢先生小时候见过一面,年代久远,大概记不得我。自我介绍一下,刑事侦查总队队长,费永年。这么晚请两位来,实在抱歉,请两位谅解。"

他眼角眉梢都透着疲惫,但气质朗阔,有种教人信服的力量。

谢利轩从会客室沙发上起身,与他握手。

"费队,久仰大名!多少年前的事,我确实没什么印象。"

岂止没有印象?

简直像不曾发生过!

父亲还好,总算能在人前维持泰山崩于前而面不改色的形象,母亲则完全无法掩饰失而复得的喜悦与害怕再度失去的惶恐,干脆在他病房里安营扎寨,时刻陪在他左右,将他看得眼珠子似的。

警察前来对他进行询问,母亲也寸步不离,他没回答几个问题,稍微皱一下眉头,母亲便挡在他的床前,挥手赶警察走。

费永年请两人落座,受害人家属的过激行为与拒不合作的态度,他见过太多,当年的事他并不放在心上。

破案,才是他唯一可堪告慰家属的方式。

而容、谢两家,已经为此案等了太久。

费永年接过卫青空手中的文件夹,向容见迟与谢利轩介绍当前的情况。

"在我队侦破案件的过程中,抓获两名犯罪嫌疑人,或恐与十九年前发生在两位身上的绑架案有千丝万缕的关联。这里有嫌疑人的照片,请两位进行辨认。要提醒两位,因两案时间跨度比较大,嫌犯在面貌上可能与十九年前有较大变化,请两位仔细辨认。"

文件夹摊开,二十张嫌疑人的照片分两组摆在茶几上,供两人辨认。

容见迟展手,教谢利轩先行辨认。

谢利轩仔仔细细辨认半天,虽有疑惑,但无法确认,最后只摇摇头:"我认不出。"

当年他被掳上车，挣扎踢打，情急之下，一口咬在绑匪的手腕上，绑匪哪管他还是个孩子，一掌挥在他的脸上。

成年人的一巴掌用尽全力，把他整个人打飞出去，撞在面包车的厢壁上，他当时便晕厥过去。之后整场绑架中，他都昏昏沉沉浑浑噩噩，每天那少得可怜的一点水和一点面包，都由容见迟喂到他嘴里，容见迟不断鼓励他坚持下去，他才强撑着活了下来。

所以他根本不记得两名绑匪的相貌，只隐约记得他们说话带有浓重的口音，绝不像本地人。

费永年早有所料，倒不觉得失望。

十九年前，气息奄奄被救回来的孩子，躺在病床上，用尽全力回忆，也无法记起关于绑架案的细节，只换来头疼不已的呻吟，谢夫人立刻如保护幼崽的母狮，将他驱赶出病房。

轮到容见迟，他推一推眼镜，将两组嫌疑人的照片认真比对，很快从中各挑选出一张来："他，和他。"

谢利轩凑过去，看两眼，先是一愣，随后猛一拍容见迟的肩膀："是他们！"

他取出手机，自相册中调出两张照片，向容见迟展示。

从谢氏烂尾工程办公室内查找到的工人入职表格都由法务转录至电脑，所有免冠照也都传录一份至他的手机。

两张嫌疑人的照片混在一堆照片中他尚不觉得，等容见迟将两人单独挑出，他几乎立刻将两张因时间流逝而产生变化的脸，与手机中的两张免冠照联系到一起。

手机中的照片，两张二十岁出头的年轻的脸，一样黧黑的皮肤，扁平的面孔，塌鼻梁，大鼻头，厚嘴唇，一看就有血缘关系，与二十年后照片中的两个中年人，像，又不像。

像的，是肤色与五官；不像的，是眼神与气质。

二十年前的照片里，他们的眼神虽不晶然明亮，但还淳朴干净。二十年后，他们的眼神阴沉冷漠，混浊凶狠。

谢利轩将手机攒在茶几上，苦笑："所以他们的目标，自始至终都是我。阿迟，你与见鲲，受我牵连，真是无妄之灾。"

容见迟按一按他的手背:"利,不要妄下结论。"

费永年也点点头,将所有照片重新归拢进文件夹,交给卫青空,低声交代他:"去做准备。"

"是。"卫青空衔命而去。

费永年安慰谢利轩:"容医生说得对,查明真相之前,不要妄下结论。你也是这起绑架案的受害人。"

转而请值班民警送谢利轩出去:"我还有事请教容医生,谢先生可以离开了。"

谢利轩朝容见迟挥挥手,客气地与费永年道别,随值班民警离开会客室。

走出老远,他忍不住回头,望向身后的走廊深处,问身边陪同的民警:"我能见一见嫌疑人吗?"

年轻的民警微笑拒绝他的请求:"刑事案件侦查阶段,只有律师辩护人有权会见嫌疑人,其他人一概不得会见。"

"原来如此。"谢利轩点点头,也不勉强。

终有一日,他将直面那两个给他带来无尽痛苦的恶魔,他想。

"将近二十年,你同谢家小子,倒一直保持往来。"费永年等谢利轩走得远了,才对容见迟道,"我总以为当年事后,令堂怨恨非常,你们两家会形同陌路,老死不相往来。"

容见迟闻言笑一笑:"怎么会?商场上只有永远的利益,没有永远的敌人,何况容氏电器与谢氏房地产拥有密切的合作关系,家母的态度决然不可能影响容、谢两家的交往。"

相反,护着谢利轩逃出生天的他,成为容、谢两家之间紧密联系的纽带。

母亲再恨他,再于精神上折磨虐待他,父亲也从未在明面上亏待过他,恰恰相反,他们乐见他与谢氏唯一的继承人交好,哪怕这交情是拿命换来的。

费永年叹息一声,拍拍容见迟的肩膀:"今晚找你来,还想麻烦你为我们做一做嫌疑人的心理侧写。"

"责无旁贷。"容见迟轻道。

他从随身携带的公文包里取出一份厚重的资料，交到费永年手中。

"这是谢利轩与我多年来收集的所有关于本案的资料，附有我对犯罪嫌疑人的心理侧写，我会比对嫌疑人的行为，再做一份侧写。"

费永年接过资料，只觉入手一沉，忍不住"哟嗬"一声："你们两个小子，自己私下查了不少东西啊？"

他翻开那些纸张或陈旧或崭新的文件、信笺、照片、图纸，意外地看见薄薄一册小学生作业簿，浓眉微扬，小心翼翼地掀开泛黄的封面，一眼看见属于孩子特有的一笔一画端正的字迹。

费永年细看之下，不由得抬眼望向不动如山的容见迟。

陈旧的作业簿上，孩童以稚拙的笔迹记录下被绑架的四天内发生的点点滴滴，一字一画力透纸背，仿佛沁着血。

容见迟微笑："家母说是我害死见鲲，我怕我终有一日会忘记当时所发生的一切，所以……"

小小的他接受完警方的询问后，父亲陪在伤心欲绝歇斯底里的母亲身边，他由家中的保姆陪同前往医院清理包扎手腕、脚踝的伤口，回到家中，偌大一间别墅死一般冷寂，温暖不再，笑声不再，见鲲，也不再。

父亲在公事与家事之间疲于奔波，母亲终日哭泣，偶尔清醒，便咬牙切齿，怨怪为什么死的不是他。

而他，终日躲在自己的房间里，因为警察叔叔问话时对他说，他记得的每一件事、每一个细节都很重要，所以即使手腕缠着纱布疼到颤抖，也要拿笔将被绑架的四天中发生的一点一滴都写下来。

之后的每一天，他都会一遍又一遍地自问：我是否真的没有遗漏任何细节？

费永年向后翻看资料，直到一份犯罪心理侧写映入眼帘，他手上的动作一顿，抽出附有作业簿复印件的心理侧写，心情复杂地看着其上遒劲的字迹，由头至尾，仔细阅读。

绑架企业家子女索要赎金，显示仇富心理倾向；浓重口音、衣物鞋袜做工粗糙材质低劣、简陋的饮食方式，均表明受教育程度不高；

拆除座椅、遮挡号牌的交通工具与藏匿人质地点的选择，以及特殊的捆绑手法，表明两名绑匪很可能从事重体力劳动或特种作业；交接赎金的方式非同寻常，可见绑匪事先经过周密的计划甚至演练，有一定的缜密推演能力；绑架过程中未遮挡面貌特征，说明两人一开始已做出撕票的决定，见鲲的死亡并非意外，而是有预谋的冷酷谋杀。

结论，两名绑匪来自不发达地区，受教育程度不高，从事重体力劳动或特种作业，有一定的头脑，行动能力强，冷血无情，有仇富心理。

费永年看一眼这份心理侧写的完成日期，大为意外，容见迟十年前已做出近乎精确的心理侧写。

"当时为什么不拿来给我看？"他问。

"大抵因为彼时初初接触犯罪心理学，对自己的犯罪心理侧写并无太大信心。"容见迟苦笑，"也害怕自己的心理侧写不够准确而误导警方的调查。"

费永年拍一拍他的肩膀："走吧，我们再去会一会这两个家伙，再做一份心理侧写，希望能找到他们心理防线的突破口。"

长夜将明时，容见迟稍微转动颈项，在全新的心理侧写报告上落下最后一笔，署上自己的名字。

"我所能做的，就到这里了。"他将两份心理侧写郑重地交到费永年手中，也将一切试图破闸而出的情绪关进名为理智的门后，"接下来的硬仗，交给你们了。"

费永年双手接过两页轻若鸿毛却又重逾泰山的心理侧写报告，与面前的青年人交换彼此全力以赴的眼神。

"我不留你，回去休息，等我们的消息。"

容见迟露出一丝释然的微笑："二十年都等了，再多等几天，也没有差别。"

他走出刑侦总队大厦时，外头深沉的夜色已由清浅的晨光所取代。

空气中水汽凝结，薄雾浮动。

他开着车，在清晨几乎无人的街道上向前行驶，车身破开雾色，笼罩在他心头近二十年滞重的悲恸，仿佛也将散去。

他将车开到限速的极值，向着司楠所在的那个家，飞驰。

容见迟一手拎早餐，臂弯里夹着一捧在路边花摊买的向日葵，一手按开指纹锁，推开门。

空气流动，室内室外冷热空气在玄关激起一阵轻风，一丝暖意扑面而来。

他反手轻轻关门，借着玄关处夜灯的光线，换鞋，脱下大衣搭在肩膀上，一步步走向沙发。

沙发上，司楠侧身枕在靠垫上，一条羊绒毯一半盖在身上，一半落在地板上，茶几上散落着笔记本电脑和写得密密麻麻的便笺纸，东一张、西一张，没喝光的咖啡搁在茶几一角，早已冷透，散发出酸苦的香气。

容见迟轻手轻脚走过去，将早点摆在餐桌上，把向日葵花束放在一旁，反身走到沙发边上，俯身捞起落在地板上的半边羊绒毯，替司楠将缩在沙发上的脚盖好，最后跪在沙发前，凝视她的睡颜。

她一只手压在面孔下，鼻尖顶着靠垫，大抵睡得不太踏实，眉心微皱，嘴唇微启，呼吸间有细细的鼾声，像丛林里充满防备又酣然睡去的小动物。

所有归家的渴切，在这一刻都得以抚慰。

容见迟满目温柔，心底一片安宁。

他转身，解开西装纽扣，靠坐在沙发前，伸手取过司楠贴在茶几上的便利贴，解锁手机屏幕，借着微光，看她做的笔记。

司楠字如其人，秀雅中自带棱角，并不绵软圆润，巴掌大的便利贴上密密麻麻写着营业执照信息、注册地址时间、注册资金、法人代表等可供公开查询的信息，还有其他公开渠道可以获得的若干关于残疾儿童照料中心的新闻和数据资料，司楠在两条获得公益奖项的新闻旁标注醒目的问号。

她到底还是选择了最难的一则线索，开始做前期准备和外围调查，而这必将是一条困难重重的荆棘之路。

容见迟微笑,起身去浴室洗漱,等他刮完胡子,司楠已经醒了,坐在沙发上拥着毯子发呆。

听见响动,她回过头来,注视一夜未归的男人神清气爽地从浴室里走出来。

"你回来了。"她的声音里带着一点初醒的惺忪与沙哑。

"是,我回来了。"容见迟走近她,伸手摸一摸她睡得乱糟糟的头顶。

"事情处理得怎样?"司楠微微仰头。

"先去洗脸刷牙,边吃早饭边说。"他俯身在她额角印下一吻。

司楠抛开毯子,跳下沙发去浴室梳洗,容见迟弯腰替她叠好薄毯,随后进厨房加热早点。

司楠自浴室出来,望见理得整整齐齐的沙发和饭桌上冒着热气的发面小笼馒头与燕麦小米粥,忍不住笑叹:"哪里来的田螺姑娘?"

容见迟拉开椅子:"谢郎请坐。"

两人对坐吃饭。

司楠关心案件的进展,容见迟也不瞒她。

"我并不参与案件侦查,仅提供犯罪心理学顾问服务,与案件相关的信息,调查阶段,我也不能向任何人透露。"

"但是……"司楠拿起一只暄软的小馒头咬一口,眼里有一点点狡黠的笑意。

"但是……"容见迟意会道,"假设,有两名穷凶极恶的罪犯被逮捕,他们有极强的心理承受能力和一定的反审讯能力,对审讯人员而言,找到他们心理上的突破点,就显得尤为重要。我的工作,就是通过观察他们的行为、肢体语言、微表情,进行心理侧写,找到他们的薄弱点,帮助审讯人员瓦解他们的意志,攻破他们的心防,进而获取案件的真相。"

他看见她双眼晶亮满是好奇,一颗心软得一塌糊涂。

"例如,虽然嫌疑人通过事先串通好的说辞反抗、抵制审讯,但人无法控制自身的微小表情与肢体动作,并且会对外界信息做出下意识的反应。"

一如文氏兄弟，在逐渐失去对时间的感知后，文忠开始显现出焦虑不安的情绪，频繁抖动双腿，试图变换坐姿，肌肉不自觉地紧绷，不断拧转手腕……文华就镇定得多，被拘束在审讯椅上也泰然自若，无人审讯便闭目养神，并没有任何多余的动作。

"因而，即使他们不说话，抑或谎话连篇，仍可借由他们的行为分析出两名犯罪嫌疑人其中一人相对聪明，思维更缜密，更沉着，是策划者，另一人则更暴躁，沉不住气，是跟随者。"

文忠手腕上的咬痕证明了这一点，审讯过程当中，每当出现他想回避的问题或者对他不利的证据时，他都会下意识转动曾被咬伤过的手腕，甚至想要抚触咬痕，他全然不知这个小动作出卖了他。

司楠喝一口粥："这样就能突破他们的心理防线？"

容见迟轻笑："当然还需警方进一步审讯，犯罪心理侧写，只是辅助手段。我所提供的，不过是剖析两者的人性弱点。聪明人的最大弱点是他们的自尊与自负、自私与贪婪，暴躁者的弱点是难以自控的情绪和缺乏耐心的挑剔，老到的审讯人员完全可以凭借经验找到他们身上的薄弱点，请我去，不过是双重保险。"

曾经得手过一次的文氏兄弟，尚未意识到两人能逍遥法外近二十年，并不是当年他们的计划多么完美、手段多么高明，而是当年服务于城市治安管理的天网监控工程刚刚起步，如今遍布交通要道、治安卡口、公共场所的视频监控设备当时尚未安装，一秒可以识别十三亿人的强大计算能力彼时还仅仅是一个雏形。受限于当年的技术手段，与幸运因素加持，他们才能在得手后，逍遥法外至今。

而这一回，在无处不在的天网系统、计算机强大的人脸识别能力、刑侦技术的日臻完善与进步面前，罪恶无处遁形。

司楠越过桌面，握一握他的手。

他等这天等了太久、太久，久到满腹的苦痛伤悲都已成为不可言说。

"你的选题，定下来了？"容见迟回握司楠，问。

司楠大力点头："既然要做卧底深度调查，那就做最劲爆的选题！"

"注意安全。"容见迟磕开一枚咸蛋,挖去顶端的蛋白,露出底下金灿灿滴油的蛋黄,递给司楠,"从今日始除夜跑外,增加体能训练。"

美美吃早餐的司楠面露震惊:"不要啊!"

容见迟的嘴角泛开笑纹:"意见驳回!"

第四卷

CRIMES OF THE HEART

浮沉

对赵宝儿、赵贝儿绑架案嫌疑人的侦讯工作接近尾声时，司楠重拾保洁员小楠的身份，应聘成为馨宝残疾儿童照料中心的清洁工。

容见迟送司楠前往她在老城厢租住的阁楼的路上，偶尔伸手摸一摸她找弄堂小理发店花五十元钱用最劣质的染发水、烫发剂染烫的枯黄色头发。

小理发店的染烫药水实在伤发质，逼得司楠不得不请老板尽量不要贴着头皮染烫，所以发根处露出一截黑色来，搭着枯草黄参差不齐的过耳羊毛卷发型，衬得一张脸焦黄焦黄的，一副营养不良的样子。明知是假，也教容见迟心疼。

"一定要住这里？"望着连站直身体转身都难的阁楼，他问拎着蛇皮袋跟在他身后猫腰钻进来的司楠。

"月入五千块的打工妹住不起均价六位数的公寓。"司楠忍住抓头皮的冲动,"做戏做全套嘛。"

老城厢的阁楼是报社后勤部一位退休老师傅的房子,老夫妻早已搬去宽敞明亮的电梯房,留着这处阁楼等拆迁,常常友情出借给需要进行卧底采访的记者临时落脚,《深度现场》前后历任调查记者都曾经做过此间的"租客",司楠也不例外。

容见迟推一推比纸皮厚不了多少的门板,头一次对她的工作生出"担心"这样的情绪:"不安全。"

老城厢现有居民不是老得走不出去的老人,就是外来务工人员,花最少的钱住最低廉的房子,周边鱼龙混杂,很难保证人身财物安全。

司楠倒不担心:"照料中心为保洁员提供食宿,做六休一,在结束卧底调查前,我完全可以做到不离开照料中心一步,这里只是作为身份信息真实性的一重保障。"

容见迟深知这是司楠的工作,到底说不出教她放弃的话来,只轻轻叹息,勾住她的颈项,在昏暗低矮逼仄的阁楼里亲吻她还散发着冷烫剂味道的发鬓:"一周至少联系一次,教我知道你一切都好。"

司楠向他致举手礼:"我保证!"

安置好行李,司楠跟着容见迟,去与谢利轩会合。

这还是司楠在深度采访夜店舞者后,第一次走入Untouch,门口曾经阻拦她入内的高大保安东哥,如今见她连问都不问便予以放行。二楼包房里亦是物是人非,年少作恶逃脱法律制裁的黄、季、田三人死于非命的事仿佛就发生在昨天,在娱乐圈翻手为云覆手为雨的柳亦羣人设崩塌入狱也好像发生于眨眼之前,而大众已浑似将他们抛入记忆的尘埃,富家子们照样风流快活,追星族们转身有了新的偶像,谁还管他们是死是活?

不是不教人唏嘘的。

谢利轩在自己的地盘招待友人,姿态便更显懒散。

偌大的包房内无人作陪,只得他们三个,谢利轩点了一桌阿强海鲜粤菜馆的席面进来,为即将进行卧底调查的司楠践行。

对着司楠枯草似的新发型和过时的打扮笑足三十秒,谢利轩才勉强

147

收了笑,整个人摊在沙发上:"楠姐为工作牺牲至此,未免太拼。"

司楠耸肩:"要骗得过别人,首先要骗得过自己。"

谢利轩拱手:"佩服!"

司楠欠身回礼:"过奖!"

两人你来我往打两句嘴仗,司楠便扑在落地窗前的沙发上,俯瞰楼下的舞池。

工作日晚间八点半的夜店,场子还未热起来,舞者们的热场表演,观者寥寥。

"换了一批舞者?"司楠在其中没能看见熟悉的面孔。

丽莉、瑞塔、派翠夏……这些白天与黑夜割裂开来的年轻女郎,通通绝迹于此,不复可寻。

谢利轩遥遥望着灯光迷离闪烁的舞池:"她们读了你写的报道,在后台哭成一团。丽莉说从来没有人把她拍得如此美,像一朵开在暗夜里的花,而不是任人意淫的大腿舞女郎。她们这一组嫁人的嫁人,开工作室的开工作室,齐齐向前走了。"

多好,司楠将脸侧伏在容见迟的肩膀上,微笑。

容见迟垂首以脸颊贴一贴她的额角,问:"和爆料人见面顺利吗?"

"顺利,同我讲了不少照料中心的潜规则。"

爆料人是照料中心的一位中年护工,因看不惯照料中心虐待残疾儿童的行为,愤而辞职,又实在做不到袖手不管,才在女儿的鼓励下向报社提供线索,以期通过报社报道揭穿照料中心敛财虐童的真相。

"中心有两种照料模式,日托、长托。日托家长早晨将生活不能自理的孩子送来,晚上再将孩子接回去,中心护理人员不敢对这样的孩子下狠手,怕家长发现痕迹,但口头斥责辱骂司空见惯。"面孔圆圆的中年阿姨气愤不已,"长托家长因为工作繁忙实在脱不开身,又担心住家保姆无法胜任对孩子的全方位照护,因为相信照料中心配备的医生和看护,就将孩子全权交由中心照顾,定期前来探视。父母来探视得勤快些的孩子,受到的虐待就少些。那种一两个月父母才来看望一次的孩子,被禁食、公开侮辱打骂,几乎是家常便饭。"

圆脸阿姨局促地向司楠解释:"中心规定工作期间禁止携带手

机,只有下班后才允许使用个人物品,所以我没有照片或者录音。"

司楠坐在午后的公园长椅上,静静听中年阿姨说那几个资深护工如何将无法与人沟通的自闭儿关进配楼黑漆漆的杂物间,任他在里头拼命尖叫,叫到喉咙嘶哑,也无人理睬。

"我实在看不下去!"阿姨眼底浮现泪光,"我也是一位母亲,我于心不忍。那孩子的父母又生了一个健康的女儿,像甩累赘一样将他扔在照料中心,久久才来看他一次,每次来,在主任办公室里少坐,遥遥望他一眼,就算看过了……"

司楠替那个自闭儿难过。

世界上总有些孩子,得不到应有的爱。

"计划采访多久?"谢利轩觑一眼一刻不停与司楠依偎的老友,问。

"一个月,或者搜集到足够曝光他们虐待残疾儿童的证据。"

"等你回来,柳某人应该已经判了。"谢利轩将双腿跷在茶几上,信口提了一句。

司楠愣一愣,才意识到他说的是柳亦辇。

当他褪去影帝的光环,露出其下丑陋的真相,司楠便很少再想起他来。

给她的生活带来无尽谩骂的网络暴力狂潮、给她的职业生涯造成近乎毁灭性的打击、令她的人生陷入无边无际晦暗泥沼的元凶,这一刻,仿佛画纸上一滴曾经斑驳浓重的墨迹,渐渐被其他斑斓绚丽的色彩映衬得暗淡无光,再也无法引人注意。

所有人都在向前走,她也一样。

司楠前去残疾儿童照料中心卧底调查一周后,前后两起相隔近二十年的绑架案侦查结束,移交检察院。

容见迟照常上班、下班,接待来访患者,倾听他们的心声。无人知晓,城市一隅,落满尘埃的幕布正在徐徐拉开,露出其后被时光掩埋的罪恶真相。

办公室内的电话响起时,容见迟正在誊写病案记录。

面前的座机多时未曾响过，亲友有事找他，不是直接打他的手机，就是担心干扰他工作而拨电话至前台留言，稍后由小麦转达，鲜少拨打直线电话。

电话铃声像一道沉沉的惊雷，打破办公室内的宁静。

容见迟在病案记录本上写下最后一行字，才接起锲而不舍响个不停的电话。

彼端是一个中年女性温和有礼的声音："小容总？我是牛秘书，容总请您暂缓手头的一切工作，即刻回家。"

"我知道了。"容见迟向跟在父亲身边工作三十年的秘书道谢，"谢谢您。"

挂断电话，他将钢笔帽盖回笔尖，缓缓拧好，才起身向外。

经过前台时，他交代小麦："我有事需要外出，今日余下的时间不再回来，麻烦你取消之后的所有预约，我会做出补偿。"

"容医生……"小麦怔怔地看他走出去，倏忽觉得五年共事的时光，一点点散失在他融进阳光中的背影里。

容见迟驱车回家，停妥车，站在由人精心打理的花园里，仰望面前这幢铺设红陶筒瓦、浅色手工抹灰墙体，装饰陈朴古雅铁艺门和彩色拼花玻璃窗的西班牙式建筑，内心平生微澜。

当他走上台阶，推开沉重的铁门，迎接他的不再是以往死气沉沉的寂静，而是兜头盖脸劈来的一记耳光。

容见迟生受了这一巴掌，面孔被扇得微微往旁边一歪。

容先生从后头握住妻子的双肩，将她往后带，阻止她的第二掌。

容夫人在丈夫的双手间挣扎，一向注重仪表的她此时只草草地在真丝睡衣外头裹一件开司米睡袍，披头散发，状若疯癫。

"你为什么瞒着我？！"她企图挣脱丈夫的控制，"是他们吗？告诉我是他们吗？"

容先生朝儿子露出歉意的苦笑："稍早，检察院送达被害人诉讼权利义务告知书，当年的事，现在进入审查起诉阶段……"

容先生声音微哽，缓缓咽了声。

长子被害近二十年，是这个家无法释怀的痛，像吞噬幸福与快乐的黑洞,没人能得以逃脱。

容见迟沉沉抬眼望向仪态尽失的母亲:"警方侦查阶段,我不便说。"

容夫人红了眼,揪住睡袍的襟口:"二十年!我等了二十年!你明明可以早一点告诉我!"

容先生空出一只手,抚一抚妻子的脸:"老谢一家稍后就到,你这样怎么待客?乖,上去换一件衣服,家里还需要你来主持。"

他又招手叫生活助理:"扶敏珍上去梳洗。"

一直守在角落里噤若寒蝉的生活助理忙不迭上前来,一双手稳稳托住容夫人的手肘,连哄带劝地引着她上楼去。

容先生疲惫地抹一把脸,指指客厅里的沙发,对容见迟说:"坐吧。"

两父子在西班牙新古典主义式沙发上一左一右,隔着一臂的距离落座,容先生侧头看一眼儿子被一巴掌扇得有些发红的脸颊,替妻子向儿子道歉:"你妈妈——从未从见鲲的死里走出来……"

"我知道。"容见迟定定地望住客厅里的绿植。

因为知道,所以才更痛苦。

亲子之间,见面变成一种折磨,谁也救不了谁。

"这么说,案子已重新侦查有一段时间了?"容先生斟酌片刻,问。

"是。"容见迟承认。

"你起码可以早一点教妈妈知道,凶手已经落网。"

容见迟闻言,摘下眼镜,眨一眨酸涩的双眼,又戴上:"警方不公布有不公布的理由。最起码,在确定没有其他人涉案之前,警方不希望让外界知道当年绑架和杀害见鲲的凶手已经落网。"

当年事,真的只由文氏兄弟一手策划并实施,没有第三人?

如果有,警方不想打草惊蛇。

所以旧案重启、并案调查的事,没有向外界透露一丝一毫。

"你谢伯伯一家稍后就到,他说请了国内最好的刑事诉讼律师同来。"容先生拍一拍沙发扶手,"我们两家商量一下,统一一下口径。"

容见迟点点头。

上一次谢伯伯一家登门，还是十九年前。

他出院以后，谢伯伯、谢伯母带着补品与玩具上门来探望他，感谢他沉着冷静、临危不惧，救了谢利轩的命，欢迎他康复以后去他们家做客，找谢利轩玩。

母亲当时是什么反应？

容见迟要想一想，才能回忆起当时的情状。

母亲强撑病体从床上起身，将那些礼物一件一件往外扔，喃喃自语："我的见鲲不需要！把我的儿子还给我！"

那场拜访结束得绝不愉快，但谢伯伯、谢伯母体谅母亲痛失爱子，父亲与谢伯伯约定再谈，谢伯母则将麻木怔然的他兜在怀里，轻抚他的头顶，小声对他说："利轩的好朋友，就是我的好朋友。妈妈最近伤心难过，恐怕顾不上你，你有什么需要，可以对我说，别和我客气。"

可是，他需要的，是妈妈的不责怪啊。

谢氏一行，来得极快。

谢先生、谢夫人并肩在前，一名四十岁出头的男性助理随行，两名律师在后，谢利轩缀在最后头。

谢先生与容先生大力握手，两名年逾五十岁生意遍及全球的中年人，这一刻只是两个爱子心切的父亲而已。

谢夫人则上前与容夫人贴面拥抱："敏珍，多年不见，你还好吗？"

容夫人强忍悲恸："嘉芸，我怎么会好？"

谢夫人挽了容夫人的手："会好起来的，绑匪落网，正义虽迟但到，不是吗？"

容夫人面有戚色："我只想我的见鲲好好活着……"

谢夫人望一眼怅然不语的容见迟，劝解容夫人："你还有见迟，别伤了孩子的心。"

容夫人这些年的所作所为，她也耳闻目睹，可清官难断家务事，外人不好对容家指手画脚，她只能叮嘱儿子多同容见迟往来，凡阿轩有的，必教阿迟也有，绝不差别对待。

但是他们的关心，如何能比得上母爱呢？

偏偏许敏珍伤孩子伤得最深。

寒暄过后，宾主移步书房。

谭律师问容、谢的诉求，容夫人坚持不接受民事赔偿，放弃附带民事诉讼，要求相对唯一死刑。

"我要他们死！"容夫人咬牙切齿。

谢先生、谢夫人附和："我们与敏珍的诉求相同。"

谭律师点头表示了解："接下来我们的工作重点将放在查阅、摘抄、复制案件诉讼文书和技术性鉴定材料上，尽量追求对我方有利的判决结果。"

进而交代容、谢两家："辩护律师可能会通过各种手段卖惨以寻求舆论支持，尤其以写小作文、讲故事等方式渲染放大被告的过去有多悲惨、他们的犯罪有多不得已，我方千万不能陷入与对方争相卖惨的怪圈，一定要牢记嫌疑人的犯罪行为造成无可挽回的严重后果这一核心。一定、一定不要接受采访，低调、低调再低调，谨防辩护律师从中做文章！"

谭律师又讲了些注意事项，便雷厉风行地带着助理律师前往检察院调取案卷，为开庭做准备工作去了。

送走谭律师，全程扮锯嘴葫芦一言不发的谢利轩才开始活络起来，与容见迟勾肩搭背，轻嗤："他们有什么惨可卖？！"

谁都料不到，作为公开审理的刑事案件，文氏兄弟的辩护律师寻到奇突的角度卖惨，甚至在新老媒体上掀起一阵讨伐无良企业的浪潮。

作为公开审理案件，这两桩横跨二十年的绑架案的细节很快被媒体披露。

因赵宝儿、赵贝儿被成功解救，案件中的当事人——被业内誉为"理财金童"的维克托·赵，和妻子、情人之间错综复杂的关系，引来颇多八卦。

贪得无厌的小姨子、见财起意的男朋友、胸有成竹的绑架犯，人人觉得计划天衣无缝，熟料小姨子成事不足败事有余，警方甚至连诈都没诈一下,就已经吓得自露马脚,被犯罪心理学专家看出破绽来。警方对她的手机进行监控,很快便掌握她与男友计划绑架外甥、外甥女的证据,火速控制其做着发财美梦的男友,并顺藤摸瓜逮捕实施绑架的另外两名罪犯。

大众一面赞叹如今警方迅速破案的效率,一面唏嘘案件中人性的复杂悖晦。

赵家兄妹被绑一案并无太多疑点,另一桩二十年前并未大肆报道的容、谢两家的旧案,则更为曲折离奇,充满悲剧的意味。

三名同样遭到绑架的孩子,一死两重伤,绑匪携近千万赎金逍遥法外销声匿迹至今,难免有哗众取宠的媒体,全然不顾受害者及家属的感受,前去采访罪犯的家属,试图拼凑还原犯罪嫌疑人的"悲惨经历",以此赚取流量和点击率。

其中尤以爱在此类新闻报道中为罪犯洗白的《经新报》的报道最为煽情。

《经新报》记者远赴文氏兄弟的老家黔省苗寨自然村,走访文氏兄弟的左邻右舍、童年旧友、村中耆老、学校师长,将这对兄弟因父亲常年种地劳作落下一身伤病、母亲精神失常无法照顾子女的悲惨童年摊在大众的视线之下。

《经新报》记者在报道中写:"文华带着弟弟文忠、妹妹文娇到处拾荒,靠捡易拉罐、纸板箱、旧报纸卖废品,赚取兄妹三人的学杂费,潮湿的雨季住在漏水的村屋里靠在一起相互取暖……日子穷得实在过不下去,文华、文忠兄弟由村里的叔伯带着,第一次走出生活了二十年的村寨,前往繁华的都市。都市里迎接他们的并不是想象中遍地黄金的美好生活,现实予以兄弟俩迎头痛击,食无着,居无所,只能跟着叔伯挤在工地上的小窝棚里……文叔手把手教兄弟俩手艺,带他们北上申城,他们凭学到的本事到申城一个又一个建筑工地搭脚手架。文叔周末领着兄弟俩下小馆子,令他们体会到从未感受过的父爱……"

《经新报》记者将文华、文忠描写成一对从小未尝父爱,在艰苦磨难中互相扶持有情有义的兄弟,所以当文叔和他们所在的建筑工地因上下游资金链断裂几个月发不出工资时,文叔因担心而一时精神恍惚，从脚手架上摔落，导致多处骨折，施工方却以文叔违反安全规定为由，不予赔偿医药费，甚至还趁伤病开除了文叔，这彻底激起了文华、文忠兄弟胸中的怒火。

文氏兄弟纠集一批工人，前往工地讨薪，施工方说他们也是受害者，上游供应链断裂，他们也未收到工程款，让文氏兄弟有本事找集团闹去。

他们确实去了，拉着横幅在集团总部门口讨薪，只是连任何一位高层的面都没见到，就遭倒保安的暴力驱赶。回到工棚，他们又发现个人物品通通被丢出去。

文叔躺在医院里，将来能否恢复如常尚未可知，他们没要到施工方拖欠的工资，还失去了经济来源与住处，两兄弟流落申城街头，茫然四顾，举目无亲，无处可去。

炎炎夏日，两兄弟固执地守在工地门口，只想为文叔讨个公道，为自己要回劳动所得。

然而他们等来的，只是一次又一次的驱离，到最后，连工地门口的保安都于心不忍，悄悄告诉他们，欠薪的工程多半要烂尾。

"别等了，喏！"保安指一指从工地内开出来的豪车，对兄弟俩说，"人家随随便便一辆车三百万元，你们这点工钱，在他们有钱人眼里，根本是小菜一碟。他们是没钱吗？就是为富不仁，不管工人的死活罢了。"

文华望着远去的汽车，问保安："车里坐的是什么人？"

保安挠头："听说是上头的大老板，姓谢，亲自来视察工地，商讨解决的办法。"

文氏兄弟没能等来对文叔的补偿，也没能讨得自己应得的工资，只等到工地门口一张建筑工程项目搁置的通知。可躺在医院里的文叔已经等不下去，他们已经负担不起每天的医疗费，只能带着落下一身残疾再也无法从事重体力劳动的文叔返回黔省老家。

将文叔送回老家，两兄弟掏空口袋里最后一分钱给哭天抹泪的文婶，又搭长途汽车回到申城，一边打零工赚取生活费，一边仍对讨回工钱抱有幻想，然而入不敷出的现实教他们在人生地不熟的都市举步维艰，有时晚上连住的地方都找不到，不得不花十元钱在录像厅的通宵场里过夜。

正是这样无处可去的煎熬夜晚，看了无数古惑仔、过江龙之类的电影之后，两人生出绑架谢老板索要赎金的念头。只是谢老板的日程行踪不定，反倒是谢老板的儿子每天上学放学两点一线，作息规律，两人才最终决定绑架谢利轩。他们只是想为半身不遂瘫痪在床的文叔讨回公道，也为自己讨回工钱，无意伤人。

报道说文华、文忠兄弟对因过失致容见鲲死亡深感痛悔，详细描述了两人悲惨的童年和不幸的遭遇，绝口不提两人又实施了第二起绑架案。

报道一出，引起一片哗然。

大众处于信息茧房，很快便被《经新报》引导舆论走向的惯用手法迷惑，被"经新系"媒体的言论挟裹，一边倒地同情弱势群体，讨伐为富不仁的奸商。

控辩双方就文氏兄弟是否故意杀害容见鲲在庭上展开激辩。

"他们从未想要活着放我们回来。"因控方要求传唤新证人，法庭宣布延期审理后，容见迟对谢利轩说。

自始至终，文华、文忠没有试图遮挡面部，行动时从未刻意回避三名人质，对自己的行为也毫无悔改之意，并坚信他们实施绑架的出发点是正义的，因为生活不公。

谢利轩冷哂："如果不是你救了我，这桩旧案里，他们也许真能逍遥法外。"

如果真心为过去的行为忏悔，他们怎么会答应项豪与乔秀芬，再度实施绑架？

"文华、文忠的母亲患有精神疾病，父亲因劳作落下一身伤病，两人动辄打骂虐待子女，在这样的家庭中生活长大……"容见迟微微垂头，"种种行为表明，两人皆有反社会型人格障碍倾向。"

谭律师接下本案后，他的团队也详细深入地调查了文氏兄弟，两人确实拥有常人难以想象的悲惨童年，也因此造就两人逞凶斗勇，缺乏同理心和道德感的性格。

杀死三个孩子，于他们而言，毫无罪恶感。

如果不是容见迟帮助谢利轩一起逃脱困境，等待他们的，无疑将是死亡。

"即使阿迟与我的陈述也不能作为定罪的证据？"谢利轩问谭律师。

谭律师向他普及法律常识："根据《刑事诉讼法》规定，自述材料可以作为刑事案件证据，但自述材料不能作为定案证据，要和其他证据相互佐证。我们不能主观臆测，需要有证据支撑。"

谢利轩侧头说了句脏话。

"相信我，控方已经掌握充分翔实的证据，并不会被舆论所左右。"谭律师轻咳一声，"我的律师费，也不是白拿的。"

因控方申请补充证人证言而延期审理的案件再次开庭，当法警将一位富态的中年女子请上证人席宣读证人誓言时，站在被告席始终保持微笑的文华终于敛去所有的表情。

文华对十九年前自己与弟弟文忠作下的案子，一直是暗暗得意的。

得意于他们的计划顺利实施，得意于成功索取赎金并逍遥法外。

所以当他人到中年，开始向往家庭生活，回头去找前女友文妹和文妹替他生的儿子时，发现文妹已经嫁人，有个十六岁千娇百宠的女儿，而他儿子二十岁了还一事无成，不是不恼火的。

他当年正是因为两人之间生了儿子阿豪，才痛快地给了她一百万元，教她从又苦又穷的老家走出来，希望她能好好教养他们的阿豪，给他一个幸福的童年和远大的前程。

可文妹拿着他以命换来的钱，自己当了寓婆，靠收房租衣食无忧，又找了个殷实的男人结婚，与对方生儿育女，却并未善待他的阿豪，任凭他高中毕业就混迹社会，后头生的女儿却是在蜜罐里长大的。

他千方百计地接近阿豪，旁敲侧击阿豪的经历，显然阿豪的童年绝谈不上愉快，对未来也充满迷惘，直到阿豪无意间提起女朋友的姐夫与情人想要绑架姐姐所生的孩子以索要赎金的计划。

文华想，十九年前他能得手全身而退，十九年后，机会再次摆在眼前，怎能放过？遂以言语诱得阿豪动了心，转头去鼓动本就对姐姐心怀嫉恨的乔秀芬。

他以为筹谋天衣无缝，却低估了二十年间飞速发展的天网系统与刑侦科技手段，被捕是他技不如人，他自认倒霉，况且他们并未对赵家两个孩子造成任何伤害，他内心十分平静。

可是当警方开始询问他与弟弟文忠十九年前十月十日到十月十四日之间的行踪，文华内心的平静被打破了。

文忠手腕上被咬伤后留下的齿印、带血衣物提取的生物样本、来源不明的巨额财产及证人证词——警方表示即使他们全盘否认实施过犯罪行为，也能凭现有的证据零口供定罪，他有一瞬间感到后悔，后悔当年没有彻底斩草除根。

被他们留在垃圾清运车密闭垃圾箱内的小孩太聪明，不哭不闹照顾同伴的同时，还一直尝试记住环境与路线，他无论如何不能教他活着回去。另外两个又咬又闹的小家伙就没那么精明，他一时心慈手软，把他们丢在汽车后备厢里听天由命，竟让他们活了下来，成为如今对他和文忠最为不利的证人。

事到如今，抵赖无用，文华痛快地认罪，但并不承认故意杀害容见鲲，坚称只是意外。

他这些年闲来无事，研究过一些法律条款，疑罪从无的道理他还是懂的。

文华的气定神闲从文妹坐上证人席开始，逐渐瓦解。

文妹的证词十分简单。

她与文华有过一段短暂的关系。

女人如果本身不泼辣，又不找个能逞凶斗狠的靠山，想要在又苦又穷的村寨里生活下去，难之又难，文妹也不例外，十六岁时她在同村男青年里找了文华兄弟做倚靠，总好过被年纪一大把的老头子糟蹋。

后来她自然而然大了肚子，可是在城里打工的父母瞧不上文华，嫌他穷，嫌他没文化，宁可叫她一块儿进城当洗头妹，也不肯把她嫁给文华。

文华发了狠，带着文忠跟文叔外出打工，信誓旦旦将来挣了大钱回来盖房结婚,结果孩子生下来快一岁的时候,两人灰溜溜地从城里回来,带着摔得半身不遂的文叔和空空如也的口袋。

文妹那时候的绝望,全都化成深夜捂在被子里的眼泪。

谁知道文华、文忠兄弟撂下文叔,转头又回了申城。

再后来,文华在她打工的美容院找到她,说挣了点钱,带她到澳城玩两天,以补偿这些年对她的亏欠,她也就乐呵呵地跟着去了。

谁知一到澳城,文华就在银行为她存了一百万元,告诉她,他跟着大老板赚了钱,但钱来得不太光明正大,所以只能以中头奖的名义给她,教她不要多问,带着钱回去好好过日子,照顾好阿豪。

"这钱来得不明不白,我拿着烫手。"文妹苦笑,"所以我想在回去以前,找文华当面问清楚。"

文华选了一家葡国菜馆为她送行,文忠作陪。

两兄弟穷人乍富,就有点大手大脚,要一间包房,点一桌好菜,叫两瓶红酒,席间一直对未来做着各种规划,开公司、买豪车、享受荣华富贵……文妹越听越心惊。

她虽然从小地方出来,文化水平不高,见识不多,但也不会不明白没有天上掉馅饼的好事,只能中途借口上洗手间,出去洗把脸,好教自己冷静冷静。

等她返回包间时,在门外听见文家兄弟在用老家的方言交谈。

两人的语速又快又疾,像起了争执。

文妹留了个心眼,站在门外,听了一阵壁角。

文忠说:"这样来钱真痛快!应该再干两票!"

文华劝他:"刚做了一票大的,风声正紧,你别惹事。"

文忠不乐意:"我能惹什么事?我不是都听你的?你让我弄死那个小的,我就弄死他。"

文妹听得手脚发凉。

恰巧有服务员端菜经过,她顺势推门返回包房,文家兄弟也就停止了交谈。

面对辩方律师质疑她证词的真实性和目的性的反询问,文妹露出一个惨笑来:"警方找到我希望我能出庭做证的时候,我完全可以拒绝，因为我同他们兄弟自澳城一别，再无联系，他们的所作所为，同我无关。我出庭做证，证明阿豪的父亲是个十恶不赦的罪犯，对我能有什么好处？我来，是因为我过不了心里这道坎。将近二十年了，文忠的话总是一遍又一遍地在我脑海里浮现。"

所以她没办法面对儿子阿豪，她总能在他眉宇间看见文华、文忠兄弟俩的影子，进而想起他们罪恶的低语。

辩方律师无法就文妹的证词提出强有力的反对，只能悻悻然说："我没有问题了。"

法官宣布证人可以退庭，文妹核对法庭书记员递来的证词笔录后签名，最后隔着遥遥近二十年的时光，望一眼站在被告席上的文华，离开法庭。

控方又一次提请当年为两人将巨额现金经由地下钱庄汇往澳城的中间人、为两人在澳城赌场换成筹码再以赢来的赌资方式转存至合法银行账户的叠码仔作为证人出庭。

在人证、物证的铁证面前，文华、文忠终于就十九年前的绑架案当庭认罪，因两人尚有另案在身，法官宣布择期宣判。

走出法院，媒体一窝蜂地拥上来采访控辩双方律师，谭律师千辛万苦才得以脱身，弯腰钻进低调的黑色凌志商务车，抹一把额头上并不存在的汗水。

谢利轩懒洋洋地坐在车内，面前多功能桌上的笔记本电脑屏幕静止于庭审直播录屏画面。

容见迟向谭律师递去一瓶矿泉水，谭律师接过水瓶拧开连喝数口，才长舒一口气，朝两人拱一拱手："幸不辱命。"

谢利轩好奇："文妹如何肯出来做证？"

她这一站出来，明摆着叫人家知道她从前的男人、她儿子的父亲是不折不扣的杀人犯，对她老公和女儿的影响，不可谓不深远。

谭律师笑一笑："晓之以理，动之以情罢了。"

他和助理亲赴粤省，与文妹面谈，告诉她，容、谢两家虽未要求附带民事赔偿，但保留了民事诉讼权利。如果她能将十九年前的所见所闻如实向法庭做出陈述，那么作为受害人家属的容、谢两家愿意放弃追回赎金，只为寻求真相。

"谭主任不愧是国内刑事诉讼代理第一人！"谢利轩做佩服状。

谭律师摇手："不敢当！我们走这一趟，还是小容先生给了我们信心。"

谢利轩扑到一旁的容见迟肩膀上："容总，你背着我做了什么？！"

容见迟被他扑得往旁边一栽："我只是对他们每个人做了心理侧写罢了。"

作为母亲，文妹在收了文华给予他们母子的一百万元以后，生活产生了质的飞跃，不存在因忙于生计而疏于对阿豪的管教，从她对教养女儿的重视程度，可见她并非不明白教育要从小抓起，但她偏偏对阿豪采取了一种不闻不问任其自生自灭的放养管教方式。

"文妹对阿豪，是典型的回避型母子依恋关系，冷淡、疏远、漠不关心，她对女儿则完全没有上述的表现。"容见迟推一推赖在他肩膀上的谢利轩，推不动，遂作罢，"我推测她对阿豪的父亲文华有一定的抵触。"

"所以她愿意出庭做证，来彻底摆脱文华留在她生活里的阴影。"谢利轩拊掌，恍然大悟。

谭律师与容见迟齐齐微笑。

将谭律师送回谭郑权律师事务所，谢利轩征求容见迟的意见："回云上栖？你久未回去过了。"

容见迟想一想，点点头。

司机默默掉转车头，商务车优雅的黑色车身干净利落地驶入车流中。

回到云上栖，偌大的顶层公寓虽有公寓管家与钟点工定期打扫更换鲜花，仍不免透出一股久无人居的空洞冷清来。

谢利轩熟门熟路地找到隐于墙壁后的酒柜，取一瓶一九八二年靓茨伯庄园的红酒，另拿两只红酒杯，也无所谓醒不醒酒，豪注两杯，一杯给自己，一杯给老友。

两人手执酒杯，齐齐站在落地窗前，一道俯瞰下头清波如练的申江，船只往来，江鸥徘徊。

谢利轩与容见迟碰杯，仰头喝一大口红酒："都结束了，是吗？"

那些困扰他近二十年，每到十月便无法扼制的烦闷暴躁和原因不明的头痛，从此结束了是不是？

容见迟浅饮一口红酒，任经由岁月沉淀酿成的浑厚浓郁的酸涩与芬芳在齿颊间绽放："也许是，也许不。"

在铁证面前，文家兄弟当庭认罪，然而他的内心并没有得以解脱后的释然。

寻找真凶替兄报仇的执念刻入骨血，当真相得以昭雪，留给他的，仿佛只剩惘然。

在清楚地意识到狡辩抵赖无用后，文华面对控方质询，有问必答。

关于为什么要杀害手无寸铁，对他们没有任何威胁的容见鲲，文华交代："那孩子，太聪明了……干干净净的一双眼，把什么都看在眼里，既不哭，也不闹，拼尽全力护着两个弟弟，为他们争取食物和水，想教弟弟们打起精神撑下去，活下来。他以为自己掩饰得很好，但我怎么可能看不出来？放他回去，他就是我们兄弟的催命符。"

容见迟想，这就是见鲲啊！无论父母对他有什么要求，都竭力做到最好，对那些于他而言枯燥乏味的钢琴课、高尔夫课，见鲲通通欣然接受并乐于与他分享其中的趣味。

而他，打心眼里逃避弹钢琴、拉小提琴，只爱马术和卡丁车。

可在他喜爱的领域，他也从来不是见鲲的对手。

一个孩子永远被比自己优秀的兄长压制而形成的挫败感，曾教他在很长时间里讨厌见鲲。

然而在他最隐晦难言的念头里，也从未想过以这种方式与和他血脉相连的孪生兄弟永别。

容见迟将额头贴在冰冷的玻璃上，闭了闭眼。

"想什么呢？"谢利轩喝干酒杯中最后一滴酒，拿肩膀轻撞老友。

"想司楠在做什么。"容见迟睁开眼睛。

司楠正在残疾儿童照料中心一间游戏室里清理地面上的呕吐物。

三十平方米的游戏室,规格布置与容见迟的心理咨询室类似,颜色清新可爱的玩具柜与书柜贴墙摆放,边角包有透明防撞硅胶条,地面铺设印有数字花纹的聚氯乙烯地垫,供中心照料的低龄儿童在其间玩耍。

然而原本明亮干净的游戏室此刻充满呕吐物难闻的酸腐味,看护将大大小小腿脚不便的孩子转移到隔壁影音室去,召唤保洁员过来打扫。

司楠戴着塑胶手套,一手拎着插有拖把的红色塑料水桶,一手捏着两块抹布,从后头配楼的员工休息室赶过来,刚好碰见护工以手指狠戳一名男孩的额角,将坐在轮椅上的男孩戳得东倒西歪,嘴里连珠炮似的呵斥:"吃吃吃!饿死鬼投胎!吃到撑,你能消化?!吃吐了恶不恶心?!罚你中午不许吃饭!"

轮椅上的男孩瘦瘦小小,因脑瘫无法说话,也无法自主进餐,需要看护喂食。这时被看护连戳带骂,不能动弹言语的他眼里充满泪水,围兜前襟上还沾着秽物。

司楠在游戏室门口放下塑料桶,将抹布搭在门把手上,走到护工身边:"姐姐,这里交给我吧,您赶紧洗洗手换件衣服去,这一身味儿多熏啊!"

护工望一眼影音室里被动画片转移注意力的病童们,又瞟一眼侧倒在轮椅上的小男孩,最后看向新来不久的黄毛保洁小妹,施恩似的颔首:"行!这里就交给你了,我稍后回来检查,可千万不要偷懒!"

等护工走出娱乐区,司楠摘下塑胶手套,走到小男孩的轮椅旁,蹲下身,轻轻对他说:"亮亮,姐姐帮你把身上的围兜脱掉,换一件干净的,你别乱挣,听明白的话,冲我眨一下眼睛。"

小小男孩眨一下眼睛,一行眼泪随之而下。

司楠忍下一声叹息,绕到他身后,解开围兜系带,费力寻找合理

163

的角度,将马甲式的围兜从他的双臂上脱下,卷一卷扔到一旁,又去饮水机旁倒一杯温水,扶住男孩的下颌,喂他喝:"别咽下去,漱漱口,吐出来。"

男孩勉力照做,司楠微笑,伸手摸一摸他因不适而有些汗湿的额头:"乖,姐姐推你去看动画片。"

司楠将男孩推进影音室,寻一个安静不打扰人的角落停妥轮椅,才返回游戏室,开窗通风,戴上手套,先拿过垃圾桶,将地垫上一摊掺杂着食物的呕吐物拢起来放进垃圾袋内,再扯过两份书架上的旧报纸摊开吸附地垫上的残液,团成一团掷在垃圾袋里,将垃圾袋口扎紧,放在门口。

清理掉呕吐物后,游戏室内刺鼻的味道淡了。

司楠一边拧了一块湿抹布擦拭地垫,一边回忆她刚才的所见所闻。

亮亮五岁,因为重度脑瘫,普通幼儿园不收,父母又无暇照料,干脆将他长托在照料中心。

卧底进照料中心半个月,司楠了解亮亮无法自主进餐,需要看护人员喂食,绝不存在他自己贪吃过度进食的可能,只可能是看护强塞强喂,导致他无法消化,才会呕吐,而看护又以此为借口,对他施以饥饿惩罚。

司楠垂头擦地,掩去脸上震惊与愤怒的表情。

从爆料人阿姨那里听闻关于照料中心看护虐待孩子一事,与亲眼看见看护虐待身不能动、口不能言的孩子,带给她的心理冲击如同感受人间与地狱的差别。

这一刻,司楠知道,自己再等不下去。

晚上十点,哄睡家中的幼儿,王砓如常到书房,打开电脑,登录聊天室,接收司楠每天发送的采写日志,顺便确定她的安全。

今天的采写日志除了文字,另附视频与照片。

王砓先打开照片,几张照片显然系暗中匆忙拍摄,角度奇突,画面毫无构图与美感可言,只能斜斜看出护工模样的中年女子手伸向一名瘫坐在轮椅上的男童,一组照片按照先后次序自动播放,便看出异样来。

分明是伸手戳点的动作。

但照片没有前因后果,说明不了什么问题。

王砝又点开那段不到六十秒的视频。

看完视频,即使见惯罪愆在暗夜里潜行的王砝,仍不免气血翻涌,怒不可遏地操起手边的圆珠笔,愤然掷向桌面,骂了句"畜生"。

圆珠笔砸在电脑桌边沿,当啷一声弹落地面。

妻子听见响动,推开书房的门走进来:"怎么了?火气这么大。"

王砝无意教还在哺乳期的妻子知道这些糟心事,但妻子已经坐在他电脑椅的扶手上,顺势点开桌面上视频的播放键。

静止的画面开始微微晃动,中年女子尖锐恶毒的声音伴随着她粗暴的动作响彻书房:"吃吃吃!饿死鬼投胎!吃到撑,你能消化?!吃吐了恶不恶心?!罚你中午不许吃饭……"

王砝一把按下暂停键,对妻子说:"别看了!"

书房内一阵令人窒息的沉默,良久,王砝劝妻子:"不早了,你也辛苦了一天,早点休息吧。"

妻子侧身紧紧拥抱他:"曝光他们,别放过他们!"

王砝郑重点头。

他在聊天室联系司楠:"外出日久,家人担忧,速归。"

差不多了,可以回来了。

司楠隔了片刻工夫才回复他:"同事友善,工作顺利,勿念。同事已接纳我,想再多收集些证据。"

王砝苦笑,这孩子,沉寂两年,不鸣则已,一鸣惊人,非要做拼命三娘,像是要把空掷的时光追回来。

只能叮嘱她一句:"保重,等你回来。"

那一头,司楠清空聊天记录,退出聊天室,将手机塞在枕头底下。

应聘入职残疾儿童照料中心半个月,她从最初束手束脚的新人保洁,凭借吃苦耐劳的劲头,逐渐被同事所接纳。一班中年阿姨开始不拿她当外人,什么脏活累活都派给她做,偶尔不吃食堂点了外卖,也支使她跑腿去门卫室取餐,整个照料中心如今没有人不认识她这个勤快的保洁小妹阿楠。

同宿舍的两个阿姨在吃过三两回司楠请的消夜和几瓶啤酒下肚后,也慢慢向司楠敞开心扉。

一个说自己肚皮不争气,连生三个女儿,老公动辄对她拳打脚踢,她把三个女儿拉扯大看她们嫁了人,再也不想忍受老公的虐待,干脆跑了出来,在城里找了工作,有钱赚,还不用看老公的脸色。

另一个说:"我和你正相反,我生了三个儿子,个个结婚要买车买房,家里实在拿不出那么多钱,我只好出来打工挣钱。"

司楠旁敲侧击,问她们可曾注意到有几个护工对孩子态度凶恶。

生三个女儿的保洁阿姨摆摆手:"大家眼睛不瞎,她们干的缺德事,谁不知道?!"

"没人管吗?"司楠追问。

"谁管?事情捅出去影响生意。"生三个儿子的食堂阿姨打酒嗝。

"就是啊,谁管?照料中心工资高,给我们提供食宿,缴纳五险一金,对年龄学历也没有限制要求,这么有良心的单位哪里找去?"保洁阿姨喝酒如喝水,"谁愿意当出头椽子管这个闲事?你也别管!她们心里有数,不过是骂几句,掐两把,不会出事。"

司楠为所有人事不关己高高挂起的态度心惊齿冷,越发觉得爆料人勇气可嘉。

躺在床上,司楠闭上眼睛,计划继续卧底暗访,至少要收集到几名护工虐待孤独症患儿的证据,教她们难以抵赖。

司楠没想到机会来得如此之快。

残疾儿童照料中心建在一所社区医院的旧址上,原有医院主题的楼栋拆除重建,但一东一西两栋三层高的配楼保留了下来,东配楼用作食堂和宿舍,西配楼则一层做洗衣房,余下两层存放办公用品、医疗器械之类的杂物，一向鲜有人去。

照料中心所有的员工制服及病童衣物、床单被套换下来都统一送进洗衣房清洗烘干，天气好的时候齐齐晾在西配楼向阳的院子里，大片大片的，迎风招展，甚是壮观。

司楠除了入职当天被保洁队前辈带着熟悉中心格局时往里头走过一回，便再找不到借口到西配楼查探，直到她目睹护工戳点叱骂脑瘫儿亮亮以后。

那护工大抵觉得她没当场叫破她的行为，就是变相默许，凭空生出一种"她不敢声张"的自信来，做事越发不加遮掩。

她昨天虐骂了重度脑瘫儿亮亮，今天又将自闭儿团团锁进西配楼的一间杂物室，任凭团团在里头尖叫，那尖叫刺耳尖锐得在隔得老远的东配楼都能听见。

司楠被同宿舍的保洁阿姨叫上，一起去打扫儿童病房。

保洁阿姨一路低声说："今天不晓得又发的什么邪火，要拿这几个孩子撒气。真真作孽！"

司楠闷声不响。

她观察过，照料中心将这些残疾儿童按日托与长托、有沟通自理能力与无沟通自理能力，分在不同的区域进行安置照顾。重度脑瘫患儿亮亮、孤独症患儿团团、渐冻症患儿庭庭和一名罕见的亨廷顿舞蹈症患儿佑佑被安排在同一间病房中。

这四个孩子都有严重的沟通障碍，无法与人正常交流，生活亦无法自理，衣食住行皆需人时刻不离地照料。

照顾这样的孩子，是长期且艰巨的任务，极其消耗照顾者的精神及体力，还需投入大量金钱，对父母可谓是心理和生理的双重考验，并不是所有人都能数年甚至数十年如一日地悉心照料。

因此催生了残疾儿童照料中心这类机构，父母将亮亮、团团这样的孩子送来交给专人护理，花钱摆脱永远无法撒娇卖乖的残疾子女，买个心安理得。

护工也并不时刻虐待这些重残儿。

照料中心采取预约探视制度，家长探视前后孩子们很少会受到虐待。然而家长往往短则一两个月，长则三五个月才前来探望一次，使得孩子们长久处于无人关心的状态，也因此造成孩子们长期受到虐待而无一被家长察觉的现实。

司楠跟在保洁阿姨身后，推着保洁车走进四人间病房。

三月阳光正好，透过洁白的细纱窗帘照进来，落在病床上。

设有四张电动控制升降病床的病房内此时空无一人，空气中弥漫着一股便溺后特有的异味。

阿姨将手里的保洁桶往地面上一蹾，嘀嘀咕咕、骂骂咧咧地去开窗通风。

"她们伺候孩子辛苦，我们天天跑上跑下打扫卫生就不辛苦？次次把房间弄得一塌糊涂，还让不让人活？！"

春风涌进来，拂得窗纱缓缓扬起，又徐徐落下，看起来很美。

司楠配合阿姨，弯腰将被尿湿的床单从床缝里扯出，探身伸手将整张床单从头卷到尾，团成一团，扔到一边。

又去换枕套、被套，洇湿的床垫也要掀起来搬到阳台晒干。

再重新铺床，套枕套、被套。

四张床，同样的步骤重复四次，一整套活儿干下来，年轻如司楠已累得气喘吁吁，倒是保洁阿姨气定神闲，还有余力嘲笑司楠："年轻人，体力不行啊！"

司楠苦笑，体力不及阿姨，真叫人惭愧。

但她还是主动提出将换下来的床单、被套送到西配楼去。

"行不行啊？"阿姨怀疑。

"不行也得行！哪里好叫大姐跑上跑下？"司楠把所有东西拢在一处，堆在保洁车上。

保洁阿姨捶一捶腰："那我可不和你客气啦！"

推着保洁车走近西配楼时，司楠远远便听见团团的尖叫声。

他已叫了近三刻钟，嗓子都哑了，可还是在尖叫。

司楠费劲地将保洁车沿着斜坡推进洗衣房，上下两排洗衣烘干机有几个正在工作，发出机器运转的闷响。

她把保洁车留在洗衣机前头,蹑足沿走廊向前,贴着墙壁走上楼梯,在楼梯口停下脚步,将额头贴在门缝处,朝二楼的走廊张望。

离安全门不远处,两名护工背靠走廊一侧的栏杆,人手一支香烟,吐云吐雾,对某个房间里传出来的孩子的尖叫无动于衷。

司楠认得其中一个,正是昨天虐骂过亮亮,在中心被人戏称"阿施"的护工。

听说护理专业毕业的阿施因生得美,在医院值夜班时被不良护师骚扰。阿施向领导举报不成,反被诬告,最后丢了工作还上了医护黑名单,再没有正经医院肯收她。

阿施辗转到残疾儿童照料中心工作,但总心气不顺,觉得自己明珠暗投,渐渐戾气横生,动辄拿几个口不能言、身不能动的孩子撒气。

但她业务能力实在是强,知情人也多半睁一只眼,闭一只眼,竟没人管她。

另一个护工比阿施年纪大些,正在劝阿施:"时间差不多得了,真叫坏了嗓子,没法交代。"

阿施哼了一声,狠狠吸了一口烟,慢慢喷出:"我心里有数,不会叫坏嗓子的。你当他真的傻?他再聪明不过!叫也是一歇高一歇低,叫一会儿歇一会儿,很有章法。"

另一个继续劝她:"你别总盯着他,万一出个好歹……"

阿施冷笑:"他一双贼眼同他那个爸爸生得一样一样!他爸每次来都恨不得把眼睛黏在我身上,恶心!"

另一个知道无法再劝,只抬腕看一眼手表:"好了,马上要吃午饭了,没道理饿着自己。"

阿施这才将烟蒂按灭在栏杆上,上前打开门,将杂物间内尖叫不已的团团连拉带扯地拽出来,在他腋下连掐几把,又揉着团团往前走,小小男孩踉踉跄跄地艰难前行。

司楠强忍推门冲进走廊的冲动,闭一闭眼睛,反身原路返回楼下的洗衣房,躬身打开洗衣机,倒洗衣液、消毒水,将床单、被套、枕套通通扔进去,启动清洗大件程序。

机器运转，嗡嗡闷响也掩不住司楠内心如鼓如擂的剧烈心跳。

她抬手摸一摸额角一枚嵌着假水晶珠的发夹。

照料中心以容易影响工作为由，禁止员工佩戴耳环、项链、手镯、戒指一类的首饰，但对发夹、发圈没有做出要求。司楠之前准备的暗访设备无法派上用场，在第一周休息外出时，她向总务部重新申领了设备。

内心深处，司楠一刻也不想多等，恨不能立刻离开这座人间地狱，将手头收集的所有证据通通曝光在阳光之下。

但她到底还是默默返回岗位，将一天的工作完成，打卡下班，才换了衣服，背上印花帆布双肩包，准备外出。

"出去啊？"宿舍里，保洁阿姨问。

"嗯。"司楠点点头。

阿姨目送打扮得村里村气的司楠背着农村阿嬷都嫌土气的印花帆布包走出宿舍，关照她："出去看好自己的手机，早点回来。"

司楠回眸，朝阿姨微笑："一直以来，谢谢您的关照！"

保洁阿姨看着她的背影一点点融进春日的傍晚里，挠头，这孩子今天怎么奇奇怪怪的？

司楠离开残疾儿童照料中心，上了地铁，确定自身安全后，与师兄取得联系。

王砗在电话彼端连珠炮似的问："你在哪里？安全吗？可方便说话？"

"我已离开中心，正往报社去。"司楠汇报自己的位置。

"好，你在报社等我。"王砗不由分说，挂断电话。

司楠站在晚高峰人挤人的地铁里，身边满是工作一天下班后疲惫不堪的面孔，无人注意车厢角落里有年轻女郎刚刚从人间地狱脱身，正准备揭开隐藏在阳光下的罪恶。

司楠抵达报社时，报社里仍灯火通明，值班的同事们还在为明日出版的《申江晨报》的排版打样做最后的努力。

看到将近三周未见的司楠一身村姑打扮推门而入，众人并未露出太过惊讶的表情,有人忙里偷闲扬手同她打个招呼,随后便又投入自己的工作中去。

司楠走到自己的工位,侧手按下电脑机箱电源,随后取下夹在额头右侧的发夹,传输视频,查看拍摄到的证据。

总务部提供的暗访设备功能强大,录影录音质量过硬,透过门缝,将阿施两人的对话与动手虐待团团的画面录得一清二楚,声音透过音箱传遍大办公区,原本晚间忙碌的办公室忽然安静下来,所有人齐齐停下手边的工作,有人侧耳倾听,有人凑到司楠的工位旁,查看视频。

有脾气火暴的顿时就炸了,撸胳膊挽袖子:"哎呀,我这暴脾气看不下去了!她是谁?她在哪儿?"

也有比较冷静的同事:"有视频为证,报警才是最佳途径。"

王砳匆匆推门进来,望一眼被同事围在中间的司楠,招呼值班编辑,指一指自己的办公室,"老宋,司楠,办公室!"

司楠从同事的包围中脱身,与值班编辑老宋一道走进王砳的办公室。

王砳打开电脑,查看司楠共享给他的视频文件,随后面色凝重地问值班编辑老宋:"能不能挪一个版面给我们《深度现场》?"

老宋为难:"你们稿子都没出来,副刊、十七到三十二版已签付入厂印刷了。"

王砳转而问司楠:"你多久能出稿?"

司楠抬头望一眼墙上的电子钟:"两小时。"

王砳拍板:"我去找胡总编申请,辛苦老宋你们担待一下,重新排版,调整内容,保证给我留出版面,司楠负责出稿。"

老宋深深看一眼王砳,衔命而去,外头的办公区哀号遍地,但仍如同一台精密的仪器,每个环节配合默契地运行起来。

王砳敲一敲自己的办公桌,对司楠点点下巴:"就在我这儿写。"

他将办公室留给司楠,自己出了报社,忍不住在楼下咖啡馆外的吸烟区里抽了支烟,以平复自己内心的愤怒,然后走进咖啡馆,点了两提咖啡,麻烦店员帮忙送到报社去。

王砝在春夜里独坐良久,才打电话给四月就要退休的总编。

电话铃声响了片刻,胡毅麟才接听,声音里透出一点醺然的酒意:"这么晚找我,出了什么事?"

"我想为《深度现场》临时要一个明天的版面。"王砝轻声说。

彼端的胡总编沉默一息:"小王,后天就是周末,不能等一天?"

"不能等,等不了。"王砝抬头仰望夜空。

今夜万里无云,都市光污染使得人类肉眼几乎无法看见夜幕之上的繁星点点,就像普通人几乎无法看见那些潜藏在阴暗角落里的罪行。

作为曾经的深度调查记者,他一腔热血仍未冷,也不愿冷。

胡毅麟倏忽在电话另一头笑了起来:"好,那就不等。"

新老两代传统新闻人似在电话中完成了一代对另一代的传承,齐齐结束通话。

王砝深吸一口气,双手抹一把脸,返回报社。

这一夜,既短暂,又漫长。

短暂的是,这一夜报社中的众人争分夺秒,司楠出稿,王砝审稿,值班编辑排版拼版,定版签付,进厂印刷。

漫长的是,等待黎明到来,等待报纸被送往千家万户,等待《深度现场》这则调查报道,引爆残疾儿童照料中心的虐童丑闻。

司楠埋头苦写两小时,在十点钟交稿后,才感觉到饿,饿得前胸贴后背,眼冒金星。

"走。"王砝拍一拍她的肩膀。

"走去哪儿?"司楠有一瞬间的茫然。

"去报警。"王砝几乎想弹一弹呆呆的小师妹的额角,"顺便吃点东西。"

他开车载司楠前往残疾儿童照料中心属地派出所报警,司楠在车上吃了两口在便利店买的三明治,便歪着头靠在车窗上,睡得天昏地暗。

王砹失笑,摇摇头,将车平稳地驶进黎明前的暗夜里。

司楠按开电子锁,推门进屋。

出门卧底采访近三周,家里却并没有久无人居的空洞冷清。

客厅茶几上,一只线条流畅镌有深刻盘旋切角的水晶花樽,在清晨熹微的天光里散发着晶莹剔透的华光,一捧葱郁绿叶搭配一支鹤望兰,插在水晶花樽里,为小小的客厅平添无限的生气。

司楠卸下肩头的印花帆布背包,也卸下一身疲惫,埋坐进沙发里。

她与师兄王砹带着她拍摄到的视频影音证据,前往残疾儿童照料中心属地派出所报案,值班民警接待了他们。

派出所对他们提供的线索异常重视,看完视频后更是义愤填膺,当场立案的同时,即刻与所在街道及相关部门取得联系,连夜召开会议,布置行动方案。

司楠与师兄坐在派出所接待室内,等待长夜将尽,等各方在《深度现场》调查报道五点印刷出版送至千家万户前,商量出个结果来。

时间一分一秒地流逝,面对即将引爆的虐童丑闻和舆情,派出所与街道倾向于当机立断采取行动,控制照料中心的负责人和参与虐童的护工,民政、卫健部门则担心影响残疾儿童照料中心的运营,导致大量残疾儿童无处可去,造成不良影响,希望低调处理,勿将问题扩大化。

最终各方各退一步,派出所立即前往照料中心控制参与虐童的护工,街道负责监督,民政、卫健部门派出督导进驻照料中心,建立长效管理机制,以保证残疾儿童的生活和健康得到全面护养。

当时已是清晨六点零七分,今日的《申江晨报》已出厂开始派送,晨光已然刺破黑暗。

司楠与师兄在派出所门口道别。

"您赶紧回家,嫂子等你一晚,不知多担心!"司楠朝师兄摆手,"我自己打车回去。"

"好,路上注意安全。给你放两天假休息休息,把头发好好弄一弄！"王砝终于忍不住，在小师妹枯草似的黄发上狠撸了一把，"丑！"

司楠嘿嘿笑："这不是你教我的吗？卧底伪装要尽量与日常区分开来。"

反差越大，真实身份越安全。

此时此刻，坐在斗室客厅沙发上，司楠才深深觉得疲惫，上半夜落肚的那杯冰美式中的咖啡因早已失去作用，全凭在师兄车上眯过一歇的一口真气撑着，此时交了差，无事一身轻，终于止不住困倦，上眼皮一黏下眼皮，栽在沙发上，沉沉睡去。

容见迟推开房门，立刻察觉到异样。

门口玄关处两只复古风格软底布面休闲鞋东倒西歪，一只印花帆布背包软塌塌地堆在鞋柜顶层，房间里有细微的鼾声起伏。

他拎着大饼、油条与豆浆袋子的手微微紧了紧，垂头反手轻轻带上门，换鞋走向沙发，将散发香气的早点放在茶几上，与精致的水晶花樽一样待遇。

随后，他站在沙发旁边，静静望着睡到不知今夕何夕的年轻女郎。

她一头枯黄的头发在脑后扎成一束，经过一夜，早乱得不成样子，眼底一片睡眠不足的青黑，眉峰轻聚，双唇微翕，双手合在脸颊旁，打着小呼噜，像只累坏了的水獭。

容见迟一颗因她离家前去卧底深度调查而提着的心，倏忽便放了下来。

他弯腰俯身，伸手抱起团在沙发上的司楠，将她抱进她的卧室，轻轻放在床上，为她褪去乡村女郎风格的外套和肥腿裤，脱下脚上一双玫红色的袜子。

司楠全程熟睡。

容见迟轻笑，替她盖好被子，侧身坐在床沿，温柔注视她的睡颜。

她看起来糟糕透了，可他的一颗心却柔软得要化成水。

他倾身亲吻她熬了一整夜爆出两颗油痘的额头，只觉她如此狼狈也可爱得天上有地下无。

司楠被饥饿感唤醒。

她睁开眼睛，望见卧室浅草色的天花板，倏忽生出一股"我是谁，我在哪儿"的茫然。

要想一想，司楠才恍然忆起自己已从残疾儿童照料中心回到家中。

可她明明记得自己累得进门和衣扑在沙发上倒头就睡，怎会在床上醒来？

司楠拥着被子，在床上呆坐片刻，后知后觉地发现这一场酣睡之间竟未受任何来电打扰，不由得伸手去取端正地放在床头柜上的手机。

拿过手机，解锁一看，果不其然，手机被设置成免打扰模式，屏幕上电话图标旁挂着十来通未接来电提醒，两款常用的社交软件图标旁皆挂着"99+"的未读消息提示，将屏幕衬得火红热闹。

司楠查看未接来电，母亲叶女士三通，父亲司先生一通，还有若干亲朋好友与同学，其中最醒目的是谢利轩，每隔一小时拨打一次，五小时不间断。

司楠抚额，先给他回电话。

"楠姐，你终于回到人间了？"谢利轩在彼端招呼她，"叫上容总，我们一起吃个饭！"

不等司楠答复他，又兴奋道："我买下的小岛已经交付，岛上各项设施都修缮重建一新，找个时间去岛上玩吧！"

司楠失笑："先让我填饱肚子再说。"

"快来！"谢利轩痛快地分享餐厅地址，然后不由分说地挂断电话。

司楠起床洗漱，揽镜自照，对镜子中一头乱草似的阿姨卷发和额头上两颗通红油亮的痘痘无可奈何。

师兄说得对，真该把头发好好弄一弄，司楠对镜中的自己说。

打理完个人卫生，司楠才分别致电父母。

司先生仍与未婚妻周游世界，不过是心血来潮地关心一下女儿，听见电话里女儿的声音轻松愉快，料想一切都好，便在未婚妻娇滴滴的召唤中结束通话。

叶女士则是看了晨报，施展夺命连环电话，以确认司楠这一次的卧底调查工作不会为她和莫先生及莫北带去不可估量的麻烦。

司楠想，真奇怪，见识过容太太对容见迟那种软刀子割肉似的精神折磨后，母亲叶女士的自私与霸道，竟然不再显得那么不可理喻，只是也再难令司楠心里产生一丝波澜。

"如果害怕打击报复，两年前我就死了。"司楠对喋喋不休的叶女士轻声说。

叶女士有刹那哑然，随后又若无其事地劝道："我担心你的安全，做调查记者实在危险，要不然还是让你们主编把你调回娱乐版？当初的事不是已经澄清，还你清白了？"

"妈妈，我没事，你别担心。"司楠反过来安慰叶女士，"您要是担心我的工作影响莫叔叔和小北，其实很好解决……"

彼端的叶女士仿佛忽然意识到女儿冷静得近乎冷酷的语调，匆忙以有事为借口切断通话。

司楠垂睫望着暗下去的手机屏幕，微笑。

看，叶女士并不是不知道，言语可以有多伤人。

她只是不在乎女儿的感受而已。

司楠开车跟随导航，寻到谢利轩分享的地址，抬头一看，哑然失笑。

眼前不是别处，正是光头阿强的私房粤菜馆子。

阿强亲自在门口迎接司楠，挑开苇帘请司楠入内。

司楠有些意外，午间用餐高峰，阿强的店里却一片冷清，外边的大堂一桌客人也无。

阿强摩挲一下光头，笑一笑，向司楠解释："谢先生包下小店今日的午间档。"

司楠被引至一间包房，谢利轩与容见迟已经就座，见司楠进来，谢利轩懒洋洋地斜靠在餐椅上，容见迟起身迎接司楠，替她挂妥挎包外套，拉开椅子。

谢利轩啧啧摇头："楠姐，你这发型实在惨不忍睹！我认识一个顶级造型师，吃完饭教容总带你去料理一下。"

司楠朝他拱手："大恩不言谢！"

阿强拟了菜单来请三人过目，司楠饿得前胸贴后背，有得吃就好，并不挑剔，容、谢二人也没有特殊要求，只图个清静。

阿强心领神会，离开时替三人拉拢包间的门。

谢利轩执起面前的茶杯，在餐桌玻璃转盘上轻磕一下："庆祝司楠，顺利结束暗访，深度调查报道大卖！也庆祝容总连任心理学会理事会理事！"

司楠与容见迟也端起茶杯，三人伸手在空中轻轻碰杯。

冷菜由阿强亲自送进包房来，砂姜鸡、脆皮烤肉、卤水拼盘、捞汁鲜蔬拌鲮鱼皮，四色冷菜十字摆开，阿强道一句："四喜临门。"

谢利轩掰着手指头数："我要结婚了，算一喜；容总连任理事，也是一喜；楠姐的报道新年开门红，又一喜，还差一喜。"

他的眼睛往司楠与容见迟身上转了一圈："要不然择日不如撞日，楠姐今天收拾收拾，搬进云上栖吧！乔迁之喜，也算一喜！"

容见迟一手横搭在司楠身后的椅背上，笑吟吟地望着她，并不催促。

谢利轩用尽浑身解数劝说："你那房子地段虽好，可惜实在太小，万一容总惹你生气，你想把他赶到一边眼不见心不烦都做不到。云上栖多好？不想见他，找个空房间一关——完美！"

司楠被他逗笑："你深有体会？"

谢利轩哀怨："不要拆穿我啊！"

司楠在谢利轩极力怂恿容见迟在劳动节假期与他一道登岛度假时，分神查看频繁发出消息提醒的手机。

打开社交软件，沉寂多时的同学群已挂出"999+"的红标提示。

司楠点进去，屏幕滚动片刻才终于见底。

不少同学在群里呼唤她，表示她新年开门爆红，新老媒体多平台

177

都在推送她的报道,读者争相传阅,舆论一边倒地谴责残疾儿童照料中心,要求严惩虐童的护工、整顿照料中心不规范的乱象。

班长开玩笑地说:"司楠简直像浴火重生,一支笔似淬了火,犀利又辛辣,让人看了恨护工心狠手辣,急病童弱小无助,尤其关注事情的后续发展,教司楠有空请大家吃饭,亲口讲述当时的情景。"

司楠微笑,在同学群里客气地回复:"有机会一定!"

大家都是成年人,同学们绝口不提过去两年司楠在群里查无此人,司楠也将那些捧高踩低的旧事抛在了身后。

至于被摄影家协会除名的纪赟,谁还会不识相地提起他?

司楠回过神来时,谢利轩与容见迟的话题已经转到即将到来的巴黎时装周,佳禾旗下有几位在时尚界享有一席之地的女艺人受品牌方邀请出席新装发布会,也有两名超模将为顶奢品牌走秀,总之一片花团锦簇。

"楠姐一起去看秀吧,搭我俩的飞机,来回费用容总全包!"谢利轩拍胸脯,"将来不想做调查记者,转做时尚记者,也是小菜一碟。"

容见迟终于听不下去:"你这代我大包大揽的做派,不知道的还以为你是我俩的家长!"

"我不是你们的家长,我是你们的兄弟啊!"谢利轩嘶吼。

司楠笑得肩膀抖动,然后拒绝了他的好意:"谢谢!我很喜欢目前调查记者的身份,无意转换赛道。"

整顿饭无人提及即将宣判的案件,只有谢利轩在用餐结束后,取出一张借记卡,郑重地交给阿强。

"警方悬赏的十万元已经交给我,别的我不能收!"阿强连连摆手。

"当年容、谢两家悬红征集线索,这笔悬赏,至今有效。"谢利轩朝阿强微笑,"这是你应得的。"

因他的线索,他们将文华、文忠与文妹之间联系起来,由文妹提供了决定性证词。

容见迟对阿强颔首:"强哥,收下吧,给嫂子买多几件金饰。"

在港城混不下去的过江龙阿强,终于在申城成家立业,有妻有子。

一听叫他收下给妻子买金饰,阿强笑起来,充满江湖气的脸上露出真心实意的欢喜来:"那我就不同你客气了哦!"

三人在私房菜馆门口道别,谢大少由司机同保镖接走,司楠与容见迟沿着人行道向衡山别墅的方向散步。

"利的那些安排,你喜欢就一起参加,不喜欢就当耳旁风好了。"容见迟双手插在风衣口袋里,"他总觉得欠了我,恨不能把我的事方方面面都安排得妥妥当当,其实大可不必。"

司楠想一想谢利轩的种种言行,轻笑点头:"他是好心,我明白。"

人行道两旁,春日悬铃木的树枝丫野蛮生长,去岁结下的果实挂在树梢,随风摆动,摇摇欲坠,很快将会随着四月的到来变作恼人的漫天飞絮。

一枚悬铃木果实终于抵不过地心引力,在两人经过时离枝坠落,险险要砸在司楠头上。

容见迟眼疾手快,一把拉住司楠的手,将她拽向自己。

司楠眼看那枚果实擦着她的肩膀落在人行道花砖地面上,发出啪的一声轻响,炸裂开来,溅起黄色的飞絮,在地面留下一摊金色的粉末。

司楠头皮一麻。

这要是落在头顶上——想一想都浑身痒。

容见迟被她脸上的表情逗笑,顺势握紧了她的手,再不放开。

"陪你去打理头发?"他征求司楠的意见。

容见迟深知,也许因为童年的经历所致,司楠在任何关系中,都不是高情感需求的一方,是他,想伴她左右。

"不用回去上班?"司楠问。

"下午没有其他安排,所有时间都属于你。"

他带司楠拜访与佳禾影视保持长期合作的造型室,走贵宾通道,越过楼下一众助理造型师，直接将司楠介绍给在国内妆造行业拥有顶级话语权、前瞻性和技术性的造型师。

年逾五十岁的造型师一见司楠那头枯草似的头发，发出夸张的惊呼，一把将司楠按坐在印花皮椅上，满面震惊地透过镜子质问："你对自己做了什么！"

司楠掩面苦笑。

造型师叫助理："梅丽莎，斯蒂芬！来搭把手！"

一群人拥过来，将司楠团团围住，敷脸、修眉、洗头、软化、焗油……

司楠终于相信女明星采访中说凌晨起床不敢吃不敢喝一动不动做四小时妆造并非夸张，确实耗时耗力。

司楠中间一度睡了过去。

等她醒来，睁开双眼，重新面对镜中的自己，甚至流露出一丝茫然。

镜子里那金发灿灿、眉胜远山、眸似春水的人是谁？

造型师以为她不满意，双手按在她的肩膀上，左右带动座椅，向司楠多方位展示全新的形象："头发不宜频繁染烫，尤其你上次糟蹋头发糟蹋得太狠，我所能做的补救措施不多，只做了卷发软化和焗油护理，稍微修一修发型，勉强能看。"

司楠双手捧住脸颊，发出梦幻般叹息："您管这叫勉强能看？！"

造型师嗤笑："你这妆造拿出去，人家会说提摩西·林江郎才尽！"

司楠讶然，造型师对自己、对别人的要求都超乎寻常高。

造型师看一眼手表："我晚上要飞巴黎，没工夫再磨细节了，先这样吧。"

一转头，交代自始至终耐心等在一旁的容见迟："过两个月再带她来！"

说罢扬长而去。

司楠目瞪口呆，莫非这就是大师风范？

随容见迟下楼签单,核对项目的工夫,司楠听见两名坐在一旁等候区的客人小声讨论八卦。

"今年时装周,没有柳大影帝压阵,恐怕是一群小明星乱斗的局面了吧?"一个问。

"女星一向有影后、歌后、超模镇场,男星就……"另一个意味深长道。

"听闻柳生判了?"一个好奇。

"刚判。"另一个言简意赅。

司楠在心底轻轻"啊"了一声。

原来在她全力以赴调查照料中心虐童一事时,柳某人的案子判了啊。

柳亦羣身负"违背被害人意愿使用暴力威胁或其他手段强行与被害人进行性交的强制性行为;组织、强迫他人卖淫"等多项违法行为,且情节严重,性质恶劣,罪名成立,恐怕判得不轻。

果然好奇的那个问:"判了多久?"

另一个答:"数罪并罚,判处无期徒刑。"

"判这么重?岂不是翻身无望?"

"他倒是想,已经不服判决,提起上诉。"另一个笑起来,"可他即使出来,也很难再在圈子里名正言顺地混下去,暗搓搓走走穴也许还可能。"

两人又聊起某个身败名裂的女明星连直播带货都遭封杀的八卦,容见迟伸手兜住司楠的后脑勺:"走了。"

司楠随他走出这占据市中心黄金商圈整整两层楼面的顶级造型师工作室,回头望一眼明亮玻璃墙后数名年轻人忙碌的身影,不由得感叹:"无怪乎每年有无数人前赴后继投身娱乐圈,只求博一个大红大紫,盖因顶流享受的待遇实在诱人!"

珠宝豪车香衣美酒,数之不尽的赞誉,源源不断的金钱,财富与权力的巅峰,如何不教人心向往之?

"喜欢这边的造型师?以后可以常来。"容见迟重新握住司楠的手。

"方便吗？"司楠怀疑。

提摩西·林老师感觉非常忙的样子。

"利在这边有股份，算半个老板。"容见迟微笑。

"谢大少到底投资了多少领域？！"司楠不是不好奇的。

当年手握五十亿元创业资金的谢利轩究竟将钱都投在了哪些领域？！

"影视娱乐、体育电竞、医疗美容、餐饮民宿、绿色能源……"容见迟略顿了顿，"都有涉猎。"

司楠佩服至极。

有钱人的投资理念，非同寻常。

两人原打算回司楠的蜗居，可车还未驶进小区，容见迟率先发现有自媒体主播穿戴直播设备，蹲守小区门口。

当容见迟开着司楠的小小迷你库珀驶过小区而不入时，司楠也留意到那几名正在拍摄视频的主播。

"他们……"司楠难得张口结舌，"图什么？"

"图你现在正当红。"容见迟转动方向盘，将圆头圆脑的小车开出一级方程式赛车的气势，一溜烟斜穿十字路口，驶往相反的方向，将苦候在小区门口的主播们甩在身后。

"先到我那里住两天吧。"容见迟趁红灯空出一只手，捏一捏司楠有些气鼓鼓的脸颊，"等照料中心的新闻热度冷却，他们被新的热点吸引，你再回去。"

"方便吗？"司楠问。

她不是没有在容见迟能观赏申江盛景的顶楼大平层留宿过，但那时，他们更像是两个曾饱受心灵创伤的旅人在荒芜废墟里拥抱取暖，度过漫漫长夜。

似现在这样上去小住，仿佛正式侵入他的私人领地，教司楠有些无措。

绿灯亮起，小小迷你库珀重新起步，容见迟微笑："没有不方便，随你住多久。"

他载司楠回到家中，两人分工合作，用冰箱中的食材做出两菜一汤的标准晚餐,就着厨房的中岛台,一人拖一张餐椅,将再寻常不过的番茄炒蛋、青椒炒肉丝与荠菜豆腐羹吃得精光。

吃过晚饭,容见迟打电话请物业客服经理上楼一趟:"麻烦带一张顶楼电梯门禁卡来,谢谢!"

随后略带歉意地向司楠解释:"你来小住,我本该竭诚欢迎,带你熟悉周边,了解附近的配套设施以及出行线路,但是我明天起有外省为期三天的交流会需要参加,只能先帮你把电梯门禁系统处理好,其他事宜,等我开会回来再说。"

司楠本不想麻烦他,连忙摆手:"工作优先,我的事不急。"

司楠不急,王砝却急得头上冒烟,几乎想在办公室里骂人,但到底还是记得正事要紧,打电话给师妹。

"你在哪里?!"

"一个朋友家。"司楠答复他。

"很好!暂时不要回家,你的个人信息暴露了,各路牛鬼蛇神正在赶去。"王砝最终没能忍住,爆出一串脏话,"曝光残疾儿童照料中心虐童的事挡了某些人的财路,明面上奈何不了你,就使这些阴招!"

司楠不是没有想到过后果,毕竟她的许多同行前辈,都曾经遭受过威胁、恐吓、殴打,她只是没料到报复来得如此之快。

她正是怕自己的深度调查报道给家人造成不必要的麻烦,因而所有报道都以笔名"方之木"刊发,意取李时珍《本草纲目》的"南方之木,故字从南",但这不是秘密,亲友同事都知道"方之木"就是司楠。

"你先休息几天,不要到处乱跑,等我通知。"王砝吐出一口浊气来,"也无须太过担心,我会跟进照料中心的后续报道,谁还没有几个朋友了?!"

司楠轻笑:"谢谢你,师兄!"

师兄妹二人挂断电话时,容见迟正将物业客服经理送进电梯。

等他返回客厅,见司楠怅然地站在落地窗前,半边面孔贴在玻璃上，一呼一吸在其上染上一层薄薄的雾气，随即又慢慢消散，如此往复。

他叹息，贴近她的身后，伸出双手，将她抱在怀来，低头亲吻她的头顶："想不想试试我新添置的电子拳击靶？相信你会爱上快速出拳挥汗如雨的感觉。"

司楠不想教他临出差还要担心她，微微向后仰头："还有什么新鲜玩意儿？通通拿出来吧！"

运动果然是发泄的最好途径，一场痛快的挥拳之后，司楠一夜无梦到天亮。

醒来时，容见迟已出发前往机场。

冰箱门上贴有他留给司楠的字条，交代大厦物业的电话、公寓内一切智能设备的密码、钟点工的联系方式，详细周到。

容见迟的顶楼大平层公寓内一应设施齐全，冰箱里食材充足，司楠索性足不出户，将鲁迅先生"躲进小楼成一统，管他冬夏与春秋"的精神贯彻到底，将外界的一切喧嚣质疑、恶意揣测、鬼蜮窥视悉数隔绝在心门之外。

三天时间转瞬即逝，司楠甚至还没来得及彻底探索完大平层隐藏在单调空洞无物表相之下的秘密，盖因容见迟那间藏书堪比小型图书馆的阅览室，已教她流连忘返。

司楠可以在里头看黑格尔、胡塞尔和康德，一看就是一天。

所以当容见迟开会归来，走出电梯，没看见司楠，转而瞥见中控系统显示阅览室使用中的时候，不由得微笑，倏忽生出一种"终于来得及，在世界的恶意降临时守住她"的释然与安心。

他放下旅行包，脱下风衣，解开西装纽扣，缓步走向滑轨墙左右洞开的阅览室，不出意料地看见窝在阅览室皮制沙发里的司楠。

她来得匆忙，除了以前偶尔留宿留下的一次性用品，并未带任何换洗衣物，眼前她披散一头长发，穿一件他的旧卫衣、一条旧睡裤，赤着一双脚，整个人像毫无筋骨地缩在沙发上，手里捧一本砖头厚的著作，脚边的地板上放着一瓶矿泉水，喝了过半，看起来已在阅览室消磨了半天时光。

容见迟双手插在裤袋中,斜靠在墙边,同沉浸在书的世界里的司楠打招呼:"Hello, stranger.(好久不见。)"

低沉的声音回荡在阅览室内,引得司楠蓦然抬头。

她朝逆光而来的英俊男子微笑,扬一扬手中的书籍:"难怪恩格斯说康德在这个完全适合于形而上学思维方式的观念上打开了第一个缺口,而且用的是很科学的方法,他的作品每读都有新发现。"

逆光中的人向她伸出手来,她便毫不犹豫地将自己的手交至他的掌心。

肌肤相贴的刹那,世界与时间不复存在,只得他与她。

渴念来得如此突然。

拥抱亲吻热烈得似有电弧光迸射。

想要就此地老天荒。

可到底还是被一阵叽里咕噜的肠鸣音所打断。

两人抱在一处,静默片刻,然后笑得东倒西歪,一致决定去吃晚饭。

席间,司楠聊起这回的无妄之灾。

"总编和师兄的意思,都是教我先休息一段时间,算我带薪假。"司楠胃口一般,只在果蔬沙拉里拣牛油果和杧果吃,"师兄说近期低调些,比较劲爆的选题就暂时不要往上报了,做点温和的策划,像上次城市边缘职业者深度调查的报道那样的就很好。"

传统媒体报道受限太多,使得很多同行由体制内转向体制外,由传统媒体转向新媒体、自媒体,司楠从前不懂他们的选择,现在悉数懂了。

"平台只是才华的载体。"容见迟为司楠斟一杯清茶,"新闻人只要时刻不忘初心,牢记使命,敢于发声,在哪个平台有什么要紧?"

容见迟在交流会期间,遇见两位心理学专家,两人常在电视上露脸,专司在各种调解类节目中充当嘉宾,解读父母子女、夫妻情侣、邻里同事之间的心理问题，化解心结，日常还有团队负责运营他们的自媒体账号，科普心理学知识，在社交和短视频平台拥有数量可观的粉丝，名声在外的同时，赚得盆满钵满。

仅凭他们时常现身幕前，便能说他们不是出色的心理学家吗？

只是发挥作用的平台不同罢了。

司楠支颐思考的时候，容见迟接到金辉娱乐城老板任重山的视频通话邀请。

容见迟看一眼司楠，司楠摆摆手，表示不介意，他便接受了通话请求。

任重山圆滚滚的大脸出现在手机屏幕上，几乎要溢出来。

他大抵正在自家娱乐城，背景里是吵吵嚷嚷的街机音乐和此起彼伏的电子音。

"容先生，方便说话吗？"任重山的大嗓门透过手机屏幕传来。

"方便，请讲。"容见迟道。

任重山自手机镜头瞥见一角司楠的肩膀，立时露出一副"哎呀，抱歉打扰你约会"的表情，随后笑着摸一摸自己的脑门，"圣诞节时得你提醒，我回去就升级了家里的保全系统，薇薇也乖乖听话，没有去夜店泡酒吧，太平了几天。只是过了三个月，薇薇终于忍不住，要请些个要好的朋友到家里开迎春派对。"

容见迟不意外，无所事事的富二代们一向是派对常客。

"年轻人喜欢派对，很正常。"

任重山左右为难："我不想扫她的兴，但心里总隐隐约约不踏实。"

有时无事发生，只是因为有更猛烈的风暴在酝酿。

任重山有些不好意思地提出请求："容先生，我有个不情之请，能否请您来帮我掌掌眼？我的话，薇薇肯定听不进，但您是专家，您的话肯定比我的有权威性。您劝劝她，交友需谨慎。"

容见迟犹豫。

任薇薇从小与父亲分离，和母亲生活在一起，读大学后才与父亲接触渐多。作为父亲，任重山几乎缺席了她整个童年与青春期，他的话确实很难对女儿造成影响，甚至因为他的缺席，导致他现在对女儿近乎百依百顺。

容见迟也并不认为自己一个外人能对仅一面之缘的任薇薇形成足够的影响。

见他没有立刻拒绝，老江湖任重山立刻道："容先生，来嘛！来嘛！带着女朋友一起来！就当是来参加迎春派对了！"

将近两百斤的老父亲为了女儿隔空撒娇，教容见迟都有些吃不消，侧头征求司楠的意见："一起去？"

司楠笑着点头。

任重山连撒娇大法都使出来了，还怎么拒绝。

容见迟答应参加派对，任重山肥掌一拍："我把时间、地点发你，明天见！"

然后生怕容见迟反悔似的，迅速结束了视频通话。

司楠笑倒在他的肩膀上，又有些不可思议："那么在乎女儿，为什么年轻时不参与她的成长？"

容见迟侧头亲吻她的额角："并非所有人都是合格的家长，有些人先天缺乏爱的能力，有些人则由于后天原因所导致，他们要么对下一代漠不关心，要么对下一代充满控制欲，试图将之塑造成自己理想中的模样。他们的付出并非出自爱，仅仅是自恋型父母的自以为是罢了。"

司楠摸一摸容见迟的脸颊，他与她的父母，也绝谈不上合格。

他捉住她的手，轻吻每一根指尖："他们的孩子多数永远无法就此释怀，无法与他们达成和解，但大多会努力成长，并拒绝成为他们那样的人。"

司楠想问他，他们的孩子可会成功？可直到那一刻来临之前，每个饱受伤害的孩子，都无法知道，自己会否重蹈覆辙，成为和自己的双亲一样的父母，抑或成为一名合格的家长。

司楠带着疑问，随容见迟一起，带一瓶红酒做伴手礼，来到富豪云集的别墅群中任重山的家。

典型新中式风格的任家别墅园里支起一路迤逦彩灯，如一条光带，引来客穿过藤萝花架，走进门廊。

两人刚站在门前，已透过半敞的落地玻璃窗，听见里头年轻人的笑闹声。

司楠与容见迟对视一眼，看来这将是一个热闹喧嚣的夜晚。

待他们敲门，任重山亲自前来开门，一边热情地请两人入内，一边朝旁边喧闹不已的偏厅看了又看。

偏厅里或坐或站十几名年轻人，有人饮酒作乐，也有人旁若无人地拥吻调情，派对女主人任薇薇背朝门口坐在一张红木沙发上，她左侧坐着一个年轻男子，两人正头挨着头讲悄悄话，看起来颇亲密。

任重山叹气，请容见迟与司楠上楼，压低声音对两人说："让他们年轻人玩，我们先到书房说话。"

他引两人经过旋转楼梯上二楼，容见迟微微抬眼，看见隐在墙壁上林风眠《饮马秋水》仿作画框一角的监控摄像头。

任重山有些自得："我听你的建议，换了市面上最先进的保全系统，今天薇薇开派对，才改成访客模式，平时外人不通过生物识别根本无法进入。"

容见迟点点头："至少为从外部侵入您家增加了难度。"

任重山招呼两人到书房小坐："两位喝点什么？我这里有酒有茶。"

容见迟摆手："喝水就好。"

任重山笑一笑，起身走向书房内的酒柜，打开下方的小冰箱，从里头取出三瓶绿色玻璃瓶气泡矿泉水来，将其中两瓶递给司楠与容见迟。

他率先拧开瓶盖，充足的气泡迅速涌上来，使得安静的书房里一时充满毕剥毕剥气泡破裂的声音。

任重山喝一大口气泡矿泉水，"啧"了一声："薇薇说这种水喝了对身体好，我是喝不出有什么不凡。"

司楠笑起来，父母与子女之间的观念碰撞真是无处不在，难以避免。

她拧开玻璃瓶的金属盖,喝一口沁凉且气泡充盈的矿泉水,二氧化碳气体在口腔内迸裂,微咸的味道,奇特的口感,确实谈不上多好喝,单纯只是一种气泡矿泉水独有的微妙体验,喜欢的人为之上瘾,不喜欢的人则不屑一顾。

容见迟被司楠脸上丰富的表情引得微笑,也开了瓶盖,与她碰了下瓶颈,然后仰头轻饮。

任重山喝了半瓶水,客套一番,才拍拍肚子:"容先生看见楼下和薇薇同坐的那个男孩子没有?是薇薇新交的男朋友,听她说起过几回,这是第一次到家里来。斯文守礼,绝不四处乱看乱走,老老实实地与薇薇坐在厅里,没有一点越界的行为,照道理,我应该放心才对。"

可是并不!

任重山作为男人,作为一个闯荡江湖三十年的成功男人,直觉这世界上不存在完美的另一半,一个人没有表现出一丝一毫的缺点来,不代表没有缺点,恰恰相反,他可能隐藏着巨大的、不为人知的黑暗面。

没有道理,他就是如此认为。

"我上次说过,任先生的直觉非常强大准确。"容见迟并没有否定任重山的直觉,和声引导他,"你可以闭上眼睛,尝试回忆你们见面时的细节,有哪些是你认为违背常理的,或者你认为不对劲的。"

任重山没有抗拒他的引导,十分配合地闭上眼睛,眼球在眼皮底下来回轻颤转动。

容见迟并不催他,缓缓喝水。

司楠以眼神问:能行?

容见迟点点头:行。

果不其然,几息过去,任重山慢慢回忆道:"他来得不早不晚,刚好六点,薇薇亲自跑去给他开门……我在另一侧花厅里同她妈妈打电话,恰巧看见他进门。他穿衬衣配针织衫,下搭牛仔裤运动鞋,和普通大学生没有什么两样,但是……"

任重山眉头紧锁,眼皮下的眼球频繁转动:"他——戴一顶粉色渔夫帽和一副变色镜片近视镜。"

"帽子与眼镜,你觉得有什么问题?"容见迟缓声问。

"我刚才去为你们开门时,看了一眼偏厅,他摘了帽子,和薇薇坐在一起,梳着一款今春的流行发型。"

许是书房里的沙发太过舒服,司楠悄悄掩嘴打个哈欠,在脑海里回忆自己经过偏厅时,朝里头那短暂的一瞥。

"这样的发型,要抹发蜡喷发胶,稍微讲究点的男士都不会在做了这么考究的发型后,戴一顶渔夫帽在头上……"任重山一边嘀咕,一边也打了个哈欠,打完之后甚至还咂了咂嘴。

哈欠似有传染魔力,司楠也倦得偎进沙发里,上眼皮渐渐垂下来。

"还有呢?"容见迟垂眸问。

回复他的是任重山响彻书房的呼噜声。

意识到睡意袭来,容见迟心道"糟糕",试图上前查看任重山的情况,随即发现陷坐在沙发里的自己无法挪动身体。

他勉力转头望向司楠,司楠仰躺在沙发上,头颈枕着沙发靠背,竭力维持清醒,却不敌沉沉睡意的召唤。

"容见迟……"她以气声说,随后被拖拽着坠入梦乡。

容见迟维持最后一线清醒,想取出搁在外裤口袋中的手机。

一只手伸过来,先他一步拿走了手机。

容见迟与司楠,几乎同时醒来。

他们的双手被反缚在身后,面对面绑坐在正向内缓慢注水的游泳池旁,任薇薇手持锋利的厨师刀,面无表情地守在他们附近。

见两人醒来,任薇薇抿紧嘴唇,握紧手中刃口锋锐无比的厨刀。

容见迟强压头痛与恶心,问司楠:"可觉得难受?"

司楠苦笑,这种用药过量后醒来的感觉,她再熟悉不过。

"头疼……恶心……浑身无力……"

司楠需稍加回忆,才能想起昏睡过去之前,发生在书房里的事,大脑迟钝地意识到她与容见迟被人下了药。

"你们给我们服用了什么？地西泮，氯硝西泮？"容见迟问任薇薇。

这是市面上常见的镇静安眠药物，较易获得，从他们失去意识的速度与醒来后的症状看来，最可能是苯二氮䓬类安眠药。

任薇薇并不搭茬，反而警惕地后退一步，好像生怕他有勾魂摄魄的本事，能左右她的思想与行为，教她做出违背本意的事来。

容见迟与司楠就这样在初春清晨只得几摄氏度的玻璃游泳房内，靠坐在一起，直到旭日初升。

这时候，有脚步声从某个方向传来。

脚步声伴随车轱辘碾压地面的声音，越来越近，直至停在两人身后。

有年轻男声漫不经心地问任薇薇："他们还老实吧？"

任薇薇点头，戴着粉色渔夫帽的青年男子拖着两只二十八寸大行李箱，走到她身边，伸手勾住她的头颈与她接吻，良久才放开她。

任薇薇微微喘息，问："东西拿到了吗？"

"没有，估计被老东西藏起来了。"男人踹一脚黑色行李箱。

沉重的行李箱一动不动，停在原处。

容见迟不由得眯了眯眼睛。

男青年笑起来，一手勾搭在任薇薇的肩膀上："容医生是吧？果然有两把刷子。被你看出来了，对不对？"

他自问自答："没错，就是你想的那样。"

"任先生可还活着？"容见迟淡声问。

"当然活着！"青年夸张地狠狠亲吻任薇薇的脸颊，吻得啧啧有声，"他可是我们的财神爷！摇钱树！"

容见迟低低笑了一声，倏忽望向任薇薇："你是任薇薇吗？"

任薇薇怔一怔，片刻后才朝地上啐了一口："我倒希望我不是！"

容见迟叹息："令尊可知道你恨他如斯？"

"你什么时候看出来的？"任薇薇反问。

"那晚在至尊豪庭旋转餐厅已有所怀疑，但没有证据。"容见迟

191

被反绑在身后的手不自觉地动了动,"用餐时你上半身微微前倾,表现出亲近感,但下半身,尤其是双脚,在餐桌下并没有靠近任先生,甚至表现出截然相反的肢体语言——厌恶、回避。你不习惯穿高跟鞋,却强迫自己着装符合当晚的场合,但你时不时将双脚从高跟鞋中解放出来的行为表明你摆脱不了束缚,又强自忍耐。一个同父亲关系亲密自然的女儿,不会为难自己穿不符合日常行为习惯的鞋履,来参加一场如此欢乐的圣诞派对。"

自然的亲子关系是双方以彼此最舒适的状态相处,而当时任重山小心翼翼,任薇薇刻意亲近,反而显得两人关系生硬。

只是他当时因为任重山的解释而没有将这种违和感放在心上。

任薇薇冷笑:"外人都看得明明白白,只有他不明白。他以为他供我读大学,给我买礼物,带我参加派对,我就该对他感恩戴德?!他凭什么觉得在缺席了我人生前二十年后,带着他的臭钱就可以对我指手画脚?!乡里乡亲冲我妈指指点点,话里话外埋汰我妈,说我是小野种的时候,他在哪里?!"

"瞎说!钱可不臭!是他的人臭!"男青年拧一拧任薇薇的脸颊。

任薇薇泄愤似的踢一脚行李箱:"既然他觉得给我钱就能换来父慈女孝,那何不干脆多给些?小恩小惠有什么意思?!"

电光石火间,一直沉默的司楠恍然大悟:"上次来踩点的人,是他,对不对?你们里应外合,试图窃取任先生藏在家中保险柜里的巨额现金。"

娱乐城的生意与寻常生意不同,有很大的现金流,很多客人不愿意留下电子交易记录,仍保持使用现金习惯,也乐于以现金支付小费,享受一掷千金的快感。任重山这个年纪的老江湖,一定会在家中常备一笔数目可观的现金,以备不时之需。

容见迟接着问:"是他怂恿你?"

随即否定自己:"不,是你本有此意,所以你们一拍即合,狼狈为奸。"

从小缺失父爱的任薇薇,在乡土社会的议论与男性的凝视中长大，对不负责任抛弃她和母亲的任重山充满仇恨，即使凭借自己的成绩考入申城高等学府，她内心深处仍然是一个缺乏安全感的小女孩，想要将财富掌握在自己的手里，而不是仰人鼻息，等待父亲每个月给她发零用钱。

任薇薇不吱声，青年却赞许地轻轻鼓掌："你们真是天造地设的一对，有一点线索就能抽丝剥茧，无限接近真相，厉害！"

银行转账、ATM机取款都有上限，远不如任重山小金库里的现金储备来得实在。

青年不再藏着掖着，大方地承认："可惜，老东西上次听了你的建议，不但升级了保全系统，还转移了现金，我找遍整间别墅也没找到。"

"这不是你的第一次。"容见迟肯定。

这个二十岁出头的青年，手法老练，心理抗压能力异于常人，并且不吝于从心理上折磨受害者。

容见迟知道，不能给他停下来认真思考的时间。

青年嗤笑一声："死到临头，还想套我的话？"

他瞥一眼水位升至一点二米线的泳池，向容见迟和司楠保证："两位同命鸳鸯再等一等，保管你们有终生难忘的体验。"

他的表情语气再自然不过，可却教人从中听出一股阴冷狠毒来。

容见迟终于冷了眼，面无表情地说道："从两只大号旅行箱可以推断，你们准备出远门，甚至出逃境外。由于未能在别墅里找到现金，你们得通过任重山才能获得他的银行账号与密码，可银行每日转账设置了上限，必须有他本人的生物信息方可登入网上银行，提高限额并进行转账，所以你们需要活着的任重山。"

这一程，在他们走进任重山的别墅时，已注定是一个死局，眼前的青年自一开始就没想过让他们活着走出去。

"无论你们有什么打算，我都建议你们，放下一切幻想，抓紧时间向警方自首，因为……"他侧首抬眼注视谨慎地与他们保持距离的青年男女，"时间不多了，你们逃不掉。"

男青年失笑："你在说天方夜谭？"

容见迟耸耸肩："如果你们足够关注新闻，就应该知道，我是容氏电器的继承人，少时曾遭歹徒绑架，侥幸生还，案子最近开庭。"

青年有刹那的迟疑，随后与任薇薇咬耳朵。

容见迟继续道："遭绑架后，家父家母极重视我的个人安全，除安排专职保镖保护我，还在我手机上安装了定位装置，每天三次需要在手机软件上做出应答，以表明自己安全。而今天的应答时间……"

容见迟仰头透过游泳池上方的玻璃屋顶，通过太阳所处的位置推测："今天的应答时间已经超过，我的手机应该已向保全公司发送警报。"

男青年眯起眼睛，观察容见迟的表情。

任薇薇在一边轻扯他的衣袖，不断催促他："我们走吧。"

青年倏忽一笑，搂过她重重一吻："马上走，可计划不能变。"

任薇薇紧张地咬住下唇，但还是言听计从地点点头。

"来吧，帮我搭把手。"青年用力拽过另一只青色的二十八寸旅行箱，缓缓拉开拉链，露出里头黝黑沉重的金属物体来。

偌大的室内游泳池上方，米白色帆布遮阳棚向左右折叠收拢，露出玻璃天顶，天光云影透过玻璃洒落在泳池微微荡漾的水面上，泛起粼粼金光。天空有飞鸟掠过，在水面投下一抹迅捷的倒影，稍纵即逝。

出水口不紧不慢地哗哗向泳池内注水，水面逐渐没过池壁上一点五米线的标志。

司楠与容见迟面对面，紧紧贴合彼此，恒温二十摄氏度的池水浸透了他们的牛仔裤，湿冷的寒意沿着牛仔裤的纤维向上蔓延。初春时节给人带来温暖的毛衣这会儿吸收水分，变成了沉重冰冷的负担，像一双无情的手拖拽着瑟瑟发抖的司楠，誓要将她拖进深渊。

他们的双手被反剪至身后用尼龙捆扎带紧紧绑住，随后又遭绳索捆得结结实实，迫使两人面对面无法转身帮对方解开捆扎带。他们的双脚同样被绑缚在一起，绳索一端死死系在一个保险箱上。

足有八十五公斤重的保险箱被推入游泳池时，在泳池底部的瓷砖上砸出一个蛛网状的裂纹浅坑，而他们就像是被困在蛛网中间苦苦挣扎的猎物，无处逃生。

容见迟用下巴蹭了蹭她的额角："司楠！看着我！我们会逃出去的！"

"你刚才说的，是骗他们的吧？"司楠艰难地仰头，望向他，"二十四小时贴身保镖，每天三次应答的手机定位软件……"

容见迟轻轻眨眼："是，骗他们的。那些都是出事后谢家对利日渐升级的保安措施。"

谢伯伯也曾征求过他的意见，是否需要为他配备相应的保全措施，而他拒绝了谢伯伯的好意。

"令堂从前派出来监视你的人手？"司楠想起伤心到近乎癫狂的容夫人曾经用以折磨容见迟的手段。

容见迟摇摇头："都撤回去了。"

文华、文忠落网认罪，只等宣判，母亲一颗因失去爱子而始终悲恸疯狂的心，仿佛终于获得平静，所有教活着的人倍加痛苦的手段，也都告一段落，就此谢幕。

世界真是充满恶意呵，司楠想，在她以为命运终于善待了他们的时候，出其不意地将憧憬碾碎，化为齑粉。

容见迟将下巴压在司楠头顶，轻且坚定地对她说："会逃出去的。"

司楠的鼻尖顶在容见迟的颈窝，他温热干净的气息传来，在这生死攸关的危急时刻，她因他的一句话，倏忽镇定下来。

池水已漫至司楠的口鼻处，她不得不勉强借着容见迟努力朝上的身体，迫使自己的头部尽量多地露出水面，深吸一口气，然后沉在水面下，以帮助容见迟保持体力。

容见迟反拧在背后、捆扎带几乎嵌进皮肉里的双手拼命地来回扭动，尝试挣脱束缚。尼龙材质的捆扎带内侧的棱状锯齿磨破他手腕的皮肤，血从伤口溢出，又很快被泳池里的水稀释。

最初的疼痛过去，容见迟感觉不到皮肉被捆扎带的锯齿来回牵拉撕扯的刺痛，求生的渴望和害怕失去司楠的恐惧占据了他所有的注意力。

"别管我,活下去。"池水漫过司楠的上唇,她极力仰头,"无论如何,活下去……"

"坚持一会儿,司楠,再坚持一会儿!"容见迟的心被死亡的阴影笼罩。

有生之年,他再一次恨自己的无能为力。

时间一点点流逝,司楠被池水彻底淹没,柔软金发漂浮在水面上,随着水波轻轻荡漾,像一团自有生命力的海藻。

她整个人沉在水面下,竭力屏住呼吸。

她的肺仿佛要炸开,憋得生疼,耳朵因用力憋气,耳膜鼓出,血液流动和心跳声忽然变得异常清晰。

她不敢动,她害怕自己一挣扎,就会影响容见迟仅存的体力。

她与他,至少有一个人得活着,去揭露骇人听闻的罪行。

肺部挤压出最后一点氧气,司楠的口鼻处逸出象征着维持她生命所需的最后一线气泡,满是次氯酸钠消毒剂味道的池水灌入她的嘴里。

司楠无力地向后仰头,阳光穿透玻璃墙直直射入水中,落在她眼睛里,如同色彩斑斓的印象派画作,印在她视野的最后一线余光里。

吾命休矣!

司楠在失去意识前,思绪飘散:早知如此,早晨就该和容见迟去吃那碗桃花刀鱼馄饨……

"司楠!"

亲眼看见司楠沉入水面之下,气泡从她的口鼻中溢出,容见迟睚眦欲裂。

这一刻时间仿佛倒流,回到十九年前那个无人注意他的午后,他站在刑侦总队人来人往的办公室里,却如同置身旷野,一切都失去了意义,只余一片荒凉的废墟。

他深吸一口气,缩肩下沉,潜入水面之下,凑近司楠,以舌尖撬开她的嘴唇,随后紧紧贴了上去。

一次又一次,直到他也彻底被池水淹没,直到筋疲力尽,直到无法呼吸。

容见迟眼睛刺痛,憋气缺氧的肺部疼得像要炸开,绑缚在身后的手腕拉扯挣扎得血肉模糊,又被池水泡得肿胀发白。

他已失去思考能力,仅凭本能,不断对抗水的阻力与浮力,试图挣断捆扎带。

在失去意识之前,幽冷的水底,伸出一双孩童的手,拽住他的双腿,将他拖向深渊。

容见迟意识模糊地下坠,绑在他身前的司楠被他的体重一道带往池底。

孩童的手将他推向铁锚一样沉在泳池之下的保险箱。

他和司楠的侧脸几乎撞上保险箱坚硬的尖角,容见迟的脚在池底一蹬才堪堪避开。

他眼角的余光瞥见保险箱一角激光镌刻的型号与序列号,什么东西在脑海里一闪而过,黑暗幽冥炸裂成刺眼的白光。

有小小男孩的手在他背后推了一把,在他耳边说:

救她,救你。

去吧,见迟。

再见,见迟。

远处,有警笛声渐行渐近。

谢利轩手捧一束由草莓、蓝莓、车厘子扎成的花束,走进顶尖私立医院的贵宾病房,将水果花束放在床头柜上,一手撑住床头护栏,俯身查看躺在病床上沉眠不醒的女郎,然后转头问陪在一旁的容见迟:"司小楠今天情况怎样?"

容见迟坐在司楠床边,伸手握住司楠消瘦的手。

阳光从窗外透进来,照在病床上,经历紧急抢救的司楠静静地躺在其上,金发铺陈,像沉睡不醒的奥罗拉。

"你怎么样?"谢利轩又问老友。

"我没事。"容见迟回答,执起司楠的手,轻轻亲吻。

"医生怎么说?"谢利轩查看生命体征监测仪器上脑电波、心跳、呼吸的数值。

容见迟沉默不语。

他没有向任何人说起过，濒死的瞬间，他曾想，也许这一次，他没办法带着他爱的人逃出生天。然而就在那一刻，他仿佛看见早已逝去的哥哥见鲲，从幽冷黑暗中向他伸出手来，然后朝前方缓缓一指。

在希望破灭绝望丛生的时刻，他看清被任薇薇与其男友作为重物推进泳池的保险箱型号。

任重山舍得花钱，升级家中的保全系统，保险柜也是最新型的，具有防水、防火、无线远程报警的功能，只要输错三次密码或者无法识别生物信息，就会自动发出无线警报，向保全公司报警。

保全公司承诺在三分钟内做出应答。

他触发警报，等来了救援。

他缺氧时间不久，可司楠溺水将近十分钟，经历长达五小时的抢救后，虽然生命体征稳定了下来，却一直处于昏迷状态。

医生婉转地表达，请家属做好准备，如果患者昏迷超过七十二小时未能醒来，将有可能陷入长期昏迷。

而现在，已是她溺水昏迷的第四十八小时。

谢利轩叹息，拖过一张陪护椅，坐在老友身边，拍拍他的肩膀："司小楠啊，看起来柔柔弱弱，其实脾气死犟，不是那么容易被打倒的。姓柳的一伙当年做得多缺德？换一个人就真的被网络暴力摧垮了。你看她，多硬气！非但从烂泥地里爬起来，还直上云霄。"

他探身向前，对病床上的司楠道："说到姓柳的，一审判了无期，他不服裁定，正在走上诉流程。他身边那一群走狗，有期徒刑十年、二十年，一个不落，谁都跑不了。"

说完，他抬头观察生命体征监测仪，失望地发现上头的数值毫无变化。

"那对鸳鸯大盗落网了吧？"容见迟问。

谢利轩向后摊进陪护椅里："抓了抓了！两人把任重山塞在旅行箱里不知想躲进哪座深山老林……"

"他们不是计划出国？"容见迟意外。

"骗不过你！"谢利轩拍一把扶手，"据可靠消息，这对亡命鸳鸯正是在机场的国际出发大厅被捕。"

　　"任重山？"

　　"在医院。"

　　"时装周？"

　　"陪未婚妻看过两场秀，意思到了，不算失礼。"

　　两人一来一回，小声交谈，直到突兀响起的电话铃声打断了他们的对话。

　　谢利轩起身，走到病房外接听电话，未几，结束通话，捏着手机，返回病房。

　　"阿迟——"他望着坐在病床边轻柔地为司楠按捏小腿的容见迟，表情严肃。

　　"怎么？"容见迟抬眼。

　　"谭律师的电话，判了。"谢利轩扬一扬手机，"死刑立即执行。"

　　两人的视线在空中相撞，隔着二十载时光，隔着血与泪、生与死。

　　"去吧。"容见迟朝好友微笑。

　　"你不去？"谢利轩迟疑道。

　　"我陪司楠。"容见迟毫不犹豫地说。

　　他已经在幽暗深冷的池底，与哥哥见鲲，与痛彻心扉，与愧疚自责，与一切过往，做了告别。

　　司楠置身于一片浓雾之中，不知今夕何夕，是梦非梦。

　　这片雾浓重得如有实质，包裹着她，教她寸步难行。

　　周围有杂沓的脚步声倏远忽近，来了又去，而她仿佛被一张无形的网束缚，挣脱不开，动弹不得。

　　忽然有人靠近，在她耳边低吟她的名字：

　　司楠……

　　是谁？司楠茫然四顾。

那声音低沉醇厚温柔,在浓雾里对她说:

该起床了,司楠。

她听见这个好听的声音向她倾诉:

我还没有对你说过,茫茫人海,于千万人中,我一眼看到了你。像残缺一角的拼图,终于遇见使我完整的那一片。像极力隐藏过往的灵魂,无论怎样闪躲,都会为打上相同烙印的灵魂所吸引。可我不敢对你说——我爱你,因我胆小懦弱。失去挚爱的恐惧如影随形,未曾拥有,已害怕失去,觉得自己不配为你所爱,觉得幸福不会为我降临。可如果没有你,明天的到来还有什么意义?

空洞茫然的世界仿佛下起了雨,浓雾被细雨冲淡,渐渐现出世界的轮廓来。

倾颓在灰褐色土地上的废墟,渺无人烟。

司楠想说:不,即使胆小,即使懦弱,爱和幸福也会为你而来,悄悄降临,你只需要抓住它,别放手。

可她喉咙刺痛,努力张嘴,却发不出一点声音。

低沉的声音徘徊:

醒过来,司楠……

醇厚的声音凄惶:

别再睡了,司楠……

温柔的声音悲伤:

不要留下我一个人,司楠……

雨越下越大,冲走表层的泥沙,晦暗的阴霾退去,露出废墟下新生的世界。

新绿如茵。

司楠拼尽全力,向全新的世界努力迈出一步,微笑,用沙哑的声音轻声说:

Hello, stranger.

浓雾散尽,阳光照了进来。

尾声

CRIMES OF THE
HEART

新生

金秋如约而至，从不缺席。

容见迟站在厨房中岛台前，将洗干净的车厘子、覆盆子、小柠果等各色水果搭配在一起，装进一只只透明的食品盒中，密封盖好，码放在冷藏保鲜袋里。

一只微凉的手从他身后伸来，环住他劲瘦的腰腹，温热的气息趋近，贴上他宽阔的后背。

容见迟捉住那只调皮的手，回头俯身，灼热滚烫的亲吻落了下去，铺天盖地，热烈缠绵。

手的主人被吻得微微喘息，他才轻轻放开，微笑垂睫，看着从天空泳池晨泳回来的司楠。

六个月前的那场溺水昏迷，虽然侥幸未对她的大脑造成影响，却使她的肺部因肺水肿引发的肺炎受到不可逆的损伤,再难恢复到从前健康时的体能与状态。康复过程艰难且漫长,但她挺了过来,积极听取医生的建议,从散步开始,一点点提高运动强度,到如今可以在泳池里缓慢游个来回。

他也看着她,从虚弱苍白慢慢变回原来的司楠。

司楠自他身前探出半个头来,望一眼中岛台上摆放的水果:"准备了这么多?"

容见迟拈起一颗覆盆子,喂到她嘴里,看着她被酸甜浆果刺激得微微战栗,笑着亲吻她的头顶:"一切准备就绪,换件衣服,可以出发了。"

"等我五分钟。"她拿额头顶一顶他的胸口,然后跑开。

容见迟凝视她尚带着些水意的乌黑短发,眼里笑意不绝。

两人驱车,趁着清晨气温尚未攀到高点的时候,来到小海豚残疾儿童照料中心。

照料中心门前的小广场上,已停有两辆无障碍双层旅游巴士,车身涂装鲜花与卡通人物形象,车内装饰彩带与气球,一眼望去如同游乐园里的巡游花车。

容见迟停妥车,拎着两只锁鲜保温袋下车,与司楠一道走向双层旅游巴士。

康复后司楠重返工作岗位,老总编胡毅麟在她缠绵病榻时已然退休,接任他职务的,是司楠的师兄王砝。

"把身体养好,写点平和的、没那么激烈的报道吧。"王砝对归来的司楠说。

司楠采纳师兄的建议,申报的第一个选题,是再访残疾儿童照料中心,以自己真实的身份,去采访照料中心里数年如一日地为孩子们烧饭、穿衣、洗澡的食堂阿姨、生活护工、保洁阿姨,去关注这样一个在残疾孩子们的生活里无比重要、不可或缺却又不被大众所重视的群体。

她也因此看见孩子们困囿在残疾身体里的鲜活灵魂。

重度脑瘫的亮亮，即使只有两根手指能勉强自如地活动，也能操控电脑编程，制作出令人惊艳的小游戏；孤独症患儿团团，给他一张纸和一盒油画棒，他能画出绚丽璀璨的深邃星空，每一颗星的位置都精确得叫人难以置信；亨廷顿舞蹈症患儿佑佑，拥有超乎常人的记忆力；重度视力障碍的宁宁，有着非同一般的绝对音感，将钢琴弹得出神入化……

他们像悬崖与石缝里开出来的花，无论环境险恶，无论是否有人欣赏，只管静静地绽放。

彼时彼刻，司楠下定了决心，在一个被拥抱被容纳被抛上极乐又重回人间的午后，对容见迟说："我要去照料中心当义工。"

他毫不犹豫地支持了她的决定，并且风雨无阻，每次都与她同行。

谢利轩听说后，也加入他们的行列当中。

今天的活动，正是由他和容见迟共同建立的慈善基金会发起并组织，邀请小海豚残疾儿童照料中心的患儿与工作人员一同前往国际旅游度假乐园游玩。

司楠与容见迟走近双层巴士，看见任重山半个身体从打头的一辆巴士下层副驾驶位伸出来，朝他们挥手。

"容医生，司小姐！"

比起从前，他瘦了不少，原本结实的身形削了一圈似的，头发灰白，但人看起来精神不错。

六个月前，他被女儿薇薇伙同其男友以掺了安眠药的矿泉水迷倒，醒来后遭女儿逼问家中现金的存放位置，彼时彼刻，任重山悲哀地意识到，他当年抛妻弃女的报应来了。

薇薇不相信他因为升级保全系统，已将大笔现金存入银行，坚信家里一定有一处不为人知的小金库，藏有大量现金。

而薇薇的男朋友则一直引导操控她，令她对他言听计从，当他们确信无法从他嘴里得知现金的下落后，又强行将他塞进行李箱里，以此胁迫手段逼他交出银行账号和密码，更改单日取款转账上限。

任重山向两人妥协，并不是害怕死亡，他怕的，是女儿走上一条无法回头的亡命天涯路。

当他被警察从机场地下停车库一辆汽车的后备厢中解救出来时，已险些窒息，在医院病床上躺足一周，才能起身，拖着沉重的步伐到楼上的贵宾病房探望从昏迷中醒来的司楠。

任重山觉得是自己连累了司楠。

"是我太把自己的直觉当一回事，反倒害了你们……"他对躺在病床上尚需借助呼吸机帮助呼吸的司楠说。

司楠当时还没有太多说话的力气，只能竭尽全力地给他一个微笑。

"你放心，我不会包庇薇薇，她犯了罪，就该接受法律的惩罚。"任重山拍一拍胸脯。

他也做到了他的承诺。

作为案件受害人之一的他，并未对任薇薇出具谅解书。

"任先生来得这么早？"司楠笑问。

任重山阔手拍一拍车身："上了点年纪，醒得早，反正无事，就早点过来，看看有没有什么需要帮忙的。"

"薇薇近况如何？"司楠靠在容见迟身上，问起任薇薇。

司楠知道，任重山每周雷打不动、不远千里地去女儿服刑的监狱探视。

"薇薇在里头挺好。"谈及女儿，任重山有些点伤感，但很快振作，"作息规律，反倒胖了，正在接受心理辅导，慢慢摆脱徐未对她的精神控制。"

司楠仰头看一眼容见迟。

任薇薇固然有罪，然而她也是其男友徐未精神控制的受害者。

司楠从未想过原来精神控制可以将一个人的固有信念破坏摧毁得如此彻底，也难以想象拥有独立人格和思考判断能力的成年人，思想能经由精准得如同外科手术的操纵方式被重构，植入全新的观念。

容见迟揽住她的头脸，压在自己的胸口，亲吻她的额头："会没事的。"

他见过深受传销组织洗脑、坚信自己"大家庭"的"家长"，深信自己在为"大家庭"做贡献的传销组织成员，也见过夫妻情侣一方对另一方实施的方方面面无所不在的精神控制，但他还是第一次在现实中见到以精神控制手段操纵受害者为其帮凶的罪犯。

徐未在精神控制领域从未接受过系统教育，却无师自通，简直是"个中翘楚"。

涉世未深的任薇薇完全不是他的对手，在校园中相识之后，三言两语就被他骗得将家事吐露得一干二净，从对父亲抛弃她们母女的不满，发展成心怀怨恨，觉得他在大城市开名车住豪宅、吃香的喝辣的，每个月却只给她和妈妈两千元生活费，他欠她一个无忧无虑、衣食不愁的幸福童年，他理应将欠她的双手奉上。

偏偏任重山虽然舍得花钱给女儿买鞋包衣服和电子产品，却并不给她高额消费的权限。

任重山自己没有读过大学，在他的传统观念里，大学生以读书为要，钱够花就好，并不想教刚从老家出来的女儿被花花世界迷了眼。

两父女之间缺乏沟通，父亲不知道女儿的怨恨，女儿不明白父亲的期许，又有善于操控人心的徐未从中挑唆，终至任薇薇成为徐未的帮凶。

而年仅二十一岁的徐未，则是整场犯罪的设计者与操纵者。

随着老牌娱乐大亨任重山被亲生女儿绑架胁迫的案件开庭审理，徐未的人生轨迹逐渐浮出水面。

他生于小康之家，天资聪颖，从小受父母长辈的喜爱，是个品学兼优的好孩子。

但好孩子徐未身边，一直环绕着死亡的阴影。

小学五年级的暑假，他最好的朋友、与他竞争三好学生名额的同学，在游泳时溺亡，游泳馆因未及时发现溺水意外，承担安全过失责任。小徐未一直坚持每周去探望好友的父母，直到两人搬离伤心地为止。

初中毕业旅行时，曾拒绝他表白的女同学在过吊桥时失足落水，意外身亡。

高二寒假，同他竞争保送名额的对手，在参加寒假社会性公益活动的途中，与同学打闹时不慎坠楼，当场死亡。

所有死亡背后，都有他的身影，却又毫无证据。

倘使司楠与容见迟没能从那片他留给他们的死亡泳池逃脱，没能报警，使得警方得以第一时间协查通缉徐耒与任薇薇，任重山也可能在行李箱内因体位性窒息而死亡，那么与他相关的死亡列表，又将增加三个名字。

徐耒户籍所在地的警方已正式成立专案组，调查所有与他相关的"意外死亡"。

司楠看完那些关于徐耒的报道后疑惑，人性怎可以如此之恶？

"大抵因为，他实在太聪明，聪明得知道自己做得到，并且能逃脱惩罚。"

容见迟为司楠解惑："世界在他眼中并无黑白对错，分别只是有趣和无趣。学习也许有趣，爱情也许有趣，但始终都不如死亡来得有趣。他享受在现场亲眼看见猎物坠入陷阱并挣扎绝望的快感，而操纵任薇薇与他一起犯罪只是他死亡游戏的升级版。如果这次成功，他也许会展开全新的杀戮模式。"

从前死亡于徐耒，都是伪装成意外，而这一次，徐耒亲自动手，将他和司楠捆绑系上重物推入泳池，将任重山塞进旅行箱困于汽车后备厢，将死亡从意外正式衍变为一场充满戏剧性的表演，大张旗鼓地宣告杀人游戏的登场。

"我有位师兄，致力于研究高智商反社会人格障碍，在他看来，徐耒是典型的高功能高智商反社会人格，他对于死亡的痴迷，无可救药。至于为什么选择我们作为他的目标——"容见迟苦笑，"他胆大妄为到亲自到任家查看情况，被直觉敏锐的任重山意识到，并听取我们的建议升级保全系统，这显然激怒了他。"

司楠忍不住做出"我不理解，但我大为震撼"的表情，惹得容见迟轻笑，搂过她在她头顶一阵亲吻。

等待徐昧的，是否还会有更多立案审查，司楠不得而知，她并未刻意关注案件的后续，那些都是警方与检方的事了。

她现在更关心的是联袂而来的祢宝珠与染着一头闷青色绿毛的少年。

这两个在容轩心理咨询工作室相识的少男少女，忽然便结成好友，常常约会，一个画画，一个拍照，时不时在社交圈分享他们的作品。

得知照料中心患儿要前往国际旅游度假乐园举行集团活动，两人强烈要求参加，并获得双方家长的全力支持，有钱出钱，有力出力，祢氏承包乐园酒店住宿费用一晚，绿毛少年的父母赞助无障碍观光巴士两辆，随后便将两个孩子扔给了他们。

祢宝珠穿一件薄荷绿泡泡袖绉纱小裙子，头发梳在脑后，露出光洁的额头，小仙子一样娇俏可爱，随身的小包里露出一截速写本来。她奔到穿白T恤和九分牛仔裤的司楠身边，一把挽住司楠的手臂。

"楠姐，你今天好正好靓！"她朝绿毛少年扬下巴，"给我和楠姐多拍几张合影！"

少年一边嘀咕着"拍那么多你看得过来吗"，一边配合她咔咔咔按动相机快门。

司楠忍不住微笑，管他们是不是在早恋呢？

青春这么好，有什么不可以？

九点整，两辆无障碍双层观光巴士从照料中心出发，驶往游乐园。

孩子们坐在观光巴士上，叽叽喳喳快乐得如同一群出笼的小鸟。

"我昨天晚上没睡着！"

"我也没睡着！"

"楠楠姐姐，我可以与公主合影吗？"

"有海盗表演吗？"

"我想看花车巡游！"

孩子们七嘴八舌，说个不停。

容见迟打开带来的保温袋，司楠取出里头一只只巴掌大的透明餐盒，将水果发给孩子们。

"昨晚没睡好的小朋友，抓紧时间睡一会儿。"司楠摸一摸孩子的小脸，"养精蓄锐，不然哪有力气玩遍所有项目？"

她格外关注坐在前排的亮亮、团团、佑佑："无论有什么需要，都可以按手边的按钮，哥哥姐姐一定会立刻赶到你们身边。我们今天的目标是——要玩个尽兴，玩个过瘾！"

亮亮、佑佑眨一眨眼睛，表示听懂了，团团只管埋头在拍纸簿上画画画。

坐在过道另一侧的护工阿姨微笑，朝站在司楠身后的容见迟说："其实团团今天不知多开心，我早上去喊他们起床时，他已经自己穿好衣服，等在门口。"

有区政府和方之木儿童慈善基金会联合派驻照料中心的督导，孩子们在残疾儿童照料中心的生活，无论物质上还是精神上，都得到明显改善。护工与阿姨们工资增加的同时，对孩子们的耐心与爱心也显著提高。

坐在副驾驶座上的任重山拿过话筒，开始趁孩子们吃水果的间隙充当导游，给他们讲游乐园里那些卡通人物的故事。

疯疯癫癫神神道道的海盗、心地善良美好优雅的公主、精灵古怪活泼可爱的动物……老江湖的故事讲得绘声绘色，孩子们听得津津有味，连司楠都被任重山以讲评书的方式讲述的童话故事吸引，一个半小时的车程丝毫也不觉得漫长乏味。

双层巴士抵达游乐园时，正是游乐园一天当中的客流高峰。

园方虽然没有清场，但也非常重视照料中心患儿们这次的活动，派专人前来对接，走快速通道直接入园。

按谢利轩的意思，既然孩子们想玩，何不干脆包场？

容见迟持相反意见："对待残疾人，不将之当作特殊群体对待，而是将他们当成与普罗大众相同的寻常人，是基准原则。对待残疾儿童,尤其如此。关心爱护固然应该,但平等尊重同样重要。"

这一点上,司楠投了容见迟赞成票。

果然孩子们在快速通过安检通道时,对白色遮阳棚下迂回曲折的队伍表现出极大兴趣,交头接耳讨论不停。

等进入游乐园,看见远处的尖顶城堡,除了亮亮、团团、佑佑与两个有重度视力障碍的孩子,大部分患儿都忍不住发出惊叹欢呼,由护工和阿姨们组织在入口处鲜花盛开的小广场上排队,以城堡做背景拍照留念。

游乐园内的工作人员接待他们一行人,从最简单温和的旋转木马开始玩起。

司楠与容见迟远远跟在队伍后方,看着任重山帮着护工将坐轮椅的孩子送上旋转木马,进门就买了一大束卡通发箍的祢宝珠为孩子们分别戴上可爱的毛绒耳朵发箍,绿毛少年跟在祢宝珠身旁,举着相机为每一个孩子拍照……

孩子们对一切都充满好奇,坐漂流船遇见转弯激流时的尖叫与嬉笑令人莞尔,排队与公主和花栗鼠拥抱合影时的恋恋不舍又教人感慨万千。

"你不去同公主和王子拥抱?"容见迟始终站在他身边,并不上前的司楠。

司楠闻言微笑,将头靠在他的肩膀上:"你不就是我的王子?"

容见迟伸手揽住司楠的肩膀,紧一紧手臂,恨不能将她揉进自己的身体里。

她从不是善于说情话的性格,可这一刻,这突如其来又如此理直气壮的一句,教他内心柔软得几乎要化成一池春水。

孩子们的午餐安排在游乐园中的主题餐厅,食物谈不上多么好吃,胜在造型奇趣卡通,餐后一人一份撒有色彩缤纷巧克力碎的华夫冰激凌才是孩子们的最爱。

老江湖任重山坐在司楠与容见迟身旁,将自己的冰激凌给了胃口极佳的独臂女童:"喏,伯伯的给你吃。"

他摸一摸孩子毛茸茸的头顶，自己取了手机，同很多他这个年龄的中年人一样，沉浸于小视频不能自拔。

司楠被他手机里发出的背景音乐逗得将下巴搁在容见迟的肩膀上，藏在他耳后偷笑，容见迟便侧首吻一吻她的头顶："调皮。"

声音无限宠溺。

直到司楠听见一个熟悉的女声，用字正腔圆的播音腔说："看见她，看见力量。"

司楠转过头，探身望向任重山的手机。

老江湖任重山正打算将这则视频滑走，司楠问："任先生，能借我看看吗？"

任重山豪迈地将手机往司楠手里一递："给！"

司楠接过他那只土豪金手机，静静地注视屏幕。

屏幕上正在播放一则访谈类节目推广视频，画面中米聆剪一头时髦的短发，戴亚克力仿玳瑁框眼镜，穿笔挺窄腰西装，知性又犀利地采访一位位在各自领域做出杰出贡献的女性，画面剪辑干净利落，年龄不同、职业不同、经历不同的女性面孔不断闪现，最终组成"她·力量"三个字。

视频中的米聆，与司楠记忆中永远对她怀有敌意阴阳怪气的米聆截然不同。

司楠犹记得她重返工作岗位那天，米聆向已升任总编的师兄王砝提交辞呈后，与她在过道相遇时，那番简短的交谈。

"我从未想要害你。"米聆说，"我只是羡慕你，一进报社，就有同门师兄照拂。你什么都不必做，不必陪广告客户吃饭喝酒拉赞助，就能顺利转正。我只是想看看，如果我撂挑子，你是不是真的会取代我。"

"你真这么认为？"司楠直视她。

米聆的视线有刹那的闪躲，但最终还是迎视司楠："柳亦羣其人，当时确实如日中天，你如果成功采访到他，在娱乐版也算有立足的资本。何况，你男朋友陪你同去，我料你也不可能吃亏……"

孰知事与愿违，偏偏初出茅庐的司楠在这一场采访中栽了跟头。

211

她没想到自己一时头脑发热,希望以此验证自己娱乐版当家记者的地位不可撼动,竟会给司楠带来后果如此严重的影响,然而当时木已成舟,她再想向司楠解释也是徒劳。

从那以后,她见了司楠,总难平和以对。

大抵因为多多少少有些心虚。

现在王砝接任总编一职,策划并写出数篇精彩惊人报道的司楠已然超过她在报社内的地位,她此时不走,将来只会走得更狼狈,所以她辞去报社的工作,抛下千辛万苦才得到的编制,转投新媒体平台,从头开始。

司楠做不到以德报怨,说出"我原谅你"之类言不由衷的话来,最后只是朝米聆点点头,与她擦肩而过,背道而驰。

"谢谢!"回忆至此,司楠将手机还给任重山。

容见迟说得对,人生路上,有些人天然无法成为朋友,仅此而已。

她转头望向窗外。

天空晴蓝,世界美好,孩子们笑容灿烂。

吃过午饭,一行人前往游乐园主题酒店办理入住。

疯玩一上午的孩子们都累了,在护工与阿姨们的照顾下,纷纷进房间午睡。

精力充沛的祢宝珠与绿毛少年仍留在游乐园,耐心地排队玩最刺激的项目。

中年人任重山则逛纪念品商店去了,打算给每个人都买一件专属纪念品。

司楠早就觉得倦了,只是不想扫大家的兴强撑着,等进入神奇王国主题房,来不及鞋脱袜甩,整个人往大床上一扑,便上眼皮贴下眼皮,动都不想动一下。

容见迟轻手轻脚地拉拢遮光窗帘,调暗室内光线,按亮门口"请勿打扰"的提示灯,返回床边,发现司楠已经扑在柔软的床面上酣然入睡。

他侧身坐在床沿，伸手撩开贴在她脸颊上有些汗湿的头发，俯身在她眼皮落下蝶触般的轻吻，随后转过身去，弯腰替她脱下轻便的健步鞋和船袜，然后展开洁白的空调被，小心翼翼地盖在她身上。

房间内一片静谧，她一张脸半埋在被褥间，露出翘翘的鼻尖、浓长的睫毛、粉润的双唇，鼾声细细，又乖又可爱。

容见迟侧躺在司楠身边，取出手机，拍下她的睡颜。

并不爱自拍和拍照的他，手机中记录了无数司楠的影像，多数照片她都在睡梦之中，从最初苍白荏弱，到渐渐康复，直至这一刻。

他放下手机，伸手抱住司楠，将她兜揽在怀中，面孔贴在自己胸前，隔着薄薄一层棉麻质料的白T恤，感受她温柔的呼吸。

过去压抑在痛苦之下的欲望，一旦破闸而出，便一发不可收拾，将他席卷。

他只想这样抱着她度过晨与昏。

脑海里无端响起一首歌的旋律，挥之不去。

他无声地哼唱："我怕来不及，我要抱着你，直到感觉你的皱纹，有了岁月的痕迹，直到肯定你是真的，直到失去力气……"

裤袋中的手机忽然振动，发出细微的嗡嗡声。

容见迟看一眼睡得正熟的司楠，轻轻起身，拉开门走到外头的阳台，才取出手机，看一眼屏幕上闪烁的电话号码，接听。

彼端，是容夫人略显犹豫的声音："见迟……方便讲话吗？"

"您有什么事？请讲。"容见迟的态度客气疏离。

也许是因为杀死哥哥见鲲的凶手认罪伏诛，也许是因为他不久前再次与死神擦肩而过，母亲时隔二十年终于意识到，在痛失长子之后，她其实很可能失去另一个儿子。

甚至，某种意义上，她已经失去了另一个儿子。

在溺水失去意识被抢救回来以后，容见迟曾与父亲、母亲坐下来促膝长谈。

母亲抱住他痛哭，表示她无法再承受一次丧子之痛，请他不要怨恨她这么多年来的冷淡与漠视，原谅她无法控制自己将痛苦转嫁到他身上，她不知道他曾经为了寻找害死见鲲的凶手而一次又一次前往澳

213

城，误以为他忘却了哥哥的死在外花天酒地。

父亲则说，母亲知道错了，她会去接受心理治疗，以走出丧子的阴影，也希望他能原谅他作为一个丈夫和一个父亲在处理问题时的软弱和左右为难，请他回家，逐步接手家族生意，承担起继承人的责任。

容见迟对父母迟来的道歉与拥抱，并无太大触动。

正如凶手文华、文忠接受了法律的制裁，他内心的恨却并未随之立刻烟消云散一样。

那些日积月累形成的恨与伤、痛与悲，也只有时间能抹平并治愈，在和解的一刻真正来临前，没有人知道苦痛还将存在多久、影响多久。

他对母亲说，我认识国内最好的心理医生，您如果需要，我可以为您介绍；对父亲说，我热爱我现在的职业，我愿意继续在这个岗位上发光发热，容氏可以交由职业经理人经营管理，属于哥哥见鲲的，永远属于他。

他对容氏没有执念，他只是还无法宽宥那些被错待的岁月。

这时听见母亲在电话里小心翼翼地问："周末了，你和小楠回来吃饭吗？"

容见迟回身透过阳台玻璃门朝侧扑在床上的司楠望了一眼，轻声婉拒："等她再恢复些吧。"

而父母却已开始委婉地催生，希望他们尽早生出下一代，在可见的未来培养成容氏的继承人。

容见迟无意教司楠承受这些压力。

如果医生认为她的身体不适合生育，那么，他永远不会对她提出"生一个孩子"的要求。

容夫人有些失望，忍了忍，到底没能忍得住，在电话彼端含悲带怨地问："你要怎样才肯原谅我们？"

容见迟想一想，或者在父母看来，不愿意回去继承容氏、不愿意带女朋友回家吃饭应酬、不愿意生孩子令他们享受含饴弄孙之乐，就是他的不原谅，但——

"妈妈，我已经原谅你们了，您不必再求得我的原谅。"

我不需要凭借你们的歉疚而获取任何利益与好处。

无忮无求，所以显得不近人情。

容夫人无奈地挂断电话，谢利轩的电话立刻拨进来。

"阿迟！我要当爸爸了！"他在那头激动万分。

五月的时候，谢利轩与未婚妻在他那座南半球私人岛屿上举行了盛大的婚礼，新娘在细洁白沙滩上踩着落日走向新郎的小视频在社交平台上轰动一时。毕竟现场奏响《婚礼进行曲》的是享誉国际的钢琴家，婚纱由著名美籍华裔婚纱设计师设计并重工定制，镜头扫过的现场嘉宾泰半是申城的顶级豪门。

作为与新郎有着过命交情的容见迟，却缺席了这场盛大的婚礼，因为他始终寸步不离地守在司楠床边，陪她度过危险期，陪她从日夜昏睡几乎没有多少时间清醒，到清醒的时间逐渐长过昏睡。

谢利轩对此并无怨言，这会儿也只是笑嚷："你和司小楠是板上钉钉的干爹干妈，可以开始准备迎婴派对礼物了！"

"恭喜！"容见迟微笑。

过去二十年，每到十月，都是谢利轩最煎熬的一段时光，可今时今日，那些萦绕徘徊不去的阴影，已悉数散去，他激动兴奋，到处与亲友分享好消息。

往日阴霾笼罩不再，乌云散尽。

下午孩子们重新入园，近距离观赏花车巡游。

伴随着欢快的音乐，美丽的公主、帅气的王子、可爱的卡通人物站在花车上——从游客们眼前走过，跳跃、挥手、飞吻、眨眼，使得孩子们又笑又叫，当公主趋近，温柔地向孩子们挥舞手臂时，司楠看见他们的眼睛都亮了。

以至于到烟花秀开始前，他们还在不断讨论与回味。

然而当烟花在天空绽放时，孩子们的注意力悉数被夜幕中盛大美丽绚烂无匹的花所吸引，赞叹、惊叫此起彼伏。

容见迟与司楠坐在人群后头的长凳上，光影照亮夜空，也照亮他们彼此交握在一起的手。

烟花升起，绽放，落下，消散，一朵接一朵，像永不凋零的童话。

容见迟借着绚丽的光影，侧头凝视司楠。

周遭热闹喧嚣，可他眼里只容得下她。

她仿佛仍是人海里初见时的模样，眼里蕴含着光，教他无法不注意。

他想起她在死神徘徊将至时，对他说："别管我，活下去，无论如何，活下去……"

也想起她在醒来后，从未说起过她曾走过怎样漫长的死荫，才得以回到人间，只是笑着对他说："你做到了，谢谢你，救了我。"

容见迟这一生，见过最绚烂的烟火，听过最深情的长歌，经历过最漫长的跋涉，可此时此刻，从今往后，他只想牵着她的手，一起到白头。

他执起司楠的手，放到唇边轻吻，随后从牛仔裤口袋里，摸出一枚任重山强行塞给他的公主皇冠造型的纪念品戒指。

小小一枚合金戒指铸成皇冠的模样，上头镶嵌一颗人造宝石，闪闪发亮。

他轻轻将戒指套进司楠的左手中指，然后低头，在其上落下一吻，于烟花盛放的光亮中祈求：

"嫁给我！"

司楠只觉指根一凉，随后有滚烫的吻落下来，像每一个共同醒来的清晨与日暮。

她回头，迎上容见迟情深似海的双眸。

这个男人，从最初的冷淡自持，到如今的抵死缠绵，好的、坏的每一面，她都见过，正如他也见过她所有的好与坏、欢与悲。

母亲叶女士带着莫北到病房探望她时，她刚刚摆脱肺水肿导致的极度呼吸困难，摆脱对呼吸机的依赖。

叶女士有些无措，不知道该如何体现母女情深，两母女既无法拥抱，也说不出煽情的话语，叶女士只得干巴巴地教她好好休息，早日康复。

反倒是莫北，少年眼里噙满泪水。

一边是母亲，一边是姐姐，他解不开她们之间的死结，对着病床上苍白消瘦的司楠，少年讷讷不成言。

容见迟全程坐在床边，握着她的手，并不劝慰，只给她无言的支持。

看着他坚定温柔地握紧孱弱女儿的手，叶女士忽然便明白，她一次又一次将女儿推开，力的作用是相互的，女儿的世界，亦已全无她的立锥之地。

叶女士惝恍狼狈地离去，司楠微笑地与母亲的背影道别，并不觉得难过。

在任家冰冷的泳池中等待死亡来临的那一刻，她脑海里闪过太多太多，但最教她遗憾的，是没来得及好好对容见迟说一句——我爱你。

他与她都经历太多，努力靠近彼此，又怕伤害在所难免。

可再不抱紧，每一天都有可能失去。

她康复出院后，费队与卫青空还有退休了的程队，寻了一个再平常不过的周末，约了容见迟、谢利轩与她，几个人在街头巷尾随处可见的小馆子里为即将随女儿到国外度假的程队饯行。

头发花白的程队以茶代酒，敬在座的诸人。

当年未破的绑架案，始终是他心底的一桩未了事。

如今悬案告破，他才真正得以打心底里退休。

他大力拍打容见迟与谢利轩的肩膀："都过去了！生活还要继续，你们都好好的！"

老爷子没有喝酒，司楠却眼看着容见迟与谢利轩喝得烂醉。

次日，容见迟酒醒，那些如同为他披上一层铠甲的定制西装，齐齐与过往被他抛却在昨日里。

那个阳光透过落地窗照进卧室的早晨，容见迟眼里的光，与此时他眼里的光，何其相似。

见过太多冷漠的眼,听过太多残忍的事,经历过太多无望的等待,司楠只想在滚滚红尘中,遇见一个能使她微笑的人。

而眼前这个人,拨开迷雾,涉过人海,越过死荫,来到她的面前。

她伸出另一只手,捧住他的脸,迎向他,吻一吻他的嘴唇,而后微笑。

"好。"

最盛大的烟火绽放,有人在心灵的废墟上结出罪恶的果实,而有人却开出幸福的花。

【全文完】

MEMORY
HOUSE